文化学&文学研究丛书

王炳钧 冯亚琳 主编

# 在旅行中寻找生存的可能

## 论彼得·汉德克小说中的空间建构

张 赟 ◆ 著

SUCHE NACH DER
EXISTENZMÖGLICHKEIT
AUF DER REISE

Eine Studie über die Konstruktion des Raums
in Peter Handkes Erzählwerken

北京师范大学出版集团
BEIJING NORMAL UNIVERSITY PUBLISHING GROUP
北京师范大学出版社

本书为"四川外国语大学中外文化比较研究中心招标项目"成果

# 总　序

如果我们按照德国社会学家马克斯·韦伯的定义，把文化理解为人为自己编织的一张"意义网"，那么，文化学的意义正是在于探究这张网的不同节点乃至整个体系，探究它的历史生成、运作机制及其对人的塑造功能，探究它如何影响了历史中的人对自身以及世界的理解。

诚然，探究这样一个网络的整个体系，或者用德国文化学倡导者的话说，人的"所有劳动与生活形式"这样一个宏大工程，对于一个个体来说，是无法完成的事情。因此，从文化学所统领的跨学科的视角出发，探究这张网在不同历史阶段的具体节点，或者说一个文化体系的具体侧面，则可揭示其运作方式并为观察整个文化体系提供有益的启发。

如果我们尝试用一两个关键词笼统概括 20 世纪后半叶以来德语文学研究范式的转换，那么在 20 世纪 50年代占据主导地位的是"文本""形式"，60 年代是"社会""批判"，70 年代是"结构""接受"，80 年代是"话语""解构"，90 年代至今便是"文化"。

而任何笼统的概括，都有掩盖发展本身所具有的复杂性的嫌疑。因为涌动在这些关键词之下的是历史进程中的一系列对话、碰撞、转换机制。正是这一发展促成了所谓"文化学转向"。经过三十多年的发展，对文化的研究已经成为研究领域的一种基本范式。尽管对文化问题的关注与探讨，在它被称为"文化研究"的英美国家与被叫作"文化学"的德语国家有着不同的历史语境与出发点——在社会等级与种族问题较为突出的英美国家主要针对的是所谓高雅与大众文化的差异和种族文化差异问题，而在殖民主义历史负担相对较轻、中产阶级占主导地位的德国主要侧重学科的革新，其核心标志是对中心主义视角秩序的颠覆与学科的开放。

以瓦解主体中心主义为目标的后结构主义赋予了他者重要的建构意义，这种"外部视角"将研究的目光引向了以异质文化为研究对象的人类学或民族学。美国文化人类学重要代表人物克利福德·格尔茨（Clifford Geertz）提出的"深描"文化阐释学，尝试像解读文本一样探索文化的结构，突出强调了对文化理解过程具有重要意义的语境化。将"文化作为文本"①来解读也就构成了

---

① Doris Bachmann-Medick（Hg.）：*Kultur als Text. Die anthropologische Wende in der Literaturwissenschaft*. Frankfurt am Main：Fischer Taschenbuch Verlag 1996.

文化研究的关键词。这一做法同时为以文本阐释见长的
文学研究向文化领域的拓展提供了新的路径，成为福柯
影响下关注"文本的历史性与历史的文本性"①的新历史
主义的文化诗学纲领。

那么，对于文学研究而言，文学的虚构性与文化的
建构性之间是怎样的关系？将文学文本与文化文本等同
起来，是否恰恰忽略了文学的虚构性？作为文化体系组
成部分的文学，一方面选材于现实世界，另一方面又摆
脱了现实意义体系的制约，通过生成新的想象世界而参
与文化的建构。相对于现实世界，文学揭示出另一种可
能性、一种或然性，通过文学形象使得尚无以言表的体
验变得可见，从而提供新的经验可能。正是基于现实筛
选机制，文学作品提供了丰富的历史材料来源。有别于
注重"宏大叙事"的政治历史考察的传统史学，文学作品
以形象的方式承载了更多被传统历史撰写遮蔽或边缘化
的日常生活史料，成为丰富的历史与文化记忆载体。

在历史观上，法国编年史派以及后来的心态史派，
对于德国文化学的发展起了重要的推动作用。20 世纪
30 年代，编年史派摆脱了大一统的以政治历史为导向的
史学研究，转向了对相对长时间段中的心态（观念、思

---

① Louis Montrose: "Die Renaissance behaupten. Poetik und Politik der Kultur". In: *New Historicism. Literaturgeschichte als Poetik der Kultur*. Hg. von Moritz Baßler. Frankfurt am Main: Fischer Taschenbuch Verlag 1995, S. 67f.

想、情感）变化的考察。① 对法国新史学的接受强化了德
国的社会史与日常史的研究。20 世纪 80 年代中期，历
史人类学在德国逐渐形成。相较于传统的哲学人类学，
它所关心的不再是作为物种的抽象的人，而是历史之中
的人及其文化与生存实践。研究的着眼点不是恒定的文
化体系，而是在历史进程中对人及其自身理解起到塑造
作用的变化因素。

　　文化学发展的一个重要动因，是关于人文科学在社
会中的合理性问题的讨论。由于学科分化的加剧，人文
科学的存在合理性遭到质疑，讨论尝试对此做出回应。
争论的焦点是人文科学的作用问题：它究竟是仅仅起到
对自然科学与技术的发展所造成的损失进行弥补的作
用，还是对社会发展具有导向功能。代表弥补论一方的
是德国哲学家乌多·马克瓦德（Udo Marquard）。他发表
于 1986 年的报告《论人文科学的不可避免性》认为："由

---

① 　如马克·布洛赫从比较视角出发对欧洲封建社会的研究：Marc Bloch：
*Die Feudalgesellschaft.* Frankfurt am Main/Wien：Propyläen 1982
（zuerst 1939/40）；吕西安·费弗尔从多学科视角出发对信仰问题的
研究：Lucien Febvre：*Das Problem des Unglaubens im 16. Jahrhun-
dert: die Religion des Rabelais.* Mit einem Nachwort von Kurt
Flasch. Aus dem Franz. von Grete Osterwald. Stuttgart：Klett-Cotta
2002（zuerst 1942）；菲力浦·阿利埃斯对童年、死亡与私人生活的研
究：Philippe Ariès：*Geschichte der Kindheit.* Übers. von Caroline
Neubaur und Karin Kersten. München：Hanser 1975（zuerst 1960）；
Philipe Ariès：*Studien zur Geschichte des Todes im Abendland.*
München/Wien：Hanser 1976；Philippe Ariès/Georges Duby（Hg.）：
*Geschichte des privaten Lebens.* Frankfurt am Main：S. Fischer 1991.

实验科学所推进的现代化造成了生存世界的损失，人文科学的任务则在于对这种损失进行弥补。"①所谓弥补就是通过讲述而保存历史。② 另一方则要求对人文科学进行革新，通过对跨学科问题进行研究来统领传统的人文科学。针对马克瓦德为人文科学所做的被动辩解，在 20 世纪 80 年代末期，联邦德国科学委员会和校长联席会议委托康斯坦茨大学和比勒费尔德大学成立人文科学项目组，对人文科学的合理化与其未来角色的问题进行了调研。德语文学教授、慕尼黑大学校长弗吕瓦尔德，接受理论主要代表人物姚斯，著名历史学家科泽勒克等五名重要学者于 1991 年发表了上述项目的结项报告《当今的人文科学》。报告认为："人文科学通过研究、分析、描述所关涉的不仅仅是部分文化体系，也不仅仅是迎合地、'弥补性地'介绍自己陌生的现代化进程，它的着眼点更多地是文化整体，是作为人类劳动与生存方式总和的文化，也包括自然科学的和其他的发展，是世界的文化形式。"③因此，他们建议放弃传统的"人文科学"概念，

---

① Odo Marquard："Über die Unvermeidlichkeit der Geisteswissen-schaften". Vortrag vor der Westdeutschen Rektorenkonferenz. In：ders.：*Apologie des Zufälligen. Philosophische Studien.* Stuttgart：Reclam 1986，S. 102f.
② 参见 ebd.，S. 105f.
③ *Geisteswissenschaften heute.* Eine Denkschrift von Wolfgang Frühwald，Hans Robert Jauß，Reinhart Koselleck，Jürgen Mittelstraß，Burkhart Stein-wachs. 2. Aufl. Frankfurt am Main：Suhrkamp 1996 (1991)，S. 40f.

以"文化科学"取而代之。在某种程度上，可以把该书看成是要求整个人文科学进行文化学转向的宣言。

研究视角与对象的变化，也要求打破传统的专业界限，进行多学科、跨学科的研究。这种势态催生了人文研究的所谓"文化学转向"。此中，文学研究摆脱了传统的对文学作家、作品与文学体系的研究范式，转向对文学与文化体系关系的探讨。文化学研究的领域主要涉及：知识的生产传播与文化语境的关联，文化史进程中所生成的自然构想，历史中的人所建构的对身体、性别、感知、情感的阐释模式，记忆的历史传承作用与运作机制，技术发展对文化产生的影响，媒介的文化意义及其对社会产生的影响，等等。[①]

研究领域的扩大无疑对研究者的能力与知识结构提出了挑战。比如，探讨文学作品中身体、疾病、疼痛的问题，必然要采用相关的医学或人类学等文献，探讨媒介、技术、机器等问题，又需要相关的理工科专业的知识，涉及感知、情感等问题时又必须对心理学、哲学等相关专业了解。尽管这些问题可以通过跨学科的合作加

---

① 参见 Hartmut Böhme/Peter Matussek/Lothar Müller（Hg.）：*Orientierung Kulturwissenschaft. Was sie kann, was sie will*. Reinbek bei Hamburg：Rowohlt 2000. Kap. Ⅲ；Claudia Benthien/Hans Rudolf Velten（Hg.）：*Germanistik als Kulturwissenschaft. Eine Einführung in neue Theoriekonzepte*. Reinbek bei Hamburg：Rowohlt 2002，S. 24-29；Christoph Wulf（Hg.）：*Vom Menschen. Handbuch Historische Anthropologie*. Weinheim/Basel：Belz 1997.

以解决，但这种合作要求相同的视角与方法基础。鉴于人文科学基于经验积累的特点，研究者遭受着"半吊子"的质疑。

而对作为文化学的文学学的关键质疑仍是方法上的。这一点特别反映在具有代表性的"豪克-格雷弗尼茨论战"中。论战的关键问题是坚持文学研究的"自治"还是向文化体系开放。1999年，图宾根大学教授瓦尔特·豪克(Walter Haug)发表了题为《文学学作为文化学?》的论文。他认为，文学研究应当坚守文学所具有的自我反思的特点：文学之所以存在是因为有解决不了的问题，文学存在的意义不是要解决问题，而是要生成并坚守问题意识。因此，文学研究向文化学开放，并不是要转变为文化学的一部分，而是要强化文学的内在问题、文学"特殊地位"的意识。① 而格哈德·冯·格雷弗尼茨(Gerhart von Graevenitz)在其发表在同一期刊的文章《文学学与文化学——一回应》中则否认自我反思是文学独有的特性，认为大众文化也同样表现出了这种特点，因此文学研究应当重视多元化的文化语境。② 他认为，豪克坚持文学研究的"内在视角"，忽略了关于文化学的讨论

① 参见 Walter Haug："Literaturwissenschaft als Kulturwissenschaft?" In：*Deutsche Vierteljahrsschrift für Literaturwissenschaft und Geistesgeschichte* 73 (1999)，S. 92f.
② 参见 Gerhart von Graevenitz："Literaturwissenschaft und Kulturwissenschaften. Eine Erwiderung". In：*Deutsche Vierteljahrsschrift für Literaturwissenschaft und Geistesgeschichte* 73 (1999)，S. 107.

是各学科的普遍结构变化的表达。① "文化学"所要探究的是文化的多元性，而被理解为传统的"人文科学"一部分的、以阐释学为导向的文学学则以一统的"精神"为对象。②

这场论战所涉及的是研究的基本视角问题，这首先关涉 18 世纪以来的文学自主性的观点是否还能够成立，被理解为高雅艺术的文学是有修养的市民阶层的建构，抑或是民族主义话语驱动的产物，还是由社会文化与物质媒介发展导致的交往派生物？对此，系统论给出的答案是，它是社会分化的结果。在卢曼影响下的文学系统论代表格哈德·普隆佩（Gerhard Plumpe）、尼尔斯·威尔伯（Nils Werber）认为，18 世纪以来的社会分化、人的业余时间的增加导致了消遣娱乐需求的增长，使得文学成为独立的系统，因此文学的功能不再以思想启蒙时期的真或伪的标准来衡量，而以有意思与否为标准。③在这一点上，他们与格雷弗尼茨的消解高雅与大众文化等级的做法不谋而合。

---

① 参见 Walter Haug：" Literaturwissenschaft als Kulturwissenschaft？" In：*Deutsche Vierteljahrsschrift für Literaturwissenschaft und Geistesgeschichte* 73 (1999)，S. 95.

② 参见 ebd. ，S. 96.

③ 参见 Gerhard Plumpe/Niels Werber：" Literatur ist codierbar. Aspekte einer systemtheoretischen Literaturwissenschaft". In：Siegfried J. Schmidt (Hg.)：*Literaturwissenschaft und Systemtheorie. Positionen，Perspektiven，Kontroversen.* Opladen：VS Verlag für Sozialwissenschaften 1993，S. 30ff.

如此，文化学研究的关注点不再是传统的精英文化，而是高雅与通俗文化的复杂体及其相互间的关联。文化产物对不同社会群体所产生的作用、话语语境、文化阐释模式的生成、转换、再生的机制，社会现象被不同的社会群体感知、接受的过程，成了研究的主要任务。在历史的层面，则要重构其文化阐释模式。分析的关键是从这些语境中产生出了哪些理解与误解，人类自己编织的意义网是怎样把人自己套入其中的，这些文化实践是怎样对他们进行编码的。在德语中大多以复数形式出现的 Kulturwissenschaften（文化学）称谓反映出的也正是这种对多元化的承认。在研究方法上，文化学也不再要求排他的、放之四海而皆准的理论体系，研究的多种方法并存。如果说后现代的讨论与后工业社会的发展紧密相关，那么文化学的诞生也是多媒体社会挑战的结果。

对此，深受后结构主义影响的弗莱堡大学日耳曼学者弗里德里希·基特勒（Friedrich Kittler）在他发表于1985 年的教授资格论文《记录体系 1800/1900》①中，要求打破传统的文学研究的界限与做法，摆脱传统的作品阐释，将关注以精神预设的所谓意义为前提的人文科学

---

① Friedrich Kittler：*Aufschreibesysteme 1800/1900*. München：Fink 1985.

研究转向媒介研究。① 在他看来，近几百年的人文科学忽略了简单的事实：认识的条件是由技术前提决定的。1800年前后普遍的文字化过程引发的教育革命，并非源自形而上学的知识，而是源自媒介。1900年前后电影、留声机、打字机等数据储存技术的发展，打破了文字的垄断，形成了媒介的部分组合，催生了心理物理学、心理技术学、生理学等学科。2000年前后"在数字化基础上的媒介的全面融合"②带来对数据的任意操控，决定什么是真实的，不是主体或意识，而是集成电路。如此，文化也就是一个数据加工的过程。当今的新媒介的挑战不仅对媒介研究的兴起起到了催化作用，新媒介生成的格局也促使研究重新审视媒介的历史，重构当今与历史的关联。

随着文化学研究的展开，历史的建构特点更加凸显出来，几乎成为研究界的共识，因此，对历史传承方式的追问，对记忆的运作方式、媒介条件以及个体记忆的社会关联的探讨成为关注的热点。海德堡大学埃及学教授扬·阿斯曼（Jan Assmann）在他发表于1992年的重要论著《文化记忆——早期文明中的文字、回忆与政治同

---

① 参见 Friedrich Kittler："Wenn die Freiheit wirklich existiert, dann soll sie heraus. Gespräch mit Rudolf Maresch". In: *Am Ende vorbei*. Hg. von Rudolf Maresch. Wien：Turia & Kant 1994，S. 95-129.

② Friedrich Kittler：*Grammophon Film Typewriter*. München：Brinkmann & Bose 1986，S. 8.

一性》①中，对在文化认同上具有重要意义的集体记忆做了"交往记忆"与"文化记忆"的区分：前者依赖于活着的人，主要通过口头形式传承，它构成了个体与同代人的认同感的基础，并建立了与前辈的历史关联；而后者则是"每个社会、每个时代特有的重复使用的文本、图像与仪式的存在"②，"那些塑造我们的时间与历史意识、我们的自我与世界想象"③的经典。"文化记忆"通过生成回忆的象征形象，为群体提供导向和文化认同基础。因此，阿斯曼的研究更加关注文化记忆，即超越交往记忆的机构化的记忆技术。如此，记忆研究的核心问题是探讨个人、群体是怎样通过记忆的中介而建构对自身与世界的理解模式的。这样，记忆研究可以重新建构同时存在的不同时期的回忆过程。

作为表述形式，或者说讲故事，文学是人的存在的基本条件，它不仅述说着人的经验与愿望，阐释着世界与自身，同时也承载着人类的知识与传统。随着文字的发明，储存于人的身体之内的经验、知识、记忆得以摆脱口耳相传这种单一的外化的流传方式，通过文字书写

---

① 参见 Jan Assmann：*Das kulturelle Gedächtnis. Schrift，Erinnerung und politische Identität in frühen Hochkulturen.* München：Beck 1992.

② Jan Assmann："Kollektives Gedächtnis und kulturelle Identität". In：Jan Assmann/Tonio Hölscher（Hg.）：*Kultur und Gedächtnis.* Frankfurt am Main：Suhrkamp 1988，S. 15.

③ Jan Assmann："Das kulturelle Gedächtnis". In：*Thomas Mann und Ägypten.* München：Beck 2006，S. 70.

而固定下来。而印刷术的发明不仅为机械复制提供了技术条件，使得远程交往成为可能，同时也导致了知识秩序的重组，感知方式的变化，想象力的提高。以百科全书派为标志的启蒙运动推动了知识的普及，促成了文学发展的高峰。特别是被称为"市民艺术"的小说的发展，不仅迎合了市民随着教育的普及、业余时间的增多而产生的消遣的需求，而且"孤独"的小说阅读促进了人的个性发展。工业化、城市化的进程改变了人的交往方式、空间理解，促使人重新思考人的定位，机器作为新的参照坐标，加入了以上帝、动物为参照的对人的理解模式之中。

把文学作为鲜活生动的文化史料置于历史语境中来考察，不仅可以观察文化的建构机制，同时也可以凸显出文学的历史、社会、文化功能。而在如此理解的文化学视角下的文学研究中，文学不再是孤立的审美赏析对象，也不是某种思想观念或社会状况的写照，或者某种预设的意义载体，而是文化体系的重要组成部分，文学以其虚构特点，以其生动直观的表述方式，在与其他话语的交织冲撞中参与着文化体系的建构以及对人的塑造。

二十多年来，我们尝试将这种文学研究的范式纳入德语文学研究与研究生教学实践中。可以说，"文化学视角下的德语文学研究系列"所展现的就是这一尝试的成果。这些成果从文化体系的某一个具体问题入手，尝试探究这一问题的历史转换与文学对此的建构作用。这些成果的生产者大多从硕士学习阶段就以文化学研究视角为基本导向开始了研究实践。每周 100～200 页的文学与理论文本阅读、集体讨论，每学期 3～4 次的读书报告、十几页的期末论文，不定期的研读会、国内与国际的学术研讨会，使这些论著的作者逐步成长为有见地的研究者。如果说现在流行的"通识教育"大多已沦为机构化的形式口号，那么这些作者则在唯分数、唯学位模式的彼岸，在文化学问题意识的引导下，把思考、探讨、研究变成了一种自觉。问题导向把他们引向了历史的纵深、学科的跨界、方法的严谨、理论的批判与对当今的反思。

希望这些论著的出版在展示文化学研究范式的同时，能够对文学与文化的理解提供有益的帮助，对文学研究的发展起到推动作用。

衷心感谢该系列丛书作者的辛勤劳动，诚挚感谢北京师范大学出版社谭徐锋工作室的精心编辑。

王炳钧　冯亚琳

2019 年 8 月中旬

# 目 录

# 导　言

　　奥地利女作家埃尔弗里德·耶利内克(Elfriede Je-linek)在获得 2004 年诺贝尔文学奖时，曾公开向媒体表示，另一位奥地利作家彼得·汉德克(Peter Handke)比自己更有理由获得此项殊荣，因为他是"活着的经典"①。耶利内克的说辞一方面肯定了汉德克在当代德语文坛的地位，另一方面也表明，她对这位优秀作家在评论界长期遭受争议的事实感到不公与惋惜。② 自 20 世纪 60 年代中期步入文学领域以来，汉德克以反对传统、探索求新的精神，通过不间断的文学创作来实践自己的艺术理念，并以一种超越一般作家的敏锐眼光对当代艺术和语言进行审视和评判。从他在 1966 年以三部早期剧作《预言》(*Weissagung*)、《自我控诉》(*Selbstbezichtigung*)和

---

① 　Halte Herwig：*Meister der Dämmerung. Peter Handke，eine Biographie*. München：Pantheon 2012，S. 251.
② 　本书出版前，彼得·汉德克已获得 2019 年诺贝尔文学奖。

《骂观众》(*Publikumsbeschimpfung*)开启"说话剧"
(Sprechstück)这一具有独创性和颠覆效应的戏剧模式以
来,汉德克至今已创作了四十多部小说、戏剧以及大量
的随笔、散文和诗歌,获得了包括毕希纳奖、海涅奖、
卡夫卡奖在内的多个文学奖项。汉德克的早期作品以语
言实验和语言批判为主题,一反常规和独特新颖的形式
使他一度获得"德语文学神童"①的美名,而这种标新立
异的写作方式中所蕴藏的反传统、反小说②的原则让汉
德克在备受关注的同时,也不断遭到文学界的质疑和批
评。伴随着他中后期一些带有自传性质或者独特叙事风
格的作品的出版,汉德克被打上了"挑衅观众""自我沉
醉""神秘主义"等标签③。20 世纪 90 年代中期,他发表
了旅行随笔《多瑙河、萨瓦河、摩拉瓦河与德里纳河的
冬日之行或给予塞尔维亚的正义》(*Eine winterliche Reise
zu den Flüssen Donau*,*Save*,*Morawa und Drina oder
Gerechtigkeit für Serbien*,1996)等作品,因其对南斯

---

① Aminia M. Brueggemann:*Chronotopos Amerika bei Max Frisch*,
*Peter Handke*,*Günter Kunert und Martin Walser*. New York:Lang
1996,S. 124.

② 汉德克以说话剧开启他的文学创作,而其第一部小说《大黄蜂》(*Die
Hornissen*,1966)由若干节彼此间缺乏逻辑关联的断片构成,某些章
节的标题与内容不一致,叙事角度不断变换,整部小说亦没有连贯的
故事情节,传统小说的叙事手法和叙事结构在汉德克的作品中不复
存在。

③ 参见"Peter Handke". In:Walter Jens(Hg.):*Kindlers Neues Literatur
Lexikon*. Band 7. München:Kindler 1988,S. 254.

拉夫和科索沃战争等政治事件所持有的明确立场和态度，他遭到来自欧洲政坛和新闻媒体界的猛烈抨击，并再度陷入舆论争议的旋涡之中。

就目前国内德语文学研究的现状来说，中国德语文学研究界对这位当代奥地利作家的关注开始于也主要集中于对其早期作品如《骂观众》、《卡斯帕尔》(Kasper，1968)等的语言主题的研究。在这些剧本里，汉德克向传统戏剧模式发起公开挑战，以没有情景和剧情的"反戏剧"艺术风格表现现代人被语言秩序操控和异化的过程，从而对现有的语言体系进行质疑和拷问，并最终落脚于有关主体生存本质的探究。①

伴随着 20 世纪 70 年代"新主体性"(Neue Subjektivität)文学的出现，汉德克的创作从抽象的语言批判转向表达自我、寻求自我的写作实践。他在此阶段的一系列作品如《守门员面对罚点球时的焦虑》(Die Angst des

---

① 1968 年，伴随《骂观众》的发表迎来了汉德克戏剧实验和语言批判的高峰，并确立了汉德克早期创作的基调，即对传统文学模式和语言体系进行质疑和批判。国内学者目前对汉德克的研究也多集中于对其早期语言主题的考察，如聂军：《人之初语言之本——论彼得·汉德克的剧作〈卡斯帕尔〉的表现艺术》，载《外语教学》，2002(6)，64～70页；丰卫平：《论彼得·汉德克早期作品中的语言主题》，载《四川外语学院学报》，2001(2)，27～30 页。此外，还有一些论文针对汉德克早期作品的互文性及其中期写作风格的研究，如冯亚琳：《"互文性"作为结构原则——彼得·汉德克的小说〈为了长久告别的短信〉与传统文本的互文关系研究》，载《四川外语学院学报》，2001(3)，19～22 页；聂军：《彼得·汉德克的辩证之路》，载《外国文学评论》，2000(3)，37～43 页。

*Tormanns beim Elfmeter*，1970）、《无望的不幸》(*Wunschloses Unglück*，1972）、《真实感受的时刻》(*Die Stunde der wahren Empfindungen*，1975）、《左撇子女人》(*Die linkshändige Frau*，1976)等分别从不同的角度对自我经历、自我感受进行记录，以此摆脱现实生存的困惑并实现寻找自我、认识世界的目的。与早期在创作那些一反常规、充满批判精神的语言实验剧和小说时不同，此时的汉德克如同一位沉思的大师，借对大自然和外部世界的不间断的体察和记录，真实细腻地抒发个体内心的感受与经验，让读者从他的文字世界里感受到一种平稳与深沉、温和与细腻。这些作品没有宏观的叙事视角、庞杂的叙事线索，相反，对世界的感知和自我的反思存在于现时经验的每个瞬间，牢牢占据文本的核心。换言之，世界存在于当下，存在于细节里，充满情绪和变化，有力而真实。值得注意的是，自 20 世纪 70 年代初发表《为了长久告别的短信》(*Der kurze Brief zum langen Abschied*，1972，以下简称《短信》)这部作品以来，汉德克笔下的主人公大都被塑造为旅行者或漫游者的形象，面向和涉足不同的地理空间与国度，主人公游走于过往回忆、现时感知和对未来的憧憬之间，通过缓慢、沉稳的脚步感知世界，反思自我，其生存状态和主体意识通过旅行主体在外部现时世界所获取的经验感受得以逐步表露。

由于汉德克在 20 世纪 90 年代中期以后的创作逐步

带有鲜明的民族意识与政治立场，其文学作品的独立性和艺术性不断遭到质疑。① 因此，笔者在对汉德克中期创作的艺术基调和写作手法进行探讨时，选取他于 20 世纪 70 年代初到 80 年代末发表的三部以旅行主题作为叙事模式的代表作作为研究对象，它们是：《短信》，《缓慢的归乡》(*Langsame Heimkehr*，1979，以下简称《归乡》)和《重复》(*Die Wiederholung*，1986)。一方面，由于受到"新主体性"文学的影响，三部作品均以较为平和的语气致力于个体经验的诉说与传达，而这些对于自我感知、自我意识的表达均建立在旅行主体通过身体力行的旅行活动获取的对于外部空间的感受和认知的基础之上。三部作品虽然与传统的旅行游记有所区别，但均以旅行主题作为模式，为读者分别讲述三位主人公出于不同动机、基于不同空间维度的旅行之路，亦可被视作汉德克中期创作的三部旅行小说。另一方面，在三位人物的旅行故事中，汉德克为读者呈现了不同层次的、风格迥异的空间表征形式。这其中，既有地理学意义上被视为新大陆的美国，也有传统文化的发源地欧洲；既有汉德克的家乡奥地利，也有其祖先的血脉发源地斯洛文尼亚；既有广阔开放的原始自然，也有纷繁复杂的人文

---

① 如他于 1996 年发表的《多瑙河、萨瓦河、摩拉瓦河与德里纳河的冬日之行或给予塞尔维亚的正义》以及于 1999 年发表的《独木舟之行或者关于战争电影的戏剧》(*Die Fahrt im Einbaum oder das Stück zum Film vom Krieg*)。

景象；既有封闭闭塞的乡村空间，也有喧嚣纷杂的城市空间；既有微观琐碎的家庭空间，也有权威严密的学校空间；既有丰富具象的现实空间，也有充满回忆和神话想象的抽象空间。这些多样的、异质的、流动性的空间并不呈现为粗狂模糊的框架背景，而是处处弥漫着主体细腻及多元的感官体验。汉德克笔下的旅行人物，依靠身体力行的旅行经历来观察和体验现时世界，努力挖掘世界的本原，寻找一度丧失了的生存空间和自我。他们不仅从原始自然中汲取力量，也从文明社会生活的点点滴滴中得到启示；他们不仅寻找心灵的家园，也追求安宁和谐的生活理想。在汉德克的旅行文本中，人物借助旅行这一空间实践活动，一方面将视野对准外部世界进行审视和体验，另一方面聚焦于自己的内心深处，外部的旅行空间与人物的感知体验及生存状态之间形成极有张力的互动关系。空间这一要素不仅成为文本所记录的旅行故事的发生地和场所，更在旅行主题的基础上对于文本的整体叙事具有绝对的结构性意义。不同形式的空间表征也伴随旅行故事的展开而彰显出不同的历史、社会及文化内涵。

因此，"空间"一词成为本书对汉德克中期的三部旅行小说进行考察的关键词。之所以选取它作为本书的切入点，一方面是由于三个文本自身所呈现和传达出的大量空间信息和内容，包括旅行主题的模式、多样丰富的空间描写、人物主体意识与空间感知之间的张力关系，另一方面，始于 20 世纪 70 年代西方学界的"空间转向"
这一范式转型则为本书将"空间"作为研究对象提供了视
角可能性。在这场涉及多学科、多领域的文化思想变革
中，规避于线性的历史叙事和时间研究之下的空间问题
得到了反拨和提升。重新对影响人类生存之基本维度的
空间进行考察和界定，不仅是当代社会学、历史学、哲
学等学科的任务，也理应成为文学研究领域新的关注视
点和讨论对象。作为以语言文字符号为主的文化表征形
式，文学的根本宗旨即用自己的方式对客观世界进行具
象描绘，并对人与自身、人与世界的关系这一人文领域
的核心命题做出相应的观照或指涉。关注和反思空间，
其实就是人类对于自身的生存环境、生存状态，即人作
为主体对于自身与世界的关系的探求。就文学研究来
说，以线性历史叙事为主的研究策略长期以来对文学的
空间建构缺乏有效的考察，文本内部的空间要素也长期
被视为事件情节的发生场所或文学人物形象的表演舞台
而被忽略。在对旅行文本中的旅行小说这一经典、传统
的西方文学体裁进行考察时，评论家们的视线也多集中
于旅行主题、叙事内容、历史背景等方面，而未将其根
本构成要素——旅行空间作为研究重点。

　　一方面，旅行小说的建构必然建立在以具象形式呈
现的空间表征上，这些空间表征经过汉德克多种手法的
加工显得层次丰富、形式多样。另一方面，在旅行这一
人类实践的基本活动形式中，作为主体的旅行者在以

"面向世界、去向远方"为主旨的空间旅行中，通过步行、漫游等方式，游走于日常世界或异域他乡，成为亲历的、感知的、反思的行者，获取了最直接也最真实的空间经验和认识，也成为真正占据空间并具有不同精神诉求的主体。在此过程中，空间作为主体体验的外部世界，并不是静止不动、一成不变的。随着主体旅行过程的展开和深入，不同空间形式中所蕴含的历史、社会、文化、记忆、身份认同等内涵得以彰显，身体、主体意识、生存体验与空间感知的互动关系使得空间这一要素在以旅行小说为代表的文本类别中别具建构作用和阐释意义。

与国内相比，国外德语文学研究学界关于彼得·汉德克作品的研究成果丰富，影响广泛。除较早的针对其语言主题进行考察的相关著作以及发表在各类杂志、报纸或论文合集里的单篇评论以外，近二十年来出版了多部有关汉德克的研究著作。这与汉德克本人活跃的写作状态有关，也体现了这位当代德语作家不可小觑的影响力。这些评著从多种研究角度出发，大都考察了汉德克从 20 世纪 60 年代到 90 年代后期的作品。其中，有对他创作风格的差异性或延续性的研究[①]，也有针对其文本

---

① 此类研究专著如 Tilman Siebert：*Langsame Heimkehr. Studien zur Kontinuität im Werk Peter Handke*. Göttingen：Cuvillier 1995；Gerhard Pfister：*Handkes Mitspieler*. Bern：Lang 2000；Rolf Günter Renner：*Peter Handke*. Hamburg：Metzler 1985.

中的神秘主义、宗教和神话色彩的研究①，还有从互文性等理论出发，对汉德克作品与其他作家(伯托·施特劳斯，Botho Strauß)、画家(保罗·塞尚，Paul Cézanne)、电影导演(维姆·文德斯，Wim Wenders)作品中不同的艺术手法之间的关联和相互影响展开的考察②。最新出版的两部汉德克研究专著则为对其作品中的流行元素和声音现象进行的探讨。③ 一方面，这些涉猎广泛、视角新颖的研究为本书的撰写提供了不少理论支撑和论据材料；另一方面，我们也可以看出，将上述三部作品作为旅行小说归类并从空间角度对汉德克中期的文学创作进行研究实属首次，是一次尝试与挑战。

本书从结构上大致分为两大部分。第一部分为第一章和第二章。在此，笔者首先对文学和空间的互动关系

① 此类研究专著如 Jürgen Wolf：*Visualität，Form und Mythos in Peter Handkes Prosa*. Opladen：Westdeutscher Verlag 1991；Dorothee Fuß：*Bedürfnis nach Heil．Zu den ästhetischen Projekten von Peter Handke und Botho Strauß*. Bielefeld：Aisthesis 2001.

② 此类研究专著如 Marieke Krajenbrink：*Intertextualität als Konstruktionsprinzip. Transformation des Kriminalromans und des romantischen Romans bei Peter Handke und Botho Strauß*. Amsterdam：Rodopi 1996；Ulrike Schlieper：*Die "andere Landschaft"．Handkes Erzählen auf den Spuren Cézannes*. Münster/Hamburg：Lit 1994；Carlo Avventi：*Mit den Augen des richtigen Wortes．Wahrnehmung und Kommunikation im Werk Wim Wenders und Peter Handkes*. Remscheid：Gardez 2004.

③ 此类研究专著如 Anja Pompe：*Peter Handke．Pop als poetisches Prinzip*. Köln/Weimar/Wien：Böhlau 2009；Clemens Özelt：*Klangräume bei Peter Handke．Versuch einer polyperspektivischen Motivforschung*. Wien：Braumüller 2012.

做出阐释。以当代西方学界的"空间转向"这一范式转型作为出发点，在对近现代空间理论的基本问题、发展脉络等进行梳理的同时，重点考察它对文学研究的影响，并由此引出并阐释文学作品中惯常运用的旅行主题这一特殊的建构模式。接下来，笔者试图以旅行行为及旅行小说作为切入点，研究西方文学中经典的旅行主题在近现代空间理论和空间反思上的阐释可能性。以存在主义和现象学为基础的空间思考打破了传统的本体论思维模式，将人作为空间运动的主体纳入与世界关系的建构中。从海德格尔关于存在的基本结构即"在世界之中"，要求入世、回归日常生活的存在本质，到梅洛-庞蒂强调的空间感知的身体性、德国人类学家博尔诺夫在考察人与空间关系时所提倡的"被经历的空间"这一概念以及法国社会学家德·塞尔托（Michel de Certeau）对行走（或步行）行为的反思，人的身体、行为能力、感知能力均与空间发生关联，并为西方文学作品的经典主题之一——旅行在一定程度上提供了阐释基础。通过观照不同历史阶段和历史语境下的旅行小说，我们可以看到，以旅行作为模式的文本叙事背后，空间作为关涉人类生存的条件和认知对象，必然渗透于主体以旅行作为具体活动模式的体验过程，现代主体的意识、感知、生存及对自我和世界的认识均在这一模式中与空间展开密切的互动。

第二部分为文本分析部分，主要以上述汉德克的三部旅行小说作为分析对象，将旅行模式视为作品内部空间建构的基础，追溯这一模式在文本内外的根源、表征及意义，考察汉德克是如何通过文本内部独具特色的空间建构来展现旅行主体与外部空间之间连续、密切的互动关系的，这些空间表征对各个文本在内容及结构上具有怎样的作用和意义，它们对于汉德克而言又蕴含着怎样的社会、历史和文化内涵。

笔者在结语部分回顾了本书的主要内容，对三部旅行文本的分析进行了总结并加以引申。以此为基础，笔者试图对彼得·汉德克——这位在德语文学研究界颇受争议的作家自 20 世纪 70 年代以来的创作基调和艺术理念做更加深入的理解。

# 第一章　空间的回归

## 一、空间转向及其影响综述

作为指涉人类生存的概念[1]，"空间"与人类生活有着密不可分的关系。人作为生活在一定空间形式内的主体，总是自觉或不自觉地经历、体验、感知着这个世界，拥有各种各样的空间经验，尽管这常常是无意识的。[2] 空间作为人类生活的重要维度和现实场所表现为各种形式，影响着社会生活的每一个层面。米歇尔·福柯(Michel Foucault)曾指明传统的二元论对空间现实与

---

[1] 参见 Rudolf zur Lippe："Raum". In：Christoph Wulf（Hg.）：*Vom Menschen．Handbuch historische Anthropologie*．Weinheim/Basel：Beltz 1997，S. 177.

[2] 依据笔者日常生活的经验，在笔者看来，人常常拥有某种无意识的空间意识。例如，我们会在电话里或者大街上向对方询问"你在哪里"，或"你去哪里"。这种以地域或方向为基础的空间意识往往不自觉地融于人类的日常生活之中。

人类生活之关联的看法，那就是，我们的生活被各种不同的、真实存在的对立面控制着，如私人空间/公共空间、家庭空间/社会空间、文化空间/实用空间、休闲空间/工作空间，等等。[①] 不同学科领域也衍生出各自不同的空间理论话语：地理学、哲学、数学、文学、心理学，等等。我们可以看到，空间作为现代人类无法回避的事实，和我们的关系是如此密切，早已成为认识论和美学范畴的一个重要概念而被纳入我们的讨论范围。

无论是对日常生活中的物质特性、外部世界、居住空间的理解，还是几何学上的三维立体空间理论，在西方思想史上，尤其是随着近代自然科学和哲学的发展，有关空间问题的探讨从未停止。早在古希腊亚里士多德的《物理学》一书中，空间问题就得到了详尽的阐述。亚氏否认均质同类的空间，将其分为六个方向的空间，认为火、空气、水、土地拥有各自特定的方向和场所。[②]欧几里德则将空间定义为以长、宽、高为维度构成的三维立体，奠定了现代几何学的基础。[③]

---

① 参见 Michel Foucault："Von anderen Räumen". In：Jörg Dünne/Stephan Günzel (Hg.)：*Raumtheorie. Grundlagentexte aus Philosophie und Kulturwissenschaften*. Frankfurt am Main：Suhrkamp 2006，S. 319.

② 亚里士多德强调的六个空间方向取决于物质的自然属性，如火焰和轻物所在的方向为上，大地和重物为下。这与现代物理学中的力学原理相符合。但其认知的局限性在于认为空间呈现了以天空为最外层的不均质的有限性，且未能指涉人的空间。参见 Otto Friedrich Bollnow：*Mensch und Raum*. Sttutgart：Kohlhammer 1963，S. 27.

③ 参见 Rudolf zur Lippe："Raum". In：Christoph Wulf (Hg.)：*Vom Menschen. Handbuch historische Anthropologie*. a. a. O.，S. 170.

　　然而，不可否认的是，在以线性叙事为主的现代历史进程中，时间作为另一个影响人类生活的基本维度或多或少地夺去了人们对于空间的关注。在相当长的时期里，空间仅仅被设定为历史进程中自然的、既定的——用福柯的话来说即一种"空洞的""均质的"①场所。在他看来，与丰富的、具有生命力的时间相比，空间曾被当作僵死的、刻板的、非辩证的和静止的东西。美国后现代地理学家爱德华·苏贾（Edward W. Soja）在其《后现代地理学》一书中就将 19 世纪看成是"去空间化"的时代，认为人们对于历史理性的想象和时间的"万能叙事"（master-narrative）统领着社会批判理论。与时间相比，空间话语更多地显现为一种理所当然的缺失。他认为，这种强调时间意识的观点与历史决定论有关，而历史决定论正是"空间贬值的根源"②。对此，德国历史学家卡尔·施勒格尔（Karl Schlögel）在其富有启示性的《在空间

---

① Michel Foucault："Von anderen Räumen". In：Jörg Dünne/Stephan Günzel（Hg.）：*Raumtheorie. Grundlagentexte aus Philosophie und Kulturwissenschaften.* a. a. O.，S. 319.

② ［美］爱德华·W. 苏贾：《后现代地理学：重申批判社会理论中的空间》，王文斌译，2、31 页，北京，商务印书馆，2004。关于此问题，英国社会学家雷蒙德·威廉斯曾总结出三种历史决定论：一是中立性——追溯以往的事实作为目前诸事件的先例；二是慎重性——对于各种具体事件的阐释强调不断变化的诸多历史条件和历史语境；三是对抗性——反对建立在各种"历史必然性的观念"或"历史演变的一般法则"基础之上的各种阐释和预见。参见［英］雷蒙德·威廉斯：《关键词：文化与社会的词汇》，刘建基译，206 页，北京，生活·读书·新知三联书店，2005。

中阅读时间——关于文明史和地理政治学》(*Im Raume lesen wir die Zeit. Über Zivilisationsgeschichte und Geopolitik*)一书中这样说道：

> 历史的编纂通常遵循时间顺序，其基本模式即编年史，是各个事件的时间排序。在历史叙述中就像在哲学思考中一样，时间性占据主导地位……这一主导性几乎使其自身成为一种不成文的习惯，人们默默地接受它，不去继续探究原因和背景。（空间）从来没有一种语言……空间是我们日常生活的一个事实，但它从未出现在理论话语中。它是缺席的，被历史、各种事件、各种结构和进程遮蔽和堵塞。在它们眼里，一切都是重要的，除了一点：这一切都是发生着的，它们都有一个地点、一个场所、一个现场。①

施勒格尔的这段话是针对历史进程中的时间优先性和空间滞后性做出的概述。一方面，他认为，历史叙事聚焦于时间维度是导致空间话语有所缺失的原因；另一方面，他也向我们指明，即使在丰富、生动的时间叙事中，空间作为社会现实赖以生存的重要维度不可能长时

---

① Karl Schlögel: *Im Raume lesen wir die Zeit. Über Zivilisationsgeschichte und Geopolitik*. München/Wien: Hanser 2003，S. 9 u. S. 21.

间缺席。空间话语必然随着社会实践的发展及某些"具
有决定性意义的体验"①突显其本体地位，获得新的阐释
和定位。

将给予时间和历史的青睐转移给空间，不仅是作为
历史学家的施勒格尔对于社会理论发展过程的具有修正
性的见解，也是他对于 20 世纪 70 年代在西方学界出现
的那场引人瞩目的所谓"范式转换"——空间转向或地形
学转向——的归纳。按照施勒格尔的说法，各种相互有
机地联系在一起的、能导致一种转向或一种范式转换的
时刻使该转向具备一种必然性或可能性。他强调，首先
是 20 世纪几十年来的历史和政治事件让我们意识到：

> 历史不仅在时间中，也在空间中(戏耍)……其
> 中包括 20 世纪对时空巨变的那种令人震惊的、具
> 有决定性意义的体验，全球联系的不断加强加速的
> 新技术的应用，随之而来的在狭小空间内对非同时
> 性的同时性生产，自然不能忽略的是过去 20 年中
> 出现的空间革命：1989 年的空间革命和 2001 年的
> 空间革命。②

---

① Karl Schlögel: *Im Raume lesen wir die Zeit. Über Zivilisationsge-schichte und Geopolitik.* a. a. O., S. 62.
② Ebd., S. 62.

　　施勒格尔将 20 世纪影响世界政治格局变化的两大
历史事件联系在一起，并将其称为"空间革命"，显然是
以史学家的身份在历史和政治的范畴内对其予以定义。
在西方学界，普遍谈及的"空间转向"由前文所述的美国
后现代地理学家爱德华·苏贾在其《后现代地理学》一书
中提出，是对 20 世纪 70 年代以来在西方社会理论领域
逐步凸显的关于空间、空间性的反思和讨论，以及在理
论和实践层面引起跨学科研究的范式转型的概称。① 它
以法国社会学家福柯对于空间概念的强调以及法国新马
克思主义哲学家昂利·列斐伏尔（Henri Lefebvre）《空间
的生产》（*Die Produktion des Raums*）一书的出版为开
端，将传统观念中对于客观的、自然的以及物理性存在
的空间理解引入社会性、政治性和人为性的范畴，被认
为是在 20 世纪后半叶社会文化发展过程中举足轻重的
事件之一。苏贾指出："空间是一种语境假定物，而以
社会为基础的空间性，是社会组织和生产人造的空间"，
"空间在其本身也许是原始赐予的，但空间的组织和意
义却是社会变化、社会转型和社会经验的产物"。② 至
此，空间问题被重新带回社会理论话语之中，并在社会

---

① 尽管在 1900—1945 年，人类地理学和地理政治学两大学科已在空间问题
　　上有所涉及和发展，但就其研究的深度、广度及影响层面均不及此次"空
　　间转向"。参见 Stephan Günzel（Hg）：*Raum．Ein interdisziplinäres
　　Handbuch*．Stuttgart/Weimar：Metzler 2010，S. 90f.
② ［美］爱德华·W. 苏贾：《后现代地理学——重申批判社会理论中的空
　　间》，120～121 页。

学、地理学、城市规划学、历史学、文学研究学等各学
科之间呈现出跨学科、跨文化的研究趋向。

任何新的范式转换的出现，都建立在旧的话语体系
和阐释模式的消解、失效的基础之上。空间问题的凸显
既源于社会实践的进程，也体现了后现代理论自身的发
展。早在 1967 年，福柯就曾撰文《论另类的空间》（"Von
anderen Räumen"），宣告 19 世纪——沉湎于时间和历
史的时代已不复存在。相反，当今的欧洲可能更是一个
空间的时代："我们处于一个同时性时代之中，我们处
于一个并置性时代之中，一个近与远并存与消散的时代
之中。我认为，在我们所处的时刻里，世界很少是一种
借助时间而展开的伟大生命，而毋宁说是一种网络，一
种连续消除各个点的、消除其纷杂的网络。"①这意味着，
在福柯的眼中，空间正作为现代社会的组构因素占据着
重要地位。与中世纪神圣化和等级式对立的空间观念不
同，福柯强调在对空间进行审视时，需要对组成空间的
诸多元素进行重新分配和界定。因为我们不是生活在一
个空洞的、均质的空间中，而是生活在一个承载着质
量、也许充满了幻象的空间中。我们直接感知的、梦想

---

① Michel Foucault："Von anderen Räumen". In：Jörg Dünne/Stephan
Günzel（Hg.）：*Raumtheorie. Grundlagentexte aus Philosophie und
Kulturwissenschaften*. a. a. O.，S. 317. 尽管该文于 1984 年才得以发
表，但西方学界仍将其视为福柯关于空间问题的最初反思，并认可此
文对于"空间转向"的重要意义——在后现代理论领域率先开启空间问
题的大讨论。

的以及充满激情的空间都包含着自身的质量；这是一个
轻松的、芳香的、透明的空间，或是一个昏暗的、坑坑
洼洼的、被填满的空间；它可以高高在上，位于顶峰，
也可以处于底部、泥泞不堪；它可以像水一样流动，也
能像石头或水晶一般坚实、僵硬。①

　　在这里，福柯从人类感知经验的内部空间追溯现代
人类与空间的关系，而影响人类生活的外部空间因其自
身具备的差异性和多样性也成为福柯就空间问题进行反
思的重要因素。其中"异托邦"（Heterotopie）②的概念和
监狱、医院、学校、工厂等与权力运作密切相关的现实
空间场域成为福柯关注的对象。他认为，在对空间进行
细密的审视并考察现代权力对身体的规训、塑造等手段
或方式后，我们不难看出，从地缘政治学的重大策略到
人类居住策略，现代社会的权力运作正是通过一系列空
间上的组织、安排来完成的。福柯虽然没有建立系统的
空间理论，但他强调多样的、富差异性的分析模式和透
过隐匿在空间背后的社会权力运作机制来揭示知识、权

---

① 参见 Michel Foucault："Von anderen Räumen". In：Jörg Dünne/
Stephan Günzel（Hg.）：*Raumtheorie. Grundlagentexte aus Philosophie und Kulturwissenschaften*. a. a. O.，S. 319.
② 福柯在《另类的空间》一文中引出"异托邦"一词，认为这是与"乌托邦"
相对又与其有着某种混合交汇的真实的空间形式和场所的概念。各个
文化中都存有不同形式的异托邦并发挥着不同的功能（如墓地），它能
将几个在现实生活中不能并存的空间或场所并置在同一个真实的地方
（如舞台、剧场、电影院、花园等），也可以并置多个时间片断（如博
物馆、图书馆等），具有隔离与引入的开关系统并在幻想与真实的空
间中互相映衬（如妓院或殖民地）。参见 ebd.，S. 320-327.

力与空间之间内在关联的思维方式，对当代空间理论思考产生了深远影响。

"空间转向"的另一位奠基人列斐伏尔则以《空间的生产》一书从生产实践论的角度，将空间与社会生产方式、生产关系的再生产等联系起来，创造性地提出了系统的空间生产理论。"空间生产"这一概念在列斐伏尔这里，并不能简单地被理解为空间中事物的生产，而应被理解为对空间本身的生产。这一概念伴随着近几十年来的人类社会进程应运而生，主要表现在现代城市的急速扩张、普遍的都市化以及区域性生产组织的问题等方面。尤其是当今对于社会生产的研究表明，社会已经由空间中事物的生产转向空间本身的生产。对此，他反对传统社会理论将空间单纯地视为社会关系演变的容器或平台，而将空间作为人类生产实践的产物和构成社会关系的极为重要的成分，认为其既是在历史发展中生产出来的，又随着历史的演变而被重新建构和转化。对于列斐伏尔来说，现代社会纯粹的（物理的）自然空间正在消逝，而"堪称'第二自然界'的空间性，是业已转换的并在社会得到具体化的空间性，缘起于人类有目的的劳动的应用"①正在成为现代社会进程的重要特征。以生产实践为基础，他提出三个辩证性的空间概念：空间实践（die räumliche Praxis）、空间的表征（die Raumrepräsentationen）和表征的空间

---

① ［美］爱德华·W.苏贾：《后现代地理学——重申批判社会理论中的空间》，122 页。

（die Repräsentationsräume）。① 列斐伏尔将空间与社会、社会生产联系起来，使之凸显为富有发散意义的理论术语，其影响无疑是巨大的。

继福柯、列斐伏尔之后，空间问题引起人们的普遍关注，日益成为当代人文科学反思的基本向度，并形成跨学科的研究模式，涉及地理学、社会学、文化研究和城市研究学等诸多层面。这其中，英美人文地理学家和社会学家将社会批判理论、文化学理论与后现代主义相结合，出版了一系列有关空间问题的著作而位列学界空间理论研究的前沿。曼纽尔·卡斯特尔（Manuel Castells）的"流动空间"、大卫·哈维（David Harvey）的"时空压缩"、爱德华·苏贾的"第三空间"等诸多理论和术语从不同角度指向日益复杂化的现代空间性，使"空间"真正成为当代西方学术研究的热点话题。②

现代理论界凸显的空间问题也在德国学术领域引起

---

① 对列斐伏尔来说，空间实践指的是空间的生产，即在特定的社会空间中，人们的实践活动发生的方式；空间的表征是指特定社会空间的表征，即科学家、城市规划者、各种技术专家、艺术家描述或构思空间的方式；表征的空间则是通过与它相关联的图像与符号而直接作为可生活的空间，是居住者和使用者、艺术家其他作家、哲学家的空间。这种表征的空间是倾向于非言语的象征和符号的或多或少连贯的系统。参见 Henri Lefebvre："Die Produktion des Raums". In：Jörg Dünne/Stephan Günzel（Hg.）：*Raumtheorie. Grundlagentexte aus Philosophie und Kulturwissenschaften.* a. a. O.，S. 330-340.

② 此类著作如曼纽尔·卡斯特尔的《城市问题：马克思主义方法》、大卫·哈维的《后现代的状况》《希望的空间》，爱德华·苏贾的《后现代地理学：重申批判社会理论中的空间》《第三空间：去往洛杉矶和其他真实和想象地方的旅程》《后大都市：城市和区域的批判性研究》，麦克·克朗的《文化地理学》等，其中的大部分已在我国翻译出版。

了众多学者的关注。西格丽德·朗格（Sigrid Lange）的
《现代空间建构》（*Raumkonstruktionen in der Moderne*）、
鲁道夫·马瑞施（Rudolf Maresch）和尼尔斯·韦伯（Niels
Werber）编著的《空间、知识、权力》（*Raum - Wissen -
Macht*）、史蒂芬·古策尔（Stephan Günzel）的《空间：跨学
科手册》（*Raum. Ein interdisziplinäres Handbuch*）、耶尔
格·迪讷（Jörg Dünne）等编著的《空间理论——有关哲学
和文化学的基本读本》（*Raumtheorie. Grundlagentexte
aus Philosophie und Kulturwissenschaften*）等书从不同
角度回顾、阐述和归纳了空间问题及空间理论在不同学
科领域的发展、变迁及表征，从认识论上的物理学和数
学空间，到现代及后现代的权力空间、消费空间、全球
性空间、虚拟空间等当代社会的不同空间形态，均被一
一纳入学者们探讨的范围。① 此外，还有史学家施勒格
尔和文化学家西格丽德·魏格尔（Sigrid Weigel）从空间
转向本身出发对现代空间问题所做的考察。施勒格尔从
宏大历史叙事观的角度出发对被遮蔽的空间问题进行提
升和反思，魏格尔则从文化学的角度就空间转向的起

① 此类著作如 Sigrid Lange（Hg.）：*Raumkonstruktionen in der Moderne*.
Bielefeld：Aisthesis 2001；Rudolf Maresch/Niels Werber（Hg.）：
*Raum - Wissen - Macht*. Frankfurt am Main：Suhrkamp 2002；Ste-
phan Günzel：*Raum. Ein interdisziplinäres Handbuch*. Stuttgart/
Weimar：Metzler 2010；Jörg Dünne/Stephan Günzel（Hg.）：
*Raumtheorie. Grundlagentexte aus Philosophie und Kulturwissen-
schaften*. Frankfurt am Main：Suhrkamp 2006.

因、特征以及它与文学研究之间交叉影响的关系做出阐释。魏格尔在其《论"地形学转向"——文化学中的地图学、地形学和空间概念》("Zum 'topographical turn'. Kartographie，Topographie und Raumkonzepte in den Kulturwissenschaften")一文中，以美德两国争夺一份绘于 1507 年的标有 Amerika 字样的木质地图为由，介绍了美国与德国的文化学研究对"地形学转向"理解的不同侧重点。[①] 其中，魏格尔特别指明当代地形学转向对于文学研究的重要影响。她援引美国文学评论家 J. 西里斯·米勒(J. Hillis Miller)的话——"小说就是一部形象的、富比喻性的地形图"[②]来阐释文学作品中所隐匿的空间问题。魏格尔认为，文学作品在结构上的根本任务是对空间与时间关系进行塑造，而那些类别丰富、形式多样的空间描写往往构成了别有意味的"地形学"。文学作品中的地点描述不仅仅是叙事内容或成分，也是具体

① 历史学、文化地理学等学科通常使用"空间转向"这一术语，而文化学界以及以文化学为导向的文学、媒介学普遍用"地形学转向"代指其义。魏格尔指出，美国和德国在 2001 年的这场地图争夺战可被视为后现代地形学转向的一个表征。美国学界的研究主要集中在后殖民学、人种学等领域，而德国文化学界则采用跨学科的视角关注空间和空间性。参见 Sigrid Weigel：" Zum 'topographical turn'. Kartographie，Topographie und Raumkonzepte in den Kulturwissenschaften". In：*KulturPoetik*. 2/2002. Heft 2，S. 151-165.

② 原文为："A novel is a figurative mapping."（J. Hillis Miller，*Topographies*，Stanford，1995，p. 19）。转引自 Sigrid Weigel：" Zum 'topographical turn'. Kartographie，Topographie und Raumkonzepte in den Kulturwissenschaften". In：*KulturPoetik* 2/2002. Heft 2，S. 157.

的、能从地理学上进行辨认的地点。认真考察或重新挖掘文学作品的空间描写中所蕴含的特质，是魏格尔基于空间转向大背景所提出的文学研究的新使命。她的话一方面印证了空间转向在各个人文学科产生的具渗透性的、跨学科的研究模式和理念，另一方面则为文学与空间问题的互动阐释提供了有力的视角出发点。将空间性思考引入文学研究领域，对文学作品中的空间问题进行考察或反思，是现代文学评论者无法避开的命题。

## 二、重读文学空间

谈及文学空间，人们会不自觉地在头脑中想象文学作品中所勾勒、描绘的那些自然景观、城市、乡村等的图景。在普通读者的印象中，文本内的空间描写是我们对于作品和作者最为直接和直观的初步印象，空间也首先被视为文本情节的发生地和场所，具有地理学的表征形式和意义，正如乌尔苏拉·莱德尔-施勒维（Ursula Reidel-Schrewe）就德语文学作品中的空间描写所表达的观点："空间……就像我们熟知的都布林笔下的柏林，格拉斯笔下的但泽，或者凯勒、史蒂夫特笔下的大自然，乃至卡夫卡作品里神秘的、迷宫似的权力机构。"①的确，文学是对世界的描绘，是人对世界的一种认知和

① Ursula Reidel-Schrewe: *Die Raumstruktur des narrativen Textes. Thomas Mann Der Zauberberg.* Würzburg: Königshausen & Neumann 1992, S. 5.

把握方式，而为文学所描绘的世界是有其空间性的
世界。

　　20 世纪空间理论的多样化发展和空间转向对当代文
艺理论以及美学研究产生了重要的影响，空间问题越来
越多地进入文学研究视野，空间思考在文学研究领域亦
获得了新的阐释可能性。线性叙事的时间性不再是传统
文学理论研究中具有权威和垄断地位的唯一维度，空间
也不再仅仅被视为文本内部事件情节的发生场所或文学
人物的表演舞台，而是一种对日常生活空间、都市景观
空间、政治权力空间、民族国家空间、主体身体空间等
方面拥有话语权且层次多样、内涵丰富的表征形式，文
本的空间建构与这些要素之间形成了或错综复杂或张力
十足的内在联系。正如古策尔所认为的，文学作为一种
具有独特审美意识形态和表现形式的语言文字艺术，其
虚构性的创造和对空间建构关系的转介在空间转向的影
响之下，必然有待于重新发掘和考察。①

　　实际上，随着都市化进程在 19 世纪末的加速推进，
都市日常生活、都市空间景观与经验等问题已进入文学
创作的视域，关于文学的空间性思考开始在文艺理论中
崭露头角。瓦尔特·本雅明（Walter Benjamin）对空间有
着特殊的敏感性，他较早地关注了现代文学艺术与城市

---

① 　参见 Stephan Günzel：*Raum. Ein interdisziplinäres Handbuch*. a. a. O.，
　　S. 107.

景观之间的关系，并在以《发达资本主义时代的抒情诗
人》为总标题的系列文章中探究了法国大诗人波德莱尔
的文学创作与大都市巴黎之间的紧密关联，同时以 19
世纪拱廊街这一现代建筑景观为对象，剖析了充满辩证
意象的都市空间与生存于其中的现代人的感知方式、经
验表达等之间的关联。① 随后，法国理论家加斯东·巴
什拉(Gaston Bachelard)于 1957 年出版的《空间的诗学》
(*Poetik des Raums*)一书从现象学和象征意义的角度，
对家屋、居室、壁橱、角落、鸟巢等微型空间展开了独
到的、富于诗意的思考和想象。他认为空间乃存在之
友，其中蕴藏着生命的无意识和存在的秘密。在巴什拉
看来，"房屋是人的第一个世界，从房屋开始，人立即
成为一种价值"，它"是躯体，是心灵"，"若不写出房屋
的历史就无法写人的无意识史"。② 巴什拉对于空间的推
崇使得诗学化的空间理论颠覆了长期以来时间化了的文
学理论传统。文学研究获得了更为新颖的研究思路以及
更为广阔的阐释空间，在西方学界相继出现空间叙事
学、文学地理学等新兴文学研究模式，后殖民主义文
学、女性文学等研究领域也得以拓展和深化。正如美国
当代学者菲利普·韦格纳(Philip Wegner)在《空间批评：

① 　参见［德］本雅明：《发达资本主义时代的抒情诗人》，王才勇译，5～
　　66 页，南京，江苏人民出版社，2005。
② 　［法］巴什拉：《空间的诗学》，张逸婧译，8 页，上海，上海译文出版
　　社，2009。

批评的地理、空间、场所与文本性》一文中提出的"空间
批评"这一概念，认为"空间批评"必将"以不同的方式改
变文学和文化分析"①，形成并建构起一种全新的空间化
的文学理论视阈。

从德语文学研究界来说，受线性历史叙事思维模式
的影响，研究者对于文学作品的研究视线长期以来也集
中于以时间维度、叙事因果、事件发展等占主导因素的
历时性研究层面。空间仅仅由于是故事情节的发生场所
而成为无生机的容器以致被忽略。在文学研究史上，早
在启蒙运动时代，莱辛（Lessing）就在《拉奥孔》（*Lao-
koon*）中将空间维度排除在叙事文学之外，而将时间维
度看作其基本要素，并确定了叙事文学与以空间塑造为
主的绘画和造型艺术的根本区别。② 格奥尔格·卢卡奇
（Georg Lukács）在其撰写的《小说理论》（*Die Theorie des
Romans*）一书中也针对小说中的时间描写展开了论述，
认为紧密、连续的时间单元将人物、事件等不均质的因
素联系起来，构成某种具体的、有组织的连续统一体。③
在叙事学研究领域，文本的时间叙事占据绝对优先的地

① ［美］菲利普·韦格纳：《空间批评：批评的地理、空间、场所与文本
性》，见阎嘉主编：《文学理论精粹读本》，135 页，北京，中国人民
大学出版社，2006。
② 参见 Stephan Günzel：*Raum．Ein disziplinäres Handbuch*．a.a.O．，
S．60．
③ 参见 Georg Lukács：*Die Theorie des Romans．Ein geschichtsphilosophischer Versuch über die Formen der großen Epik*．München：Deutscher
Taschenbuch Verlag 1994，S．110f．

位，围绕"叙述时间"（Erzählzeit）与"被叙述的时间"
（erzählte Zeit）等层面展开的研究①使得文学中的空间叙
事由于长期缺乏基础性的定义和理解而一度处于劣势，
正如现代德语批评家史泰恩贝尔格所说："文学研究几乎
从来不关注文学中的空间。这个关键词极少出现在百科全
书类的工具书里。即使在语文学领域具有重大意义的《叙
事文本研究导论》中也找不到任何有关文学空间的内容。
现代叙事理论或小说理论离开它也能生存。"②

　　20世纪50年代，赫尔曼·迈耶尔（Herman Mayer）
以其《叙事艺术中的空间表达与空间象征》（"Raum-
darstellung und Raumsymbolik in der Erzählkunst"）一
文首先开启了德语叙事文学的空间问题研究。迈耶尔指
出，小说文本中的空间建构，是指作家借助现实经验，
通过空间景观的命名和再现，赋予空间在文本内部具有
可塑性的表达，并赋予其意义和内涵，使其成为反映人
类心理感受的载体。小说中的空间建构不应藏匿于时
间、人物、事件之下，而应与其相互作用，并构成文本

---

① 此类研究专著如 Günter Müller：*Die Bedeutung der Zeit in der Erzählkunst*. Bonn：Universitätsverlag 1947.

② Armin von Ungern-Sternberger：*Erzählregionen. Überlegungen zu literarischen Räumen mit Blick auf die deutsche Literatur des Baltikums，das Baltikum und die deutsche Literatur*. Bielefeld：Aisthesis 2003，S. 548.

的基本结构。① 布鲁诺・希勒布兰特(Bruno Hillebrand)
受其影响，从接受美学的角度将文本中的时间看作影响
读者当下阅读经验的要素，而将更加具体化的空间描写
作为文本最深入的建构，唤起读者对于作者和作品特别
是文本内部的空间具象的回忆和想象。他以现实主义文
学作品为研究对象，探讨了田园风光作为一种平衡人与
世界关系的和谐化空间在戈特弗里德・凯勒(Gottfried
Keller)、台奥多尔・冯塔纳(Theodor Fontane)等作家
笔下的建构。② 评论家盖尔哈特・霍夫曼(Gerhard
Hoffmann)则认为，文学的空间研究是把空间概念限定
在文本内的个人主体在日常生活中所经历的具体的、情
境化的空间之上，用"被经历的空间""直观空间""心境
化的空间"等基于现象学视角的空间概念来界定文本内
部的空间塑造与人物之间的互动、影响。③ 我们可以看
出，早期德语文学评论家将叙事文学的空间塑造首先看
作一种以文字表征为主的对客观世界进行具象书写的方

---

① 参见 Herman Meyer："Raumdarstellung und Raumsymbolik in der
Erzählkunst". In：Alexander Ritter（Hg.）：*Landschaft und Raum in
der Erzählkunst*. Darmstadt：Wissenschaftliche Buchgesellschaft 1975，
S. 208-231.

② 参见 Bruno Hillebrand："Poetischer，philosophischer，mathematischer
Raum". In：Alexander Ritter（Hg.）：*Landschaft und Raum in der
Erzählkuns*. a. a. O.，S. 433f.

③ 参见 Gerhard Hoffmann：*Raum，Situation，Wirklichkeit. Poetolo-
gische und historische Studien zum englischen und amerikanischen Ro-
man*. Stuttgart 1978，S. 29.

式，并试图将空间与人的精神、感知、记忆结合起来，探究文本内特定的空间构造所传递的与人相关的象征性或隐喻性的意义。

在文学与空间的互动关系上，文学地理学(Literaturgeographie)日益成为受空间转向影响的、在近几十年才取得长足进步的、呈交叉渗透态势的新兴学科和研究模式。对于文学地理学研究者来说，文学作品中的地域空间描写不应该仅仅被视作情节发生的场所和背景，其本身就是一个承载着汉德克关于地理、社会、文化、政治认知和想象的丰富多彩的资料库，也创造出了多样的差异性空间。现任英国达勒姆大学地理学讲师的迈克·克朗(Mike Crang)在《文化地理学》一书中将文学创作与地理学之间微妙又深长的关系以"文学地理景观"为题开展讨论，认为作为文学形式的小说具有内在的地理学属性。小说的世界由位置与背景、场所与边界、视野与地平线构成。它们不是外部世界的单纯、孤立的折射镜，而是提供了一种观照世界的方式，显示出一系列富有情趣、经验和知识的景观。① 由瑞士巴塞尔大学的芭芭拉·皮亚蒂(Barbara Piatti)博士撰写的《文学的地理学——舞台、背景与空间想象》(*Die Geographie der Literatur. Schauplätze, Handlungsräume, Raumphantasien*)

---

① 参见［英］迈克·克朗：《文化地理学》，杨淑华、宋慧敏译，39～75页，南京，南京大学出版社，2000。

一书则成为德语文学研究界近年来内容较为全面和详尽
的跨学科的空间研究读本之一。作家如何遵守潜在的地
理学认知，用文学的手段将不同的地理空间作为书写对象
并对其加以变形、间离或重塑，以在虚构空间和现实空
间中达成清晰、合逻辑的关联是她观照的重点。① 此外，
从叙事学理论、文学与空间转向的交叉影响等角度出
发，卡特琳·邓内莱恩(Katrin Dennerlein)撰写的《空间
叙事学》(*Narratologie des Raums*)、沃尔夫冈·哈雷特
(Wolfgang Hallet)等人编著的《文学中的空间与运
动——文学研究与空间转向》(*Raum und Bewegung in
der Literatur. Die Literaturwissenschaften und der
Spatial Turn*)等也成为近年来德语学界探讨文学空间问
题的综合性著作。②

　　上述各类研究模式和视域为文学研究中的空间研究
提供了研究基础，并带来了新的理论视角，推动了对具
体文学文本的空间塑造的重新考察。一方面，文学作为

---

① 关于文学地理学的基本宗旨，皮亚蒂用最简单的事例说明如下：如果
　某个故事情节发生在纽约的文本中出现这样的句子——"出租车停在
　第五大道，他对司机说他想去亚历山大广场"，则该文学创作有悖叙
　事文学最基本的原则。参见 Barbara Piatti: *Die Geographie der Lite-
　ratur. Schauplätze, Handlungsräume, Raumphantasien.* Göttingen:
　Wallstein 2008, S. 31.
② 参见 Katrin Dennerlein: *Narratologie des Raums.* Berlin: de Gruyter
　2009; Wolfgang Hallet/Birgit Neumann（Hg.）: *Raum und Bewe-
　gung in der Literatur. Die Literaturwissenschaften und der Spatial
　Turn.* Bielefeld: transcript 2009.

以语言文字为符号的表征形式，在其内部建构起以现实
景观为对象、主体经验表达为蕴意的表征方式。另一方
面，文学作为一种特殊的文化生产方式，在对世界和外
部空间进行具象书写的演示中，也有其自身的叙事模式
和主题建构。[①] 对此，克朗以文本中的家园书写为对象
探讨了文本内暗含的地理构建，指出许多小说中的空间
故事都在呼应一个相同的主题——旅行，即主人公先是
出走他乡饱受磨难，在历经种种奇遇后返回家乡。甚至
连《吉尔伽美什》(*Gilgamesh*)这样出自中东文明古国的
人类最古老的史诗之一，也毫无例外地从旅行故事出发
展示家园空间之书写。[②] 早在 20 世纪 60 年代，法国新
小说派代表人物米歇尔·布托尔(Michel Butor)就曾经
指出，能够统领所有文学小说的基本主题是旅行，在以
旅行为主题的小说中，地点设置作为对现实空间进行补
充、构建的"别处"而异常丰富与多样。[③] 在这里，布托
尔虽然没有进一步指出此类文本空间设置的具体特点，
却向人们揭示出旅行小说在空间描写方面所暗含的独特
性和丰富性。在本书对空间与文学文本的互动关系进行

---

[①] 鉴于本书是以具体小说文本为对象，针对文本内的空间建构进行研
究，所以本书在论述文学空间时不涉及诗歌、戏剧等文学体裁，而只
限于小说类叙事文学。

[②] 参见［英］迈克·克朗：《文化地理学》，39～75 页。

[③] 参见 Michel Butor："Der Raum des Romans". In：*Repertoire 2.
Problem des Raums*. Übers. von Hellmut Scheffel. München：Beck
1965，S. 81f.

具体考察时，上述克朗和布托尔的观点为笔者提供了有力的视角出发点和研究方向。

　　旅行作为人类生活最基本的活动形式之一，无论是中世纪虔诚信徒的朝圣之旅，近代前期的远洋探险，殖民时代领土的侵占、扩张，还是现代社会的大众旅行，在人类发展史上，旅行均作为一种基本的空间性实践活动，与西方文明的发展相伴相生，也是西方文学最为传统和经典的主题之一。旅行文学作为一种特殊而又经典的创作题材形式多样，内容丰富。有关它的定义、特征及分类等在德语文学研究界早已不是什么新鲜话题。通常来说，旅行文学所要表现的根本宗旨为，主人公通过离开本土环境，远赴异地，经历种种奇妙、新鲜或惊悚的旅行过程，建构自我与他者的界限及差异，以达到认知世界、反省自我、追寻自我的目的："外部的事物对于主体的自我确认和反思至关重要。旅行成为人找寻自我的动机……旅行文学这种文学类别的根本主题即对外部环境的主观反思，直到我们所在的世纪它仍然没有改变这种初衷。"①在这里，笔者不是要对旅行文学作品的主旨进行更正或补充，而是试图在此基础上，以另一个视角来观照此类文本，那就是"空间"。在以旅行

―――――――――

① 克里斯托夫·博德以 18 世纪的旅行游记为切入点，深入探讨了旅行活动与人类自我认知之间的紧密联系。参见 Christoph Bode：*Beyond/Around/Into one's Own：Reiseliteratur als Paradigma von Welterfahrung*. Poetica 26：1/2 1994，S. 76.

为主题的文学作品里，不论它们以何种形式出现，其内部所蕴含的两大最基本也最重要的构成要素——旅行主体和旅行空间都应该被视为此类文学的表现重点。[①] 一方面，以游记、旅行小说等为代表的文本因富含异乡的风土人情等信息，无疑在空间书写的表征和演示上比其他体裁更具广度和深度；另一方面，也更为重要的是，在以旅行作为活动模式的旅行文本中，空间作为关涉人类生存的条件和认知对象，必然渗透于主体以旅行作为具体活动模式的体验过程之中，现代主体的意识、感知、对自我及世界的认识均在这一模式中与空间形成密切互动的张力关系。而人的感知能力，生存体验，与自我、他者和世界的关系作为文学作品恒定指涉的核心命题，在此类文本中通过汉德克多样、丰富的空间书写和旅行主体的旅行故事必定有所凸显和展示。

所以这里需要说明的是，旅行文学作为西方文学经典和传统的体裁之一，在文学研究领域被广泛考察。而本书选取奥地利当代作家彼得·汉德克中期的三部以旅行为主题的小说作为研究对象，根本目的是从空间视角出发，追溯旅行这一人类基本活动模式在空间理论上的阐释可能性，探求旅行活动中的人与空间之间的互动关

---

① 参见 Imke Jahns-Eggert：*Literarische Inszenierung der Reise. Untersuchungen zum Thema der Reise in der maghrebinischen Erzählliteratur und in der litterature beur*. Hamburg：Dr. Kovac 2006，S. 48.

系，并对每部小说中具体的、有差异而多样的空间建构进行研究，以察探三部小说是如何通过独具特色的空间塑造来表达旅行文学的初始宗旨的。因此，总体来说，本书不过多涉及旅行文学的内容和内涵，从而与一般的主题性、叙事性研究相区别，而仅仅以"空间性批评"为导向，首先着眼于通过对近现代空间理论，尤其是人与空间的互动关系的梳理，来探明旅行模式中的旅行主体与其所经历的空间之间所隐含的关系的阐释可能性，再通过具体的文本分析，探究汉德克的小说是如何以其独特、丰富的空间塑造及表征来书写三部不同的旅行故事的。

# 第二章　空间理论与旅行文学的辩证思考

　　随着历史的变迁，在不同的学科领域发展或衍生出诸多空间概念和理论。从哲学思维方式上看，这些理论大致可分为以认识论哲学为基础的空间认识论、以生存—实践论哲学为基础的空间生产论和以后现代哲学为基础的空间权力论。① 这些理论随着后现代进程和社会的发展而逐步凸显，如列斐伏尔以《空间的生产》为代表的对于空间及社会生产方式、生产关系的辩证反思以及福柯对于权力、知识、空间之间隐蔽关联的考察等，并在各学科间呈现出渗透融合、交叉发展的趋势，才有了所谓社会理论的"空间转向"一说。从这个意义上说，空间转向并非空间研究的起点，更不是对空间问题进行颠覆性的重新定义，而只是试图以新的视角或观点对其进行考察与诠释。因此，本书在对文学与空间的互动关系

① 参见谢纳：《空间生产与文化表征》，35 页，北京，中国人民大学出版社，2010。

进行思考和实践性研究的时候，并不局限于"空间转向"以来的理论资源，而旨在以"空间转向"为导向，对空间问题的基本发展脉络、哲学基础进行梳理，尤其是基于文学文本与空间的互动关系而锁定旅行文本这一文本类型，着重分析旅行这一人类基本活动模式在空间理论上的阐释可能性，即旅行主体与空间的互动关系，并在此基础上选择具体的旅行文本进行"空间性"的解读分析，探讨文学文本如何在以旅行为主题的小说内部对空间进行书写和建构。

# 一、人与空间

## （一）何为空间——近现代空间理论基础综述

在西方现代性的历史中，空间与时间一样，始终是哲学史上一个争论不清的基本问题。无可否认，人们对于空间及空间观念的理解处于历史性的变化之中。在 20 世纪 70 年代"空间转向"出现之前，哥白尼日心说的提出和 19 世纪末、20 世纪初的语言转向被认为是现代西方学界经历的两大具有划时代意义的转向。其中，"哥白尼式的转向"更被认为是一场关乎"思维方式的革命"，奠定了西方现代自然科学的基础，开创了自然科学向前迈进的新时代。① 随后，伽利略的支持和论证使得日心

---

① 参见 Stephan Günzel（Hg.）：*Raum. Ein interdisziplinäres Handbuch*，a. a. O.，S. 77.

说逐步取代地心说，中世纪以来被神化或等级化的空间关系被瓦解，欧洲现代意义上的自然科学和哲学也逐步摆脱宗教神权的束缚，向着以经验和实验为主的方向前进。尽管哥白尼的日心说建立在以宇宙天体运动学为主的认知层面基础上，但早期现代世界是同空间感和空间概念中的革命一同诞生的，在这个意义上，暂且可以把哥白尼革命式的学说和导向认为是现代"空间转向"的最初开端。自它诞生以来，建立在数学和物理学基础上的空间研究以形而上的方式在哲学层面被纳入讨论范畴。哲学家们围绕其概念、形式及本质展开了一系列讨论。

作为主体主义哲学的先驱，笛卡尔对空间的探讨主要针对物质的广延性（Ausdehnung）这一角度展开。他认为，物体的本质不在于它的硬度、重量、颜色或其他具有特殊物理特性的表征，而在于它是以长、宽、高为基础的具有延伸性的东西。无论构成物体的材料是石头、木头、水或是空气，决定其空间位置的因素是延伸性，而非硬度或重量等其他因素，因为物体的硬度、颜色均有可能发生改变，只有以长、宽、高决定的延伸性不因其位移而改变或消失。据此，笛卡尔不认为有真空的存在，因为依据他的观点来看，哪里有延伸性或空间，哪里就有物质。他一方面反对把包含物质的表面称作"地点"，另一方面又赋予"地点"以特殊的意义：它不只是空间的本质，一种物质从某个地点向另一个地点的转移就是运动。我们可以看出，笛卡尔对空间的阐释是

建立在古希腊数学家欧几里得所倡导的几何空间学基础
之上的一种理解方式。①

　　继笛卡尔之后，莱布尼茨与牛顿派的忠实拥护者克
拉克之间的书信往来因引发了近代自然哲学和物理学范
畴内的一场关于空间理解的论战而引人注目。这场论战
始于 1715 年 11 月，因莱布尼茨曾简短地批评牛顿的
"空间是上帝用来感知事物的器官"②这一说法而遭到克
拉克的批判。就书信集中涉及的空间概念来说，在克拉
克看来，时间和空间都是"绝对的、实在的存在"，物体
存在于时空之中，时空则自身独立存在着，并不依赖于

①　涉及对于空间的看法时，笛卡尔在一定程度上继承了亚里士多德的空
间观。据亚里士多德在《物理学》中的阐述，空间是具有长、宽、高三
维属性的且不能随着物质移动而移动的容器，是物体及其运动赖以存
在的形式。亚里士多德对空间的理解局限于有限的宇宙空间，绝对的
"虚空"，即没有任何可见物体的空的体积不存在。同时，笛卡尔的看
法又与亚里士多德所述的物质按照其属性占有空间的观点有所区别。
参见 Panajotis Kondylis: *Die Aufklärung im Rahmen des neuzeitlichen
Rationalismus.* Hamburg: Meiner 2002，S. 19-41；René Descartes:
"Über die Prinzipien der materiellen Dinge". In: Jörg Dünne/Stephan
Günzel（Hg.）: *Raumtheorie. Grundlagentexte aus Philosophie und
Kulturwissenschaften*. a. a. O.，S. 44-57；张道武:《亚里士多德空间
观念的研究》，59～61 页，载《科学技术与辩证法》第 19 卷，2002。
②　这场论战从 1715 年 11 月开始，在 1716 年年底因莱布尼茨去世而中
断。莱布尼茨对牛顿绝对时空观的批判是这场书信论战的核心出发
点，论战围绕意志、时空、力、运动等方面展开。这里只选取其中关
于空间的论述进行概括性综述，以阐明莱布尼茨在空间问题上的观
念。参见 Gottfried Wilhelm Leibniz: "Briefwechsel mit Samuel
Clarke". In: Jörg Dünne/Stephan Günzel（Hg.）: *Raumtheorie.
Grundlagentexte aus Philosophie und Kulturwissenschaften*. a. a. O.，
S. 58.

物体。因此克拉克认为，即使是在没有物体存在的地方，也有空间的存在，即空的空间。而依照莱布尼茨的观点来看，空间则体现物质间一种"并存的秩序"，时间则是一种"接续的顺序"，它们本身并非像克拉克所论述的那样，是绝对的、实在的存在。离开了物质就无所谓空间，物质和空间虽然有所区别，却密不可分。从这个意义上来说，莱布尼茨认为不存在空无物质的空间，反对克拉克关于虚空存在的观点。[①]

由此我们可以看出，不管是笛卡尔还是莱布尼茨，他们在空间问题上的认知都带有近代数学或物理学研究的特点或色彩。在这些认知中，有两点值得注意。其一是，物质作为客观存在的、具体的实体与空间有所区别又相互联系，对空间的探讨离不开用具象的物质在场加以辅助或说明。其二是，他们对空间概念的阐释中所具有的唯心主义色彩仍然把神赋或者上帝的权威置于空间之上，如笛卡尔认为空间体现为由物质的长、宽、高所决定的广延性及物质的运动均是神赋的结果。[②] 莱布尼茨对牛顿绝对时空观的批判也是基于以下认识：如果把空间看作绝对的存在，则空间将是无限、永恒的东西，

---

① 参见 Gottfried Wilhelm Leibniz："Briefwechsel mit Samuel Clarke". In：Jörg Dünne/Stephan Günzel（Hg.）：*Raumtheorie. Grundlagentexte aus Philosophie und Kulturwissenschaften*. a. a. O.，S. 58-73.
② 参见 Karlheinz Barch/Martin Fontius/Dieter Schlenstedt u. a.（Hg.）：*Ästhetische Grundbegriffe*. Band 5：*Postmoderne - Synästhesis*. Stuttgart：Metzler 2003，S. 125.

那么就等于承认在上帝之外有不能为其所掌控的东西，这有损于全知全能的上帝的尊严。[①]

在涉及近代哲学史关于空间的理解方面，康德虽然也没有摆脱这种关联，但他的空间理论首次与人，准确地说，是与人的感官和经验有所联系。在《纯粹理性批判》的第一章第一节"超验美学"中，康德首先就空间概念进行了明确的论述。在他看来，空间不是客观实在的物体，而是人的先天直观形式，是我们感知事物的先决条件："空间不是针对事物关系的具有推理性的、普遍的概念，而是一种先天知识原则下的感性纯直观（Anschauung）。"[②]他把受客观物体刺激生成印象的能力称为感性，通过感性的方式，将对象呈现在我们面前，让我们有了直观。当康德把空间看成是一种"纯直观"时，也就把空间排除在感性对象的刺激之外，而将其理解为一种存在于心灵之中的先天纯粹的感性形式。

首先，空间不来源于外部经验，不是一个经验概念。这意味着，空间的表象不能通过经验从外部显现的

---

① 参见 Gottfried Wilhelm Leibniz："Briefwechsel mit Samuel Clarke". In：Jörg Dünne/Stephan Günzel（Hg.）：*Raumtheorie. Grundlagentexte aus Philosophie und Kulturwissenschaften*. a. a. O.，S. 64.

② 在这里，康德用德语 Anschauung 一词表达"直观"概念，并对其进行界定：不管一种知识以什么方式以及通过什么方式与对象发生关系，它与对象直接发生关系所凭借的以及为一切思维当作手段所追求的，就是直观。参见 Immanuel Kant：*Kritik der reinen Vernunft. Kritik der praktischen Vernunft. Kritik der Urteilskraft*. Ungekürzte Neuausgabe. Wiesbach：Marix 2004，S. 61.

关系得出。相反，外部的经验（这里所指的经验既包含实际生活中对具体事物的辨别能力，也指以实验为基础的物理学经验原则①）只能来自空间的表象。关于这种外部经验，康德这样描述道："某些感觉与我之外的某物发生关系（也就是说，与在空间的不同于我所在的另一地点上的某物发生关系）"，它们被"表象为彼此外在的和彼此并列的，从而不仅各不相同，而且是在不同的地点"。② 从这段论述中我们可以看出，康德对外部事物的经验描述最终被归结为对空间的描述。换句话说，外部事物的存在首先是一种空间的存在，一切对象都毫无例外地在空间中表现出来，包括形状、大小和位置关系等。我们只可以想象在空间中不存在物体，却无法想象某个物体不存在于空间中。这就表明，外部事物以它们在空间中的表象即相互关系得以存在和相互区别。我们总是以空间或地点的方式与这些外部事物发生关联，即"对外在事物的感知总是空间上的"③。只有在对空间的表象有所了解之后，我们才能够理解我们与外部经验的关系。其次，空间作为一种先天的纯直观，是所有外部直观必不可少的基础和条件，存在于我们的经验活动之前。换句话说，一切的经验活动都以空间表象作为基

---

① 参见 Stephan Günzel（Hg.）：*Raum. Ein interdisziplinäres Handbuch*. a. a. O.，S. 77.
② Immanuel Kant：*Kritik der reinen Vernunft. Kritik der praktischen Vernunft. Kritik der Urteilskraft*. a. a. O.，S. 63.
③ Stephan Günzel（Hg.）：*Raum. Ein interdisziplinäres Handbuch*. a. a. O.，S. 15.

础，我们的空间概念先于我们的经验活动。与笛卡尔有所区别的是，康德不从广延性上来界定空间，而是把其看作以不同表象与人发生关联的形式。

康德将空间作为先验的直观，虽然在一定程度上对知性思维有所排斥且抹杀了主体特定的感知功能，但无可否认，康德在近代以来的空间观念中首次将空间转向主体，建立了人类对于空间更为理性的认识前提和条件。

从日心说到笛卡尔或是莱布尼茨，近代以来学界对于空间的探讨极大地丰富和推动了人类历史进程中对于空间的认知能力，含混、模糊的空间表象得以概念化，使之成为能够继续讨论的对象。但我们也可以看到，这些本体论的空间概念大都停留在物理学、数学或者形而上的层面，空间也更多地被看成是均质的、恒定的，甚至被认为带有神话的色彩。尽管这些研究非常重要，但它始终将人这一具有感性思维、意识以及主观能动性的因素排除在讨论范围之外，并未对人与世界、人与社会的关系做出应有的考量。自康德开始，空间首次与人及其感官、经验联系起来，这种思维模式无疑将把人与空间关系的探索之路引向一种更为广阔的视域。在现实世界中，作为主体的人，并不是可以抽象地游离于一定的空间形式之外、脱离世界而孤立存在的人。人一定是某个社会空间的存在者，构成日常实践活动的主体，在身体、感觉、社会性等各个层面都同空间有着密不可分的关系，关于人的一切现时经验和行为方式也均在一定的空间领域内被划分。所以，无论人类对于空间观念的建构始于何时或者何种角度，在对空间问题进行进一步探讨时，无论如何也不能避开人这一基本的和重要的因素，而人对空间的体验则具有绝对的意义优势。换言之，人是空间最好的标注和基点，因为只有以人作为原点的空间才是现存的活生生的、被激活了社会意蕴的空间。人与空间的交互关系理应成为各理论在探讨空间问题时的焦点所在。然而，由于受本体论等传统的形而上学的影响，近现代西方哲学对于社会存在或世界存在的本体根基的探索始终以宏观的社会制度、组织结构、社会历史和事件为基础，而将与人类生存密切相关的日常生活世界作为琐碎、平庸、偶然的非本质现象排除在理论视野之外。空间真正作为影响人的日常生活状态的要素而被纳入哲学家的理论范畴应该归因于以胡塞尔"面向生活世界"为出发点的现象学和海德格尔对于人的生存状态的思考。他们将哲学目光从超验的本体探究转向日常经验的生活空间，引向作为主体的人所生存于其中的"生活世界"，这一从抽象的本体论层面回落到直观的日常生活世界的哲学思维方式，也要求思考的重心更加踏实完整地回落到人类与其最基本的生存维度——空间之间的关系上来。

## (二)人与空间

### 1. 此在的空间性

晚年的胡塞尔在《欧洲科学的危机与超验现象学》中首次使用了"生活世界"(Lebenswelt)一词，旨在反对近代自然科学对我们所身处其中的世界的抽象化。他认为自然科学本身虽然十分有效，但它只不过是我们给自己所身处其中的世界制作的一件理念性的衣服，而科学的意义是被生活世界中的主体实践赋予的，"人们生活在这个世界之中，只能对这个世界提出他们实践和理论的问题；在人们的理论中所涉及的只能是这个无限开放的、永远存在未知物的世界"①。胡塞尔以现象学还原的方法，肯定了生活世界的先在性和前提性，认为所有理想及其意义基础都源于生活世界。在这种情况下，"回归事物本身"成为胡塞尔所倡导的现象学研究方法的主旨。尽管这种方法并非在真正意义上解决现实问题，但它将哲学从事物背后的本体探究转向直观经验和现象的生活世界本身，将人拉回最现实和最具体的生存活动及实践场域，为反思人与空间的关系进一步打下了基础。

　　马丁·海德格尔（Martin Heidegger）作为由现象学深入存在主义哲学的代表，更加关注空间作为人的生存方式所蕴含的更为内在和更为深层的内容。在献给胡塞尔的《存在与时间》（*Sein und Zeit*）一书中，海德格尔已经指明空间性对于人的生存意义所具有的关键作用。他将空间与"此在"（Dasein）②联系在一起，认为此在本身在本质上就具有空间性。与此相应，空间也参与构建着

---

① ［德］埃德蒙德·胡塞尔：《欧洲科学的危机和超验现象学》，张庆雄译，60 页，上海，上海译文出版社，1988。
② 海德格尔认为，在探索存在的问题时应当由一个未被规定的存在者入手，即人的存在，也称"此在"。在他看来，在世界中存在的人是唯一能够以他自己的存在样式使自己澄明的存在者。

世界。在海德格尔看来，世界中存在的人是唯一能够以
他自己的存在样式使自己澄明的存在者。为了解释人所
特有的存在样式，海德格尔使用了"生存"这一术语，其
原文具有"站起来"之意，即为了认识自己、了解自己，
人必须"走出"自身，转向世界。人原本就是有意向的、
追求自我超越的存在。只有通过对世界进行深入了解，
作为此在的人才能成为自身。这样，"在世界之中"（In-
der-Welt-sein）便成为海德格尔所认为的作为此在的人的
空间性和存在的基本样式："此在本身有一种切身的'在
空间之中的存在'，不过这种空间存在唯基于一般的在
世界之中才是可能的。"①此在于"世界之中"存在，就要
同世内照面的存在者打交道，建立与诸存在者共在的关
系，赋予自己与它们的位置及场所。这种对位置和诸位
置关系的设定正是一种空间化的活动，它使此在处于
"在世界之中"的状态得以确证。海德格尔说，此在的空
间由"将……带到近旁"以及"使……位于……"的各种活
动来确定。此在"将……带到近旁"并不是把一件东西放
在他的身边，朝着我们身体的这个方向，而是使这个事

---

① ［德］马丁·海德格尔：《存在与时间》，陈嘉映、王庆节译，66 页，
北京，生活·读书·新知三联书店，2012。"在……之中"于海德格尔
不能从一般的空间意义，如"火柴棒在火柴盒之中、椅子在教室之中"
等方式来理解，而更多表示一种"与……的熟悉"的关系。虽然海德格
尔拒绝将世界仅仅作为一种背景和场地，但此在因为"在世界之中"所
具有的空间性而不可被否定。

物成为上手的(Zur-Hand-Sein)①事物，朝向我们日常操
劳、繁忙的中心。在海德格尔看来，"去远"(Ent-Fer-
nung)和"定向"(Ausrichtung)成为此在与世界中其他事
物打交道、占据位置的两个基本方式。去远是指对周围
世界上手东西的距离、疏远的消除，使此在从周围世界
的"那里"领会到自己的"这里"。而"这里"并不意味着现
成之物的所在，而是此在消除距离的活动所在的地方，
包括这种活动本身："此在就其空间性来看首先从不在
这里，而是在那里；此在从这个那里回返到它的这里，
而这里又只是以下述方式发生的——此在通过从那里上
到手头的东西来解释自己的向着……的操劳存在。"②这
样，海德格尔认为，此在本质上就是有所去远的，在本
质上就具有空间性。此外，作为在世界中存在的此在
"将……带到近旁"时，总是具有一定的方向性，对诸存
在者做出"对准""指向"等意向性行为，被去远的东西就
沿着这一方向接近，最终上手。因此，此在还具有定向
的性质："只要此在存在，它作为定向去远的此在就总
已有其被揭示了的场所。定向像去远一样，它们作为在世
的存在样式都是先行由操劳活动的寻视引导的。"③

　　海德格尔在试图解释作为此在的人的本质时，将他

---

① 参见［德］马丁·海德格尔：《存在与时间》，81 页。
② ［德］马丁·海德格尔：《存在与时间》，125 页。
③ ［德］马丁·海德格尔：《存在与时间》，126 页。

的空间性和空间活动本身纳入考察范畴，不仅规定了
"去远"和"定向"作为此在空间性的基本体现和"在世界
之中"的基本组建因素，也揭示了人的命运为必须在世
界中生存，必须与他者、他物共存。虽然海德格尔在
《存在与时间》中仍然把以死亡为终点的时间性确定为此
在根本的存在论意义，甚至连他自己也认为，"空间存
在的阐释工作直到今天还始终处于窘境"①，但他的论述
还是在一定程度上揭示了人与空间的各种关系，尤其是
人的生存活动中所蕴含的人与空间之间的各种关系。

我们注意到，后期的海德格尔依然没有放弃对于人
与空间关系的追述。但他采用另一种角度，即以个体的
生活环境、居住环境作为切入点，通过对"居住""栖居"
等内容的探讨，试图在每一个人实际的生存境遇中挖掘
此在的生存体验。这些思想主要体现在《演讲与论文集》
中的《筑·居·思》中。在这篇文章中，海德格尔引用了
荷尔德林那句著名的"人诗意地栖居在大地上"而给后人
留下遐想与启发。对于海德格尔来说，人的居住并不仅
仅指某个住宿地，而是一种处于安宁之中，在某种使每
一事物都保持其自然本性状态的防护圈之下，其基本特

---

① ［德］马丁·海德格尔：《存在与时间》，131 页。海德格尔在《存在与
时间》一书中仅在第一大篇"准备性的此在基础分析"中前面部分的某
些地方涉及了此在的空间性问题。他探讨此在之生存的思路，仍然把
时间性作为基础维度，空间性最终被化约为时间性，由"在场"呈现一
种"到时"，而终有一死者始终被作为海德格尔的讨论基础。

性为一种保护与防卫。① 他以桥所体现的独特空间性为例，指明我们日常所穿越的空间是由建筑物的位置设置的，人与空间的关系不是对立的，而是"我们始终是这样穿行于诸空间的，即：我们通过不断地在远远近近的位置和物那里的逗留而已经承受着诸空间"②。海德格尔以人类栖居这一基本活动作为起点，追问居住和建筑的本质，对人的生存境遇做出新的思考。最主要的是，海德格尔始终把人以及人的活动置于与其所在空间的紧密关联中，指明人作为具空间性的存在者通过始于自我的行动与空间发生关系。换句话说，人的生存即建立在从主体自身出发的与空间进行互动的关系基础之上。

　　海德格尔从存在主义的角度对作为主体的人与空间之间的本质联系做出阐释，为探究人与空间的互动关系发挥了基础性和指示性的作用，其观点为后人提供了一定的借鉴经验，正如苏贾在《后大都市：城市和区域的批判性研究》一书中所做出的论述："我们可能比以前任

---

① 海德格尔认为，人的栖居不是一般意义上的住在房子里，而是一种由生到死的生存境遇，是一种在大地之上、天空之下、诸神之前的生命逗留。天、地、神、人这四元构成一个整体，作为保护的栖居则将它们凝聚在终有一死者所逗留的场所之中，从而形成了一种充满诗意的自由的存在方式。在他看来，桥作为具有独特方式的物将这四元聚集在自身之中。参见［德］马丁·海德格尔：《筑·居·思》，见《演讲与论文集》，孙周兴译，156 页，北京，生活·读书·新知三联书店，2005。

② ［德］马丁·海德格尔：《筑·居·思》，见《演讲与论文集》，166 页。

何时候都更加意识到自己根本上是空间性的存在者，总是忙于进行空间与场所、疆域与区域、环境与居所的生产。这一生产的空间性过程或'制造地理'的过程，开始于身体，开始于自我的结构与行为，开始于总是包裹在与环境的复杂关系中的、作为一种独特的空间性单元的人类主体。"①尽管苏贾的说法在一定程度上也秉承了列斐伏尔空间生产实践论的观点，但与海德格尔一样，苏贾也承认现代主体及其活动与空间之间存在的必然关联。

## 2. 身体作为空间交流的起点

自柏拉图开始，身体在西方意识哲学的传统里一直就是被贬低和诘难的对象，卑微而压抑地处于灵魂和意识的控制之下。伴随着尼采超人般的呐喊，尘封的身体终于冲破黑暗与隐晦，招摇而醒目地出场。巴塔耶、德勒兹、福柯等人相继追随尼采的脚步，让身体与权力意志、历史和社会发生关联。在这场身体哲学的大讨论中，法国现象学家莫里斯·梅洛-庞蒂（Maurice Mer-leau-Ponty）最明显也最本质的贡献在于，他从人的身体-心理层面，从基本的感觉、知觉层面入手，将人与空间联系起来，把身体置于与空间的互动作用中来取消意识的特权地位，并在此基础上，以身体现象学或生存现象学来考察身体处境的空间意义。对于梅洛-庞蒂来说，

---

① ［美］索亚（Edward W. Soja）：《后大都市：城市和区域的批判性研究》，李钧等译，7～8页，上海，上海教育出版社，2006。

人与空间的相互关系并不能用物理学或数学范畴内的某种抽象概念表示，相反，空间作为人的生活世界，其重要内涵和丰富性有待在更广泛的领域中进行探讨。一方面，空间总是针对着人，向着具体的人开放。另一方面，具有空间性的人，其身体、活动、意识都与空间有着千丝万缕的关联。

在其早期代表作《知觉现象学》一书中，梅洛-庞蒂打破了笛卡尔的主客体二元对立观念，在超越传统哲学和心理学的基础上，将人的身体提升到一个兼具认知主体与对象客体双重角色的优先地位。在他看来，身体是在世界上存在的媒介物，也是主体与世界发生联系的手段。拥有一个身体，对于一个生物来说就是介入一种确定的环境，通过身体在世界中的活动来认识世界、感知世界："身体则是我们在世界中的定位"，"身体是我们拥有一个世界的一般方式"。[①] 为此，梅洛-庞蒂引入生理学上的"身体图式"[②]这一概念，将其看作一个完整的

---

① ［法］梅洛-庞蒂：《知觉现象学》，姜志辉译，191、194 页，北京，商务印书馆，2012。
② 身体图式在生理学上被理解为人们在童年时期，随着触觉、运动觉的关节觉内容相互联合，或与视觉内容联合，从而能越来越容易地唤起视觉内容而逐渐形成的一个表象中心。同时，在心理学上，它又可以被理解为"在感觉间的世界中对我的身体姿态的整体觉悟"，它是充满动力的，表明"我"的身体为了某个实际的或可能的任务而向"我"呈现的姿态。总之，"我"的身体总是朝向它的任务而存在，身体图式则是一种表示"我"的身体在世界上存在的方式。参见［法］莫里斯·梅洛-庞蒂：《知觉现象学》，135～139 页。

意向性结构，这不但表明身体在世界上的存在方式，在很大程度上也是对身体体验的某种概括。这样，身体不再是如传统所认为的空间中的外在的拼合物，而是一种能动的、能对认知者身体本身产生意向性的间性元素。梅洛-庞蒂将这种现象学意义上的身体称为"身体-主体"，并在此基础上进一步阐释了这种"身体-主体"与空间之间的联系。

梅洛-庞蒂认为，真正的空间绝非物理学和几何学意义上僵化、静止的空间，而是一种建基于身体和身体性概念的原始的空间，是一种"处境的空间"，因为身体自身具有知觉的能力，可以形成对自身和他物的空间感知。在这里，梅洛-庞蒂进一步强调身体的能动活动，认为空间感知的形成只能建立在身体及身体活动嵌入一定空间的基础上，他将其称为"知觉场"，而这种"知觉场在向具体的主体提供一个可能的固定点时，为引起知觉作出了全部贡献"①。空间感知以知觉场为前提，要获得知觉场，则必须建立在人以自己身体为中心、与世界进行经常性接触的基础之上，人的存在就是一种身体的存在。从这个意义上说，梅洛-庞蒂的身体现象学从实质上指明具有主体意志与思维的身体本身及身体活动融入外部空间获得对于空间的感知和经验的重要性。割裂了身体与空间的内在联系，就割裂了作为主体的人的空间

---

① ［法］梅洛-庞蒂：《知觉现象学》，356 页。

性，主体无法在"处境的空间"或相应的"知觉场"中获取知觉，外部空间的诸多意义便无法显现。①

　　在梅洛-庞蒂后期出版的单行本《眼与心》中，他把对身体以及知觉经验重要性的强调以更为具体的视角转向文学艺术领域，让身体现象学从日益严格的科学客观主义和技术理性的制约中解脱出来。通过对法国后期印象派画家保罗·塞尚的绘画进行分析，梅洛-庞蒂发现，在科学主义盛行的今天，要真正地把握身体，领会身体，不能从抽象观念或理智模式出发，而必须接触自然、亲历自然，在身体力行中展示本己的身体。正如塞尚等人，"正是通过把他的身体借给世界，画家才把世界转变成了画"，他们作画的过程，是以活动的、实际在场的身体为基础的"视觉与运动的交织"。② 为此，梅洛-庞蒂认为，塞尚关注的其实是自然和人性的结合，强调的

---

① 关于人在空间活动中获取空间感知这一点，梅洛-庞蒂以自己在巴黎的旅行为例说明："我游览巴黎时得到的每一个鲜明知觉——咖啡馆、人的脸、码头边的杨树、塞纳河的弯道——同样也清楚地出现在巴黎的整个存在中，都表明巴黎的某种风格或意义。……在那里，有一种潜在的，通过景象或城市扩散开来的意义，我们在一种特殊的明证中重新发现它……"参见［法］莫里斯·梅洛-庞蒂：《知觉现象学》，357 页。

② 杨大春：《中译者序言》，见［法］莫里斯·梅洛-庞蒂：《眼与心》，杨大春译，35 页，北京，商务印书馆，2007。在理智主义传统中，技术与科学有一套自己的认知手段。感性经验往往被理智抽象化，艺术与技术有同样的命运。对梅洛-庞蒂来说，审美经验并不等同于理智判断，真正的艺术创作自有其感性光芒。参见［法］莫里斯·梅洛-庞蒂：《眼与心》，30～35 页。

是身体在绘画中的意义，旨在以绘画这种独特的方式实现与自然、与自己、与他人的沟通。他以塞尚开启的"透视变形"为例，力图提升和强调视觉感知的重要性，提倡人们与自然之间的感性关联应该超越科学性的理智建构，建立在"视觉的可感受特性"的基础之上，以将其从笛卡尔的理性主义抽象概括中解放出来。视觉或（眼）看的方式，对梅洛-庞蒂来说，是一种有灵性的身体活动。一方面，它意味着我们以"介入"的姿态，设身处地地同世界打交道；另一方面，它在空间与思想之间引入了由心灵和身体复合而成的自主秩序，"眼睛实现了向心灵开启非心灵的东西、万物的至福领地，以及它们的神和太阳的奇迹"①。这样，笛卡尔主义者们认为全部光明在于精神，而梅洛-庞蒂则通过视觉来为身体的意义进行正名。身体不再只是触觉或视觉的手段，而是它们的占有者。空间也不再是抽象的或客体间的关系网，而是一个从作为空间点或空间零度的以身体作为主体的"我"出发所获得的空间："我在它里面经验到它，我被包纳在空间中。"②

总之，梅洛-庞蒂的空间理论的逻辑起点就是他对身体意义的提升，即"身体-主体"观。身体与空间的紧密关系体现为，在具有主体性的个体与外部空间之间，身体

---

① ［法］莫里斯·梅洛-庞蒂：《眼与心》，85 页。
② ［法］莫里斯·梅洛-庞蒂：《眼与心》，67 页。

扮演着重要的角色。没有身体，就没有所谓空间，或者说，离开身体的空间只能是空洞、形而上的虚空。同样，离开了空间的身体也化为脱离世界而孤立的、抽象的主体。真正具有意义的空间也是身体引导活动、意识的空间。身体不仅是知觉的主体，更是人与他人、他物乃至整个世界进行交流的最原始的处境和起点。人正是通过身体形成了生活世界中各种因果关系交织在一起的场所或处境，从而将"人"也纳入整个处境之中，成为被生活世界境域所标示的"处境之中的人"。这一点对后来福柯的"规训的人"以及与此相关的微观权力批判理论都产生了一定的影响。

### 3. 主体与空间感知——"被经历的空间"

尽管梅洛-庞蒂与福柯、列斐伏尔等人不同，不是从社会机制和生产实践的角度观照身体，但他把身体看作人与空间进行交互的起点，肯定身体性的活动对空间的占有和把握，实际上是将身体视为一种能动结构，以其在空间中的各种能动活动作为手段来探讨主体如何通过身体获得空间感知和经验。这就意味着，20世纪空间理论的发展及相关思考让康德的先验直观空间不再作为一种形而上的背景，而是被纳入具体的、阐释性的或者检验性的范畴。这样，个体观察者的主体性被置于生动的、以身体感知为基础的理解范畴，空间也不再是"认知系统具有超验调节性的、用以描述客观行为的僵硬形式，而具有了一种生动的、亲历性的和感官上的特性"①。

德国心理学家卡尔弗里德·冯·杜克海姆(Karl-fried von Dürckheim)在 20 世纪 30 年代首次提出"生活的空间"(gelebter Raum)这一概念，以人的心理和精神体验为出发点，将外部空间与主体经验联系起来，以此把人与空间的关系考察纳入一种与自然科学中某些空泛而抽象的空间定义相对的、更为宽泛的理解层面。从根本上说，杜克海姆的这一概念以存在主义哲学作为前提条件，依照现象学的原则，将空间视为可被具有感官性的能动的主体所经历和感知的具体现象来理解。这一思想经由德国当代人类现象学家博尔诺夫(Otto Friedrich Bollnow)继承和发展，演变为"被经历的空间"(erlebter Raum)②，在其《人与空间》(Mensch und Raum)一书的五章中，人与空间的关系通过人在日常生活各种具体空间形式里的行为活动以及在这些空间活动中所获得的具体感知和意识等现象被揭示出来。他明确区分了自然科学的空间概念与人类现实的生活空间、生存空间的区别，指出海德格尔关于此在的空间性的根本含义为：人

---

① Stephan Günzel: *Raum. Ein disziplinäres Handbuch*. a. a. O., S. 79.
② 在这里，博尔诺夫并未否定杜克海姆关于 gelebter Raum 的提法，认为其准确地表明了空间是人生存的媒介，只因 erleben 是个及物动词，因此将其修正为 erlebter Raum。博尔诺夫的"被经历的空间"直接指涉真实存在的具体空间，而非心灵、想象等抽象空间。参见 Otto Friedrich Bollnow: *Mensch und Raum*. Stuttgart 1963. 11. Aufl. Stutgart: Kohlhammer 2010, S. 18.

在本质上就与空间有所关联，他的存在取决于他与空间
的关系。<sup>①</sup> 博尔诺夫从词源学入手考察，得出的结论为，
德语中的"空间"一词最初是指人类为了有所居处而在森
林里开垦空地，进而他指出空间的概念首先也必须与人
的行为或行动相关<sup>②</sup>，这也成为《人与空间》整本书的主
旨所在。这样，博尔诺夫所理解的空间观念是一种以人
作为中心和轴心结构的以各种具象呈现的空间，人作为
亲历其中的主体，其空间行为、空间感知与空间经历的
各个要素如街道、家园、房屋、森林甚至白日、黑夜、
雪雾等之间都有着某种不可分割的内在联系，影响并建
构了人的主体意识。

从表面上来看，博尔诺夫以极其细致的观察和文笔
在《人与空间》中涉及了人类日常生活的诸多层面，并援
引海德格尔、梅洛-庞蒂等人的空间理论，甚至借助一些
经典德语文学作品来论述人的行为感知与不同空间形式
之间的关系。但他在阐述人与空间的互动关系时，始终
把人置于具体的空间范围之内，并按照一定的逻辑关
联，从空间方位、外部空间、室内空间等入手，将隐匿
于日常生活中的基于不同空间表征的人类行为和感知特
征揭示了出来。街道、家园两种空间结构以及漫步
（wandern）这种人类空间行为构成博尔诺夫整部著作的

---

① 参见 Otto Friedrich Bollnow：*Mensch und Raum*．a. a. O.，S. 22f.
② 参见 ebd.，S. 33-35.

核心框架。

具体来说，博尔诺夫将道路视为日常空间具有代表
性的结构形式，认为世界是由交通关系、道路和街道网
络构成的，而人的日常生活、日常行动均在这一基本空
间结构中得以展开和显现。主体一旦离开家屋而汇入街
道这个均质的、中立的空间，便被纳入其与社会交流的
基本关系体系："我在家里是个人的，在街上却是匿名
的。"①街道具备一种无限延伸、没有中心的空间特征，
人在街上的行为被规定以速度与目标，即不停向前以抵
达目的地。个体在匆匆向前的人流中必须为保持自己的
节奏与步伐而劳心，这也是人在街道上感到茫然无措的
原因，其最终结果就是主体的自我异化和屈从于大众。
因此，博尔诺夫明确地提出，人类要从街道上转瞬即逝
的人际关系和操劳中解脱出来，最好的方法即漫步。他
指出漫步作为近代以来人类新的生活方式，正在将人从
目的性、功能性的负担和束缚中解放出来。漫步的最终
目标并非一个具体的空间地点，其意义在于这种活动本
身会带给漫步者轻松愉悦的心境，而回归安宁平和的内
心便是漫步这种行为与人类自身存在之间最隐秘、最本
质的关系。对此，前行和回归成为博尔诺夫倡导的两种
基础性人类空间活动线路。人在面向远方前进的行为中
获得空间广度，而回归则超越一般的空间概念，意指回

---

① Otto Friedrich Bollnow: *Mensch und Raum*. a. a. O., S. 101.

归人类自身存在的根本、所有状态的初始："……回归童
年就是回归深沉的本性，在面对技术世界的统治、主客
体的分离、理性的灌输、职业和技术世界之前……一句
话：就是在自我异化和僵化、受到束缚之前回归本真的
自我。这一切只有在漫步时才能实现。"①在这里，博尔
诺夫所说的漫步不再局限于为逃离日常街道而另辟蹊径
的小范围内的行为方式，而是一种主体为摆脱日渐烦劳
的经验感受所做的具有能动性的空间活动，其根本目的
与人的生存本质相关，而且并不意味着"让人一生都去
漫无目的地流浪，像一个流浪汉那样"②。

　　如此一来，回归便成为博尔诺夫在针对人类日常空
间的结构、行为方式和感知特征完成探讨后居于核心地
位的空间行为，而"家"则被视作这一空间行为所指涉的
最根本的概念。博尔诺夫从巴什拉《诗学的空间》以及海
德格尔《筑·居·思》关于家屋的阐释中获得启发，分门
别类地从门、锁、窗等家屋的基本构件入手，说明家作
为居住的空间不仅是分割内外空间的场所，也是人类为
生存而规避风险与威胁、获得安宁与和平的最为本质的
空间需要。家屋和家乡，正是主体在被抛入陌生甚至充
满敌意的世界而感到无助、迷茫之后，重新带给主体的
充满亲近感与信任感、安全感与呵护的空间。博尔诺夫

---

① Otto Friedrich Bollnow: *Mensch und Raum*. a. a. O., S. 119.
② Ebd., S. 121.

敏锐地指出，现代人普遍遭遇的空间经验即背井离乡、无根无家，而人一旦失去家园就会失去自我，所以他所面临的终极任务便是重新找回并建设这个家园。因此，在人与空间的诸多关系中，"家"早已超越其地理属性或居住意义上的空间概念而被赋予与人的主体意识、存在意识紧密相关的深层次内涵。人需要远行，走向世界；同时，人也需要回归，成为有根的、能感知生命本源的人。①

《人与空间》涉及人类日常生活的多个层面，尽管存在一定的漏洞和不足，如没有考虑到人的空间感知在不同社会形式和历史文化背景下的差异，但他透过人类活动与空间交往的事实，对现代及后现代人类生存空间的平面性、无言、混乱甚至断裂有所直接觉察和感触，为我们理解以福柯和列斐伏尔等为代表的后现代空间理论奠定了基础，尤其是他提出的"被经历的空间""漫步""家"等诸多具体概念和相应解释为观照旅行文学文本及其中人与空间的关系提供了有益的视角。

### 4. 行走的空间

人作为一种具有各种感官行为的能动性主体，在其与空间无法割裂的联系以及面向世界的生存、活动、体

---

① 博尔诺夫在《人与空间》第二章的末尾直至第五章都从不同角度对家屋、家居的结构、本质和人的行为、感知经验之间的关系进行了论述。鉴于涉及的章节过多且内容繁杂，笔者在这里只做综述性的总结，以解释博尔诺夫对漫游、回归家园等人类空间行为的阐述。参见 Otto Friedrich Bollnow：*Mensch und Raum*．a. a. O.，S. 110-190 u. S. 213-309.

验的行为中，都不可能是毫无任何社会属性的、静态的
人。人与空间的交往应该在有一定地理限定、包含各种
社会因素的空间之中，并不应处于静态、均衡、同质的
状态，而应与个体本身的空间行为相关。无论是梅洛-庞
蒂的"身体-主体"论，还是博尔诺夫所强调的"被经历的
空间"，都业已包含主体为获取空间的经历和感受而进
行的某种实践性活动。当代法国社会学家米歇尔·德·
塞尔托立足于日常生活空间的实践性，从个体层面对人
在社会空间中以何种方式对世界进行把握、认知并获取
独有的空间感知这一问题进行了分析。

　　德·塞尔托在《实践的艺术》(*Kunst des Handelns*)
一书中，试图将视域投向大众日常生活中的那些细微环
节，或探寻日常生活的意义，或寻求对抗现代生活之异
化的策略，从而考察蕴含于其中的逻辑关联并建构一套
独特的日常实践理论。此书的开篇有这样一段话："献
给一般人。献给行走于街头的无名英雄，无所不在的角
色。在我的叙事的开端，借着召唤这个提供我叙事开展
与必要性之从未出现的人物，我探究的是一种欲望，这
种欲望所无法企及的对象，恰好是这个从未出现的人物
所代表的……"①这里，德·塞尔托以"行走于街头的无名
英雄"引出了他在空间问题上的独特意识——空间实践，

---

① Michel de Certeau：*Kunst des Handelns*．Übers．von Ronald Vonllie．
Berlin：Merve 1988，S. 9.

这也被视为其日常实践理论的一个核心主题。① 从某种意义上说，德·塞尔托的"空间"与福柯所研究的作为权力和规训手段的制度化空间有所不同，他把重心放在了由个人和个人通过实践行为创造的日常生活空间上。在第五章"走进城市"(Gehen in die Stadt)里，德·塞尔托将步行作为人类最为基本和具体的实践行为纳入人与现代城市这一具有普遍意义的空间交往的讨论范畴。作为身体最自然、最直接的空间位移方式，步行是人们体验现代城市最基本的形式，而步行者以步行为主的运动机能则占据城市系统的核心。他认为，在城市中的行走者以实践性的活动将身体写入空间。他们无须理会那些布满抽象线条和标识符号的城市地图，而是通过自己在城市道路上的驻足、穿梭、流动等方式把自己从缺乏实际动作和在场性的模糊线条中解放出来，以没有终结、漫无目的的行动创造属于自己的城市文本，获取各种建筑、街道、场景、气息交织在一起的空间意象和感受。②

为进一步阐述步行对于空间的实践性表述的特殊作用，德·塞尔托区分了"场所"(Ort)和"空间"(Raum)这两个彼此相联又相对的概念。他指出，"场所"是一种由

---

① 德·塞尔托所指的实践即人们相应于具体环境、具体规训机制而进行的具体运作。它既具有场所性特征，又具有主体性特征。日常生活的"实践"就是指作为实践主体的人在各种错综复杂的场所中，在各种机制力量、具体欲望、特定环境的共同作用下寻求各方面的微妙平衡。

② 参见 Michel de Certeau: *Kunst des Handelns*, a. a. O., S. 188-197.

各元素按照一定关系比例构成的秩序，代表着不具生命现象的客观物质性存在体，具有一定的稳定性；而"空间"不是一个客观物质性的存在，它是由方向、速度、时间等流动因素构成的，是一种运动的结果，取决于人类实际的行动与作为，所以，它总是与人类的行动和历史有关。这样，根据德·塞尔托的主张，地图（Karte）与路程（Wegstrecke）描述也是有所区别的，人类在一个"场所"内涉入了主观性的行动时，才驱动了"空间"的产生。用他的话来说，"空间是被实践了的场所，由都市规划定义的几何性街道在行走者（的脚步下）转化为空间"①。

　　总的来说，德·塞尔托的步行理论在梅洛-庞蒂的身体-主体论及博尔诺夫针对人与空间关系进行探讨的基础上更加具体化、更富实践性。他以现代城市空间作为背景，注重将主体与空间的交互落实于步行这一基于身体能动性的具体行为。一方面，步行保证身体的在场性，将主体与空间直接相连，通过行走者的脚步，将空间占为己有，并在窥视、考察空间的过程中，建立起空间于自我的意义和界限，获取最真实的空间认知和感受。这对于主体在自己与周围世界关系的形成、补充和修改过程中，起关键性的作用。另一方面，德·塞尔托以步行的方式和作用来强调，在现代社会里，人与空间的互动

---

① 　Michel de Certeau：*Kunst des Handelns*. a. a. O.，S. 217.

关系必须着眼于现实的空间实践活动，这似乎是主体针对充满动荡、高效和快节奏因子的现代社会中的人所面临的生存困境而做出的一种抵抗和平衡。

## 二、文学中的人与空间

在对空间问题进行回顾与梳理时，我们看到，从人类早期以数学、物理学为认知基础的空间理论到康德的先验性空间理论，都将空间视作等待人去直观反映或理性认识的纯粹客体，成为超脱于人、抽象于人的纯粹存在，因而空间并未改变其绝对的、抽象的、无限的或静止的神秘存在。从海德格尔开始，经由梅洛-庞蒂、博尔诺夫以及德·塞尔托等人的发展，空间问题回归此在人生以及直观的日常生活。人作为直接与空间进行交互活动的主体被纳入空间问题的反思体系。人的身体、感知以及行为活动都直接与空间形成对照，生命存在、生存活动和生存境遇等人与空间关系的核心问题日渐浮出水面。随着社会历史的发展，空间超越了对其本体论的讨论，人们更加关注空间的社会实践，关注人们在空间中的主体行为，空间变成了一种人在社会生活中的经验事实，浓缩和聚焦于现代社会和现代人的一切符码，并最终在以列斐伏尔对空间的生产和再生产为核心命题的空间实践论的基础上得以拓展。至此，空间的社会性、人为性和政治性不再被纯粹的自然和物理空间遮蔽。仅将它视为承载历史事件演变的空洞容器是不合适的，空间问题的探讨理应获得具体的和具转向性的阐释方案。

以人作为基点来考察人与空间的关系不仅是哲学家、社会学家的初衷和目标，也是文学研究的主旨。文学作为一门语言文字艺术，以其独特的表征方式赋予空间以感性化的审美意义与价值。正如克朗所认为的："文学中充满了对空间现象进行描写的诗歌、小说、故事和传奇，它们体现了对空间现象进行理解和解释的努力。"①虽然克朗主要是从地理学的角度观照文学作品中的空间书写，但他明确指出，当代人文地理学正试图将人的感受重新作为地理学的中心议题，包括让人们讨论自己对空间的亲身体验、自己的生活以及对世界的认识。在他看来，文学作品中的空间书写正在深刻地影响人们对地理学的理解和认识；而人文地理学家也日益意识到，不同体裁的文学作品对人与空间关系的体现是不同的，文学中的空间描述涵盖了人这一生命主体对于其生活区域和生活经历的诉说与体验。

克朗的话为我们探究文学文本中基于人与空间关系的空间结构和设置提供了依据。文学空间不是仅仅具有单纯物理性质的外在景观和场景的再现，而是一种被主体亲身经历、深度体验和感受的生存空间，流动性、体验性应该成为文学文本空间最基本的特质。这一点在沃

---

① ［英］迈克·克朗：《文化地理学》，44 页。

尔夫冈·哈雷特编撰的《文学中的空间与运动——文学
研究与空间转向》的前言中就有所提及。哈雷的基本观
点为，空间始终与运动不可分割："文学中的空间总是
与在其中运动着和感知着的个体紧密联系，相互依赖。
恰好是在文学文本里，通过个体行动者及其具体行为我
们可以观察到：空间可以被理解为通过身体的不断运动
而呈一定关系并不断变化的秩序。"①很明显，哈雷所说
的"身体的运动"指涉的对象首先是文本里具有感知能力
和反思能力的个体在空间中进行的具体实践活动，其次
是由此活动所赋予空间在"运动"中演示出来的不同
意义。

　　根据以上观点，将基于旅行主题的旅行文学视作探
讨文学文本中的人与空间关系的起点不无道理。不管是在
旅行行为的现实层面，还是作为旅行行为演示的文学层
面，旅行文学都能够在某种程度上展现人与空间的关系。

**（一）作为空间实践活动的旅行和文本中的旅行模式**

　　从中世纪虔诚信徒的朝圣之旅到现代社会的大众旅
行，作为人类历史生活最基本的活动形式之一，旅行一
直是人类发展史上一种基本的实践性活动，与西方文明
的发展相伴相生。旅行源自不同的动机，遵照离开旧世

---

① Wolfgang Hallet/Birgit Neumann："'Raum und Bewegung in der Lite-
ratur'. Zur Einführung". In: dies. (Hg. )：*Raum und Bewegung in
der Literatur. Die Literaturwissenschaften und der Spatial Turn.*
Bielefeld：transcript 2009，S. 20.

界、走向新天地的主旨，是一场"人以空间的持续位移和时间的延续为基础的去向远方的行程"①。杜登词典的定义尽管不足以体现旅行活动在不同历史阶段所蕴含的文化意义，但我们可以看出，旅行主体及其经历的空间构成了旅行行为的两大根本要素。基于身体持续位移的旅行实践活动将旅行者与空间最大限度地联系了起来，也最能体现人与空间的互动关系。在以"面向世界、去向远方"为主旨的空间旅行中，旅行主体总是依照不同的旅行目标，以外来者的角色进入陌生境域并游走于其中，成为亲历的、感知的、反思的行者，也成为真正占据空间并有其不同精神诉求的主体。尽管对旅行的动机、形式必须首先在特定的社会历史条件下进行考察，但从根本上来说，旅行就是"我们用身体以及作为身体本身在空间中所完成的运动展现那些被我们从历史、文化、个体意义上来理解的空间的真正含义"②的实践行为，这与梅洛-庞蒂、博尔诺夫等人强调的建立在身体能动性基础之上的空间活动的说法可以达成某种程度上的一致。同时，通过在外部世界的旅行，在与陌生环境和

① Werner Scholze-Stubenrecht（Hg.）：*Duden. Das große Wörterbuch der deutschen Sprache*. Band 7. Mannheim：Dudenverlag 1999，S. 3154.

② Wolfgang Hallet/Birgit Neumann："Raum und Bewegung in der Literatur. Zur Einführung". In：dies.（Hg.）：*Raum und Bewegung in der Literatur. Die Literaturwissenschaften und der Spatial Turn*. a. a. O. , S. 15.

陌生的人事碰撞、接触的过程中，主体对于自我-他者的感知往往受到现时经验的影响和建构，最初投向外部世界的视线转而投向自我层面，使得自我认知、自我追寻成为旅行的核心宗旨。① 在这个意义上，我们姑且可以把在场性、流动性和反思性视为旅行行为的基本特质。换句话说，旅行就是一场通过身体行动于空间之中来反思的回归于主体的空间实践行为。

重读文学空间，我们发现，旅行这一人类行为模式正是西方文学最为传统和经典的主题之一。从《荷马史诗》的《奥德赛》到《圣经》故事，从中世纪的英雄史诗、骑士小说到德国古典时期的教育小说，从自传性旅行日记、旅行游记及报告到虚构性的旅行小说、科幻历险记，旅行作为基本主题体现了一种人在与空间交互的过程中对生命本质和人生理想的渴望和追求。其实，对于是否存在"旅行文学"（Reiseliteratur）这一体裁，文学界曾有过一定的争议。大部分学者把"旅行文学"作为一个总概念，在体裁和类属上将其与"冒险文学"（Abenteurliteratur）相区别。② 对于他们来说，无论是从发展

---

① 参见 Volber Zenk：*Innere Forschungsreisen. Literarischer Exotismus in Deutschland zu Beginn des 20. Jahrhunderts.* Oldenburg：Igel 2003，S. 11.

② 参见 Gerhard Melzer："Dieselben Dinge täglich bringen langsam um. Die Reisemodelle in Peter Handkes Der kurze Brief zum langen Abschied und Gerhard Roths Winterreise". In：Kurt Bartsch/Dietmar Goltschnigg/Gerhard Melzer u. a. (Hg.)：*Die andere Welt. Aspekte der österreichischen Literatur des 19. und 20. Jahrhunderts.* Bern/München：Francke 1979，S. 373.

历史还是从地域的跨度上看，旅行文学作为一种古老的
文学体裁均具有一定的重要性，并且在该类别下已有较
多经典名作。也有少数评论家在对文学中的旅行主题进
行探讨时，认为它只能算作构成文本的一种素材，而尚
不足以被冠以"旅行文学"的称谓。[①] 尽管双方争论的焦
点在于对"旅行文学"这一概念的表述和认可，但构成此
类文学文本的几种类型却已大体得到争议双方的认同。
具体说来，以旅行为主要内容或主题的文学文本类型主
要有以下四类：①旅行指南和旅行手册；②科普性的、
以研究和报告形式为主的旅行记录；③以真实旅行经验
为基础、在叙述方式和内容层面有一定自由性的旅行日
记、游记报告、旅行记录；④虚构的、以旅行为主题的
小说。[②] 可以看出，前两类文本实际上是与科普和大众
旅游文化相关的旅行手册和记录，要求具备并提供翔实
可靠的地理信息、旅行路线信息、人文风情信息等；而
后两类则主要是通过文学的手法来书写旅行，既依据一
定的客观现实经验，也在创作手法上具有一定的自主性
和虚构性。因此，当有研究者仅仅从真实与虚构出发，
将此类文学文本简单分为自传性的、真实的旅行记录以

---

① 参见 Hermann Schlösser：*Reiseformen des Geschriebenen. Selbster fahrung und Weltdarstellung in Reisebüchern Wolfgang Koeppens, Rolf Dieter Brinkmanns und Hubert Fichtes*. Wien：Böhlau 1987，S. 9.

② 参见 Manfred Link：*Der Reisebericht als literarische Kunstform von Goethe bis Heine*. Köln：Universitätsverlag 1963，S. 7.

及虚构的、以旅行为主题的文学文本便不足为奇。<sup>①</sup> 在这里，笔者偏向于为大部分学者所认可的"旅行文学"这一概念，并且鉴于本书所涉及的考察对象并非传统意义上的游记报告，而是以旅行作为组织线索的现代小说，研究的重点在于文本中以这种旅行模式建构起来的空间塑造，所以笔者将汉德克的三部作品均纳入"旅行小说"的范畴。

对概念进行界定并不是本书探讨的核心问题，作为文学研究者和评论者，我们感兴趣的，正是这些通过文学手法用自己的叙事手段和方式建构起来的旅行故事。在深入此类文本内部之后，一些评论家看出了隐藏于其中的深层次的结构和模式。如盖尔哈特·梅尔泽（Gerhard Melzer）认为，文学作品中的旅行故事在游荡于真实与虚构之间的过程中，现出了最重要和最明显的特质，即在文本中赋予"乌托邦"这一主题以优先地位。在梅尔泽看来，通过文学手法突破现实的局限并展现人类对于"乌托邦"这一美好生活理念的向往，是以旅行为主题的文学作品最为特殊的功用。<sup>②</sup> 用文学的手法表现"乌

---

① 参见 Hermann Schlösser: *Reiseformen des Geschriebenen. Selbsterfahrung und Weltdarstellung in Reisebüchern Wolfgang Koeppens, Rolf Dieter Brinkmanns und Hubert Fichtes*. a. a. O., 1987, S. 14.

② 参见 Gerhard Melzer: "Dieselben Dinge täglich bringen langsam um. Die Reisemodelle in Peter Handkes Der kurze Brief zum langen Abschied und Gerhard Roths Winterreise". In: Kurt Bartsch/Dietmar Goltschnigg/Gerhard Melzer u. a. (Hg.): *Die andere Welt. Aspekte der österreichischen Literatur des 19. und 20. Jahrhunderts*. a. a. O., S. 374.

托邦"这一理念对于评论家肯尼斯·罗默（Kenneth
Roemer)来说，则意味着用细节描写来展现一个想象中
的社会、国家和世界，用这种"虚构"来激发读者去体验
与他们所身处其中的习以为常的文化有所区别的文化。[①]
罗默所理解的乌托邦概念类似于托马斯·莫尔（Thomas
More)在《乌托邦》中提出的理想的、完美的社会模式，
这可以追溯到柏拉图的理想国，但他特别指明要用细节
描写和"虚构"的手法塑造"乌托邦"，则说明这一范畴要
在文学世界中得到表现并立足，只有借助一定的文学方
式和手段。为此，沃尔夫冈·比斯特菲尔德（Wolfgang
Biesterfeld)进一步进行了阐释。他说："要发现乌托邦，
就必须走出现有的熟悉环境。谁描写乌托邦，谁就会让
主人公远行。"[②]比斯特菲尔德言简意赅地概括了文学文
本中旅行模式最初的建构和动机。这种建构方式首先始
于一种空间维度，也就是说，那些遥远的、异域的、有
可能是真实的也有可能是虚构的地方首先承载了人们的
乌托邦希望，也由此确立了旅行类文学的主题和模式，
即在对"乌托邦"进行演示和诠释的过程中，文学作为一
种以现实为基础、以语言文字为表征的书写方式，将旅
行这一人类基本的和惯用的空间行为模式作为一种追寻

---

① 参见 Kenneth Roemer，"Defining America as Utopie"，in *America as
　　Utopie*，New York，1981，pp. 1-15.
② Wolfgang Biesterfeld：*Die literarische Utopie*. Stuttgart：Metzler
　　1974，S. 42.

手段和可能性而将其设置为文本内部较为经典的建构模式之一。最重要的是，通过文学的手法，时间、空间等因素可以依托于现实甚至不受现实的局限而获得一种具体的或超前演示的可能性，正如科幻小说的模式之一便是构建出人物在未来某个时空的旅行经历。在旅行活动与时空关系的问题上，恩斯特·布洛赫（Ernst Bloch）指出，日常生活中的旅行者并不是为了实践类似"乌托邦"的文学构想，而是为了作为主体穿梭于时间与空间的维度。在不断迁移的空间活动中，旅行者获得了"空间的主观性时间以及时间的主观性空间"①。进一步说就是，旅行的时间如空间一样被填充，而空间也像时间那样成为一种（演示）变化的媒介，居于核心地位的是旅行者的主观体验。

这样，文本的空间建构在旅行主题作为建构模式的指引下，并不是随意的、空泛的、表象式的设置，而是有其具体且内涵丰富的表征形式。一方面，文学作品中的旅行主题必然建立在以具象呈现的空间建构上，这些空间表征经过汉德克多种手法的加工显得层次丰富，形式多样。另一方面，旅行主题的设置，为人与空间的关系提供了最为本质、关键的建构及阐释模型，即通过主

---

① Ernst Bloch："Das Prinzip Hoffnung". In：*Lexikon der Weltliteratur im 20. Jahrhundert*. Band 2. Freiburg/Basel/Wien：Herder 1961，S. 431.

体的身体在场性和持续空间位移的方式与主体的内省性相联系。例如，迪特里希·耶格尔（Dietrich Jäger）曾说："行动与观察构成人与世界相处的两种基本形式，旅行则满足在'行动中观察'。"[①]这意味着，文本中的旅行者亲历以地理空间为基础表征对象的旅途现场，通过漫步等身体的持续位移与具有不同表征的、具有差异性的空间形式发生碰撞，各种感官的感知功能被充分调动，主体在对外部世界进行体验、观察的同时，获取了最直接也最真实的对于空间以及空间中他者的经验和认识，对自我身份的追寻和建构便由此通过旅行这种特殊而又基础性的空间实践活动获得。这也是为人所亲自施行的旅行行为区别于其他空间行为之最根本的地方，因为唯有旅行，主体才可以亲身体验外部世界，与不同的人事交往，并形成属于自己的感知和认识。在此过程中，外部空间及其传达的意义也不是静止不动、一成不变的。伴随着主体旅行过程的深入，不同形式的空间如原始自然、世俗家庭、乡村部落、现代都市等所蕴含的历史、社会、文化、记忆、身份认同等内涵得以彰显，由此，身体、空间感知和主体意识的互动关系在以旅行为主题的文本中得到了最大程度的展示。正如魏格尔曾说："……空间中的运动是表现个人或者文化在时间进

① Dietrich Jäger: *Erzählte Räume. Studien zur Phänomenologie der epischen Geschensumwelt*. Würzburg: Königshausen & Neumann.

程中有所发展的最为突出的文学手法，也是一种将包含各类地形学角色的目录创造出来的方式。"①

**(二)旅行文学中的人与空间**

空间作为人类生存体验的基本形式，在以旅行为主题的文学创作中有其特定的表征及美学形式。总的来说，旅行文学作品中的空间设置与其内部表现的旅行活动息息相关，而人类旅行的发展又是一个依据历史进程而不断演变的过程，所以，首先要将其置于一定的社会历史框架中进行考察。克劳斯·库菲尔德（Klaus Kufeld)在对西方旅行文化进行研究时，总结出四大阶段的旅行史：①古典时期去往西西里岛或埃及的"世界之旅"；②1500 年前后以哥伦比亚新大陆探险为标志的"发现之旅"；③1800 年前后受工业革命和资产阶级革命影响的旅行活动；④现代社会及全球化时代的大众旅游业。② 我们可以看出，人类的旅行活动总是与各个历史阶段的文化、经济、政治背景密切相关，也由于宗教的、个人的或国家的等不同动机而形式各异。与此相应，以游记为主的旅行文学在不同时期也呈现出不同的空间表征形式。例如，在古典神话中希腊被作为主要的

---

① Sigrid Weigel: "Zum 'topographical turn'. Kartographie, Topographie und Raumkonzepte in den Kulturwissenschaften". In: *KulturPoetik* 2/2002. Heft 2. S. 157.

② 参见 Klaus Kufeld: *Die Reise als Utopie. Ethische und politische Aspekte des Reisemotives*. München: Fink 2010，S. 10.

书写空间，但在旅行故事的述说中，以埃及为代表的东
方国度成为新的地理景观而得以有所展现，并自 5 世纪
开始逐步呈现上升趋势，出现了大量关于异域文化和风
情(如金字塔、狮身人面像、法老墓穴等)的描写。① 诺
伊·科纳哥(Noel Konagou)从更加细化的角度考察西方
旅行文化的发展。他认为，始于 7 世纪的朝圣之旅开启
了真正意义上的西方旅行。② 而克劳斯·赫尔伯斯(Klaus
Herbers)在《前往虔诚之地的朝圣途中》("Unterwegs zu
heiligen Stätten Pilgerfahrten")一文中，也详细阐述了
朝圣之旅的起源、形成、发展和变迁。在他看来，"朝
圣"一词有去向远方寻求庇佑和解脱之意。在圣经故事
里，亚伯拉罕成为第一位朝圣之人，开启了朝圣之旅。
自 12 世纪起，以虔诚的信教者、传教士、使节及商人
为主的宗教信仰者沿袭朝圣的传统并使朝圣这一特殊的
旅行形式达到西方旅行史上的顶峰。此时，旅行主体出
于宗教原因，将朝圣作为一项具有重大道德或灵性意义
的旅程来探寻，旨在去往特定的笃信之地以寻求精神的
治愈和灵魂的拯救。耶路撒冷、罗马和圣地亚哥成为中
世纪的三大朝圣目的地。随着朝圣之旅的开展，虔诚的

---

① 参见 Xenja von Ertzdorff/Dieter Neukirch (Hg.)：*Reisen und Reiseli-*
　*teratur im Mittelalter und in der frühen Neuzeit*. Amsterdam/Atlanta：
　Rodopi 1992，S. 30.

② 参见 Noel Konagou：*Reise als Initiation in Hermann Hesses Roman*
　*Siddhartha und Die Morgenlandfahrt*. Aachen：Shaker 2011，S. 29.

基督徒、漫游的骑士和诗人等创作了大量相关书籍或旅行报告，他们多描写海上风光和圣城景色，讲述朝圣者沿途的所见所闻。为向朝圣者指明朝圣之路，自 16 世纪末起出现了以文学形式保存下来的配有图片的朝圣指南。[①] 我们可以看出，此时的旅行文学以游记、报告形式为主来记录朝圣之旅，并提供客观详尽的旅行见闻记录。耶路撒冷等地因其宗教意义而成为文本书写的主要对象，也成为欧洲人想象中的世界图景和地理学空间。

彼得·J. 布伦纳(Peter J. Brenner)作为德语文学界研究旅行文本的专家，撰写和编著了多部著作。在结合人类旅行活动发展的基础上，他着重探讨"游记"(Reisebericht)这一体裁在德语文学史各个阶段的演变及其发展脉络。[②] 布伦纳认为，游记作为建立在真实旅行基础

---

① 赫尔伯斯在文章中指出，中世纪以记录朝圣之旅为主的旅行游记和报告多以书写大海风光为主，这与当时的朝圣者主要乘坐橹舰(根据一位犹太教徒在 1563 年的记载，橹舰可搭载 400 位信徒，舰上设有不同等级的舱位，起居饮食均有人照应)这种情况有关。但也有关于商人和教徒联合组成的荒漠旅行队(Karawane)穿越叙利亚沙漠前往巴格达途中的风景见闻。参见 Klaus Herbers："Unterwegs zu heiligen Stätten Pilgerfahrten". In：Hermann Bausinger/Klaus Beyrer/Gottfried Korff（Hg.）：*Reisekultur. Von der Pilgerfahrt zum modernen Tourismus*. München 1991，S. 23-31.

② 布伦纳认为，用 Reisebericht 一词既表示此类体裁的文本是建立在真实旅行的基础之上，也不完全排除在个人和时代的条件下，用文学手法对其进行一定程度的虚构的情况。它在真实与虚构之间有灵活的变通可能。参见 Peter J. Brenner（Hg.）：*Der Reisebericht. Die Entwicklung einer Gattung in der deutschen Literatur*. Frankfurt am Main：Suhrkamp 1989，S. 9.

之上的叙事形式是西方最古老的文学体裁，可以追溯到
古希腊时期。对外部经验的传达是游记类文学最明显的
特征，而其内涵与主旨却是借助旅行展开对"自我-他者"
关系的探寻和认知。他指出，近代以来，随着环海航行
的开展、新大陆的发现和人们对于宇宙的重新认识，有
限的、封闭的和等级式的空间观念被无限的、开放的世
界观念取代，殖民主义似乎找到了合适的动机，朝圣及
朝圣文学逐渐不再占据旅行游记的主体，渗入其中的是
以表现传教士、殖民者在旅行过程中感知新的世界图
像、体验异域风情等为主的游记内容，借他们对外部世
界的体验、占有和融合等经验来确定自我与他者的界限
以形成自我同一性及稳定的民族意识。① 布伦纳的说法
虽然是从文学研究者的角度对游记这一文学体裁在不同
时期的内容和特征做出的阐释，但他同时看到了人类历
史文化包括空间认知的发展对旅行文本演变的影响。异域
空间的文化、历史等背景作为旅行主体的经验对象和体
验客体被塑造。

　　自 18 世纪起，受启蒙运动和启蒙思想的影响，

---

① 参见 Peter J. Brenner："Die Erfahrung der Fremde. Zur Entwicklung
einer Wahrnehmungsform in der Geschichte des Reiseberichts". In：
ders. （Hg.）：*Der Reisebericht. Die Entwicklung einer Gattung in
der deutschen Literatur.* a. a. O.，S. 20f. u. S. 24-27；Peter
J. Brenner：*Der Reisebericht in der deutschen Literatur. Ein
Forschungsüberblick als Vorstudie* zu einer Gattungsgeschichte.
Tübingen：Niemeyer 1990，S. 110-148.

"人"的概念得以升华，人对自身和世界的认识也发生了很大变化。启蒙思想被社会各阶层以不同的形式实践和发展着。旅行作为一种充满个体能动性的活动也因此而加入这种社会实践。宗教意义至上的朝圣之旅进一步个体化、私人化，形成以年轻绅士、贵族为代表的欧洲之游（Grand Tour），以文人、知识分子为主体的教育之旅（Bildungsreise），以及 18 世纪末的科学考察与研究之旅（Forschungsreise）。其中，以歌德的意大利之行、亚历山大·冯·洪堡的美洲考察等最具影响力和代表性。在与此相关的各类自传性或科学性旅行文学作品中，中世纪以来传播真实的、充满神秘异域风情的信息的要求逐步被具有"知识""道德""理性"等核心思想的旅行主体的感知和体验代替。文本内要求书写具"真实性"的地理、历史、文化的空间意义逐步转变为旅行主体在旅行过程中的"纯粹的主观性的真实见解"①，旅行主体的内心感知和意识被提升到首要层面。在歌德发表经典教育小说《威廉·麦斯特的学习时代》之后，其后多位浪漫主义、现实主义作家都曾致力于旅行故事的创作，让作为旅行者或漫游者的主体通过穿越外部空间的行为来与人事相接，展开自己的认知和体验之旅。虽然教育小说与传统的旅行文学作品分属不同的讨论范畴，但两者均为基于

① William E. Stewart：*Die Reisebeschreibung und ihre Theorie im Deutschland des 18. Jahrhunderts.* Bonn：Bouvier 1978，S. 70 u. S. 165.

旅行主题的文本写作模式。受启蒙思想影响，其内部所
展示的旅行主体不再追寻神圣的、宗教意义上的天国，
也不再对异域的地理风貌、人文风情进行单纯客观的刻
画。旅行作为主体追求自我完善的手段和方式，是自我
与世界交流的主要模式。在此，空间不仅为构成旅行情
节的外部站点，也是主体行走于其中进行自我反思的重
要场所。以自然、田园为主的外部空间同旅行主体的内
省达成一定程度上的关系(多为和谐关系)。人对空间的
关注和追述由宗教层面转向周围的环境与人，并最终指
向自我的心灵。奥古斯特·朗恩(August Langen)认为，
18世纪以来德语文学最重要的特征即"风光的心灵
化"①，这也间接表明此时文本的空间书写已趋向于建构
人的情感和心理。实际上，浪漫派的思乡情结、对黑夜
和远方的向往以及诗意现实主义作家们笔下的自然风光
均可以看成是从不同角度对空间这一要素进行的塑造和
建构。空间不再是未知的、无限的、独立于人的感知和
生存之外的前提条件或背景设置，而是在以旅行为主题
的小说的描写中具有内向化的美学意义，参与了对时代
话语、主体性的建构体系。如曼弗雷德·林克(Manfred
Link)曾指出，在浪漫派作家艾兴多夫的作品中，主人
公被设定为漫游者的形象，他满怀对远方的憧憬，却不
以到达终点为目标。这样，"漫步"作为旅行主体的主要

---

① August Langen: *Anschauungsformen in der deutschen Dichtung des 18. Jahrhunderts*. Darmstadt: Wissenschaftliche Buchgesellschaft 1965, S. 282f.

行为模式，并非一味向前，而是对启蒙运动追求理性原则的某种反拨，也是提升旅行主体感知能力、自我反省能力的手段，体现自我生存的方式(Daseinsform)。[①]

19世纪中后期以来，得益于工业革命及火车等交通工具的发展，旅行得以在人众层面普及，传统的乘马车出行、步行等旅行方式逐渐被以乘火车出行为主的旅行方式取代。这不仅使得以火车站为代表的新兴建筑改变了城市的空间结构，成为城市的命脉和心脏[②]，也使得旅行主体的感知模式发生了变化。一方面，借助新式旅行方式，时间和空间距离被缩短或压缩；另一方面，工业化和现代化进程中的大城市成为旅行者的主要体验空间，逐步显示出流动性和多样性等社会文化特征。布伦纳在对多部旅行文学文本的研究成果进行总结的基础上得出结论，即在19世纪的德语旅行文学文本中，读者既可以读到有关山地风光、莱茵河沿岸自然风景等的描写，也可以获取一些有关城市的工业设施、居民生活方式以及宗教状况的信息。[③] 此外，由于受到移民浪潮的影响，美国等大洋彼岸的国度以其"由自由个人组成的

---

① 参见 Manfred Link: *Der Reisebericht als literarische Kunstform von Goethe bis Heine*. a. a. O., S. 99f.
② 参见 Wolfgang Schivelbusch: *Geschichte der Eisenbahnreise. Zur Industrialisierung von Raum und Zeit im 19. Jahrhundert.* München/Wien: Hanser 1977, S. 152.
③ 参见 Peter J. Brenner: *Der Reisebericht in der deutschen Literatur. Ein Forschungsüberblick als Vorstudie zu einer Gattungsgeschichte.* a. a. O., S. 491-506.

和谐共同体之乌托邦国家"①的形象越来越多地进入旅行
文学的书写范畴。进入 20 世纪之后，以休闲、度假、
疗养为目的的大众旅游文化兴起并得到普及，旅行方式
在工业化的运作模式下体现出标准化、批量化、拼接化
之势，传统游记等旅行文学作品亦有被照片、纪念品替
代的迹象。但汉斯·马格努斯·恩岑斯贝格（Hans Mag-
nus Enzensberger）认为，考察隐藏在大众旅游背后的动
机时仍然可以追溯到浪漫派的根源，即去向遥远之地旅
行是为了借助空间拉锯而"从自我的现实中逃离"，以追
寻遗失在文明进程和现代性中的个体"自由之幸福"。②
此外，在工具理性和技术统治下的现代社会将人拉扯进
一种瞬息万变的、异质的、流动的外部空间，现代人群
的思维模式和行为方式无不受到深刻影响。人们变得谨
慎而精细，这体现在"他们对速度、角度的计算，对于
节奏和钟摆的思考以及那些精确的度量单位和数值大
小"③。一方面，个体面对的是以都市空间为代表的急剧
的空间膨胀，另一方面，个体则无可避免地遭遇着碎片
似的印象感知和体验方式。在大量的日记、随笔、文艺

---

① Gotthard Erler：Nachwort. In：ders.（Hg.）：*Streifzüge und Wan-
derungen. Reisebilder von Gerstäcker bis Fontane*. München：Hanser
1979，S. 398. 在下一章对《短信》所做的文本分析中，笔者重点考察美
国这一地理国度在德语文学作品中的形象演变及发展情况。
② Hans Magnus Enzensberger："Eine Theorie des Tourismus". In：
ders.：*Einzelheiten*. Frankfurt am Main：Suhrkamp 1962，S. 156 u.
S. 162.
③ Hillebrand Bruno：*Mensch und Raum im Roman. Studien zu Keller*,
*Stifter*, *Fontane*. München：Winkler 1971，S. 13.

批评及报道中，作家化身为"城市旅行者"这一典型形象，他们如同 19 世纪的浪子诗人波德莱尔一样，在纵深的城市空间之中穿梭和记录。[①] 虽然他们不以抵达具体的旅行地为体验行为的目标，而是更加关注"步行""散步""游荡"这一体验方式，但就其本质来看，这仍然是以身体能动性和空间位移为主的实践行为，是旅行活动的某个变种，与前文中恩岑斯贝格所说的"浪漫派根源"不无联系，也是现代人与空间交往的特有的基本模式。[②] 此外，现代生存空间的变化、人类感知模式的变

---

[①] 沃尔夫冈·赖夫指出，在 20 世纪 20 年代，埃贡·埃尔文·基希(Egon Erwin Kisch)、恩斯特·托勒(Ernst Toller)、瓦尔特·本雅明(Walter Benjamin)、库尔特·图霍夫斯基(Kurt Tucholsky)等作家均曾追随浪荡子的踪迹体验城市、书写城市。在读者较为熟悉的德布林笔下的柏林以外，俄罗斯、美国、澳大利亚、亚洲各国的城市空间均曾被涉及。参见 Wolfgang Reif："Exotismus im Reisebericht des frühen 20. Jahrhunderts". In：Peter J. Brenner（Hg.）：*Der Reisebericht. Die Entwicklung einer Gattung in der deutschen Literatur*. a. a. O.，S. 463ff.

[②] 18 世纪以来，多位德语作家如阿达尔伯特·史蒂夫特(Adalbert Stifter)、格奥尔格·毕希纳(Georg Büchner)、罗伯特·瓦尔泽(Robert Walser)、托马斯·贝恩哈德(Thomas Bernhard)等人的作品均以散步作为主题，在描写人物漫无目的的散步行为的过程中交代故事情节。某些评论家把此类文本称为"散步文本"(Spaziergangstext)，认为其最大的特征不在于以人物的散步作为文本内容，而在于通过人物的散步来完成作家本人的观察、思考和写作，使得文本的叙事结构和叙事过程本身就如同散步一般。这类评论著作包括如 Claudia Albes：*Der Spaziergang als Erzählmodell. Studien zu Jean-Jacques，Adalbert Stifter，Robert Walser und Thomas Bernhard*. Tübingen/Basel：Francke 1999；Elisabetta Niccolini：*Der Spaziergang des Schriftstellers Lenz von Georg Büchner. Der Spaziergang von Robert Walser. Gehen von Thomas Bernhard*. Stuttgart/Weimar：Metzler 2000.

化以及现代美学的审美要求，使得现代德语小说在时空
结构的表征手法上也呈现出一定的特征。以《古斯特上
尉》《柏林，亚历山大广场》等为代表的作品，借助意识
流、蒙太奇等文学手法，使传统的线性时间叙事被消解
或打破，文本的时空塑造呈现出交叉、并置甚至拼贴的
特征，时间的线性特征逐渐模糊而呈现出一种立体的、
多层次的时空效果。在此基础上，狭义的以人物客观见
闻为主的旅行文学日渐被虚构的旅行小说（包括科幻游
记）取代，旅行文本内的主题刻画和空间设置都具备一
定的"超现实"特征，卡夫卡、科彭等人的旅行小说都将
主人公"我"置于绝对核心的地位去展现异化、分裂、生
存危机等现代文学主题。① 实际上，隐藏在这些文本叙
事之后的基础或前提条件仍为：空间作为关涉人类生存
的条件和认知对象，与现代主体的意识和感知紧密相
关，也必然参与主体以旅行作为具体活动模式的体验
过程。

　　由于旅行文学的概念和发展历史本身就是一个极具
深度和内涵的考察命题，并不构成本书讨论的重点，所
以笔者在上文中，只是试图针对不同历史语境下的旅行

---

① 此类分析参见 Elisabeth Plessen：*Fakten und Erfindungen. Zeitgenös-*
*sische Epik im Grenzgebiet von Fiction und nonfiction.* München：Hanser
1971，S. 58f.；Sahbi Thabet：*Das Reisemotiv im neueren deutschsprachi-*
*gen Roman. Untersuchungen zu Wolfgang Koeppen，Alfred Andersch*
*und Max Frisch.* Marburg：Tectum 2002.

文本，尤其是文本中展示的人与空间的关系进行综合性和概括性的阐述，以与旅行文学的体裁研究、主题研究有所区别。审视启蒙运动以来的近现代旅行文本，我们注意到，记录外部环境和提供真实旅途见闻的游记类作品逐步转变为有较强虚构性的现代旅行小说，文本内部的空间建构似乎在纯粹客观的刻画手法方面有所弱化，旅行主体也不再局限于追寻神圣的天国空间或充满异域风情的他国。现代性的发展要求将"人"这一具有生物属性和社会属性的现代主体牢牢地置于文本的中心，各类旅行行为均以人作为基点发生、开展，人对空间的感知、世界的认识，对生存、主体意识、自我与世界关系的反思构成了旅行文本尤其是现代旅行小说的主旨。萨比·塔贝特(Sahbi Thabet)在其专著《现代德语小说的旅行主题》(*Das Reisemotiv im neueren deutschsprachigen Roman*)中以沃尔夫冈·科彭、马克斯·弗里施等作家的旅行小说为例，阐明当代小说的旅行故事旨在体现"我"与世界的核心矛盾，包括"我"的迷失、混乱等心理状况。其中，塔贝特就旅行活动涉及的运动特征区分现代旅行小说在空间维度上的模式：启程、停留及回归。在她看来，启程是对新的可能性和视野的追寻；停留以不同的空间站点为基础，包含人物前行或后退的运动；回归则是旅行的终结，以主体回到原点或初始点如家乡为表征。①

　　总的来说，旅行作为一场地理空间内的位移活动，必然会在文本内部生成不同形式的空间表征；同时，旅行主体在现时的旅行活动中，以眼看、步行等方式对现时空间进行观察、体验，形成多样的空间感知，并最终立足于内心世界即自我的主体意识，以此来审视自我的存在、审视自我与世界的关系。从这个意义上来说，文学中的旅行主题并不仅仅是在文本内对旅行空间的迁移进行简单的设置和描绘，而是借助旅行这种能动的空间实践和由这种实践生成的空间转换，将主体由一种背景投向另一种背景，或者由一种文化导向另一种文化，是主体体验、发现、感受世界的过程，也是其审视、反思、观照自身的过程，更有可能是颠覆、剥离乃至重生的过程。虽然各文本在旅行动机、旅行方式、旅行空间方面均有不同形式的设置和表征内容，但旅行作为建立在身体能动性基础之上的空间运动，是主体获取现时经验的原始手段，也是人与空间实现交互的直接表现，构成现代小说旅行主题的特有内涵。所以，无论是在内容、结构层面，还是在主旨层面，旅行文本在空间这一

------

①　塔贝特认为，现代旅行小说的"启程—停留—回归"模式并不具有明确的完整性和界限，三者可以单独存在或互相转化，具体视文本情况而定。如虽然没有明确交代回归情节，但通过内心独白、回忆等手法，也可表达回归一意。参见 Sahbi Thabet：*Das Reisemotiv im neueren deutschsprachigen Roman. Untersuchungen zu Wolfgang Koeppen，Alfred Andersch und Max Frisch*. a. a. O. ，S. 21-24.

要素的建构上，相较于其他文本都具有一定的独特性和可阐释性。这也是笔者选取汉德克的三部旅行小说作为研究对象的主要原因。

### (三)"新主体性"与彼得·汉德克的旅行文本

如前文所述，与记录真实游历的旅行游记和报告相比，旅行小说尤其是现代旅行小说具有较强的虚构性和美学效果，其根本主旨是借助人与空间的互动来展示现代主体的核心地位。无可否认的是，现代及后现代社会的主体地位并不是牢不可破、坚不可摧的，而往往是岌岌可危的。现代社会的种种弊端，尤其是启蒙运动以来理性至上的原则导致主体在生存境遇、身份认同、自我审视方面都遭遇了种种危机。卢卡奇在《小说理论》中曾就自希腊史诗到近代小说的发展历程展开讨论，分析了小说与史诗、悲剧在时代背景及内容上的差异。他认为，现代世界早已不是希腊史诗时代那种封闭的、有限的甚至神秘的、混沌的世界，而是一个无限的、开放的、多元的世界。现代人是丧失了整体感和归属感的问题重重的个体，不仅与自然、他人以及社会关系疏远，甚至于自身也是陌生的、孤单的。这样，个体要么去追寻生活的意义、寻找自我及解决隔阂的可能性，要么随波逐流、自我放逐。而小说对于生活意义以及整体性的寻找是现代主体"无家可归的先验表达"①，它在内容上

---

① Georg Lukács: *Die Theorie des Romans. Ein geschichtsphilosophischer Versuch über die Formen der großen Epik.* a. a. O., S. 52.

的本质特征为"问题重重的个体寻找自我的过程，是从空泛、异质、对个体而言毫无意义的现实通向清晰的自我认知的历程"①。

后现代作家代表彼得·汉德克作品的叙述核心，从第一部小说《大黄蜂》开始，就一直是寻找自我、探寻主体与世界的关系。如本书引言中所述，汉德克早期对这一命题的探讨主要借助抽象的语言主题。20世纪70年代以来，汉德克凭借对外部世界进行的细致入微的感受与记录，试图通过艺术的手段实现自我构想的完美世界。他在《世界的重量》(*Das Gewicht der Welt*，1977)一书中说："我沉湎于瞬间感觉到的东西，是为了将它从濒于无意义的状态边缘解救出来，并赋予它一种与别人、与局外人无关，而仅仅与我个人有关的意义。"②这种"私人性"的体验行为和风格首先与当时的时代背景和文学趋势有关。

从整个西方世界的范围来看，20世纪60年代是一个动荡不安的、被浓厚的政治气氛笼罩的时代：美国、法国相继爆发了激烈的反战游行和"五月风暴"，而身处这种大环境之中的德国年青一代则以大规模学生运动的形式发起对沉闷、保守的社会现状和战后的社会陈规的

---

① Georg Lukács：*Die Theorie des Romans. Ein geschichtsphilosophischer Versuch über die Formen der großen Epik*. a. a. O.，S. 70.
② Peter Handke：*Das Gewicht der Welt. Ein Journal*（November 1975—1977）. Salzburg：Residenz 1977，S. 169.

反抗。对于处于意识形态前端的文学界来说，似乎无可避免地与革命、斗争、社会变革展开交涉而陷入一种承载着政治斗争意图与观念的境地。某些文人借机宣扬"资产阶级文学已死亡"①的观点，在报纸、杂志等媒介上发表文章，声称时代只能依靠革命的艺术来实现宣传的功能。

然而，随着学生运动的迅速衰落，文学界激昂的政治情绪也逐步消退。他们似乎也意识到了自己在政治上的虚弱与尴尬，深感文学难以或者根本无力改变社会的现实状况。曾亲身参与 68 学生运动的德国作家施耐德（Peter Schneider）说："人不能在策划政治活动的同时，又煽动一场（对）文学（的）造反"；"在 20 世纪 60 年代后期的那些炽热的年月里，在联邦德国……推出了最为成功的作品的是那些从一开始就对政治表示不感兴趣的作家"。② 这是作为文学家的施耐德面对失败的政治化文学所做出的反思。对于文学来说，它在政治现实面前并不能作为意识形态的工具，相反，写作只是一种趋于真实的表达内心的手段而已。从 20 世纪 70 年代初开始，德语文学界出现了一种"倾向性转折"，文学艺术家们从激进、批判、介入性的政治立场撤退，文学的政治色彩逐

① Medard Kammermeier：*Die Lyrik der Neuen Subjektivität*．Frankfurt am Main：Lang 1986，S. 17.
② Peter Schneider："Über den Unterschied von Literatur und Politik". In：*Literaturmagazin*．1976（5）.

步淡化或消解而试图回归原本的范畴，转向一种追寻
"真实与自我"的表达方式。

　　在文学史上，人们用"新内向性"（Neue Innerlich-
keit）和"新主体性"（Neue Subjektivität）等概念来归纳和
指称这种新的趋势，而这种转折也意味着第二次世界大
战以来占主流地位的"社会小说"的终结①，并成为那些
曾对 20 世纪 60 年代激进的文学"政治化"动向持批评和
反对态度的批评家们最乐于看到的文学观念和价值主
张。评论家约阿希姆·里特尔（Joachim Ritter）曾经对
"主体性"一词做出过解释和界定。在他看来，主体性和
主体（Subjekt）是有所区别的：主体是指 17 世纪以来由
哲学话语生成的个体"我"，是一个与客体（Objekt）相对
的，能够把客体作为认识的对象或者以实际的方式占
有、改变的概念；而主体性则是主体内在的一切东西，
包括气质、能力、感受、意愿、思维、欲望、爱、痛
楚、信念等。② 里特尔的解释为"新主体性"的提法找到

①　赫尔穆特·科普曼所撰写的《七十年代德语小说趋势》一文对 20 世纪
　　70 年代的德语文学尤其是德语小说的发展特征和趋势做出了总结。他
　　认为，自 1945 年第二次世界大战结束以来，从格拉斯、瓦尔泽、伦茨
　　到伯尔等人，德语小说主要表现为一种以回顾历史、描述战争、展现
　　社会为主要内容的"社会小说"，而 20 世纪 70 年代以来，重新确认自
　　我、发现自我、诉说自我的带有自传性色彩的创作趋势逐渐显露。参
　　见 Helmut Koopmann："Tendenzen des deutschen Romans der siebziger
　　Jahre". In：Helmut Koopmann（Hg.）：*Handbuch des deutschen Ro-
　　mans*. Düsseldorf：Bagel 1983，S. 575.
②　参见 Joachim Ritter："Subjektivität und industrielle Gesellschaft. Zu
　　Hegels Theorie der Subjektivität". In：ders.：*Subjektivität. 6 Aufsätze*.
　　Frankfurt am Main：Suhrkamp 1974，S. 11.

了依据。纵观此时的文学，正是一种作家出于个体映照情节的需要而聚焦于自我主体和主观经验的内省性的方式。他们回归日常生活和内心世界，通过自传体、日记体、书信体等不同小说体裁将一些私人体验以文学形式带入公众视野。"我"的经验、感受、状态、情感等私人领域内的东西成为文学写作的重点："比起主体作为社会角色的承载体和纯粹的外界规定之客体，'我'的精神、感知能力、经历形式、对自我世界观的追寻越来越多地成为文学写作的对象。"①

在"新主体性"思潮的带动下，德语作家们大都采用第一人称"我"作为当事者进行现身说法或使用第三人称叙事者进行全方位叙述，有的德语作家也采用日记体或纪实报道、报告资料等"文献性"形式直接传递给读者关于自我当下或过往的经历及体验。② 赫尔穆特·科普曼（Helmut Koopmann）在对 20 世纪 70 年代的德语文学趋势进行研究时认为，某些小说在表现"重新发现自我"这个主题时乐于设定一个人物在"社会性孤立状态下的故

---

① Dinter Ellen：*Gefundene und erfundene Heimat - Zu Peter Handkes zyklischer Dichtung "Langsame Heimkehr"*. Köln：Böhlau 1986，S. 6.

② 这类作品如马克斯·弗里施的《六年日记》《蒙陶克》，彼得·汉德克的《无望的不幸》《短信》《世界的重量》，彼得·施奈德的《伦茨》，赫尔曼·伦茨的《新时期》《幸存与过日子的日记》，阿尔诺·施密特的《金边黄昏》，霍尔斯特·比勒克的《第一支波尔卡》《九月光线》《无钟声的时代》和《大地与火》，沃尔夫冈·科彭的《青年时代》，托马斯·贝恩哈德的《原因》《地下室》《喘息》等。参见李昌珂：《20 世纪七十年代联邦德国新主体性文学管窥》，载《北京大学学报（哲学社会科学版）》，2005(3)，102 页。

事"，讲述人物的逃遁、回避、旅行等经历。尤其是"旅行，这是关于自我意识的报道，同时也是一场存在主义意义下的旅行"①。我们应该看到，通过旅行主题的设置来重新言"我"、关注自我，实际上是借助在观察着的行者在旅途中与外界接触、碰撞的种种体会和经验，使其摆脱身份的束缚，探求思想上的构建并落脚于自我追问，这与作为空间实践活动的旅行行为及旅行主题的主旨相关，也不失为"新主体性"风格下的一种特有的文学手法。

汉德克在 1972 年那篇著名的《我是象牙塔中的一个居民》("Ich bin ein Bewohner des Elfenbeinturms")一文中对"自我"的意愿剖析如下："对于我，最首要的是方法。我没有我想要写的主题，我只有一个主题，就是把我自己弄清楚，更清楚些……"②至此，他从早期激进的"反戏剧"创作中挣脱出来，返归对自我的探索，而这种自我探索的过程大都以旅行故事的形式在他的多部作品里呈现出来。

从时间来看，《短信》和《归乡》正是在 20 世纪 70 年代"新主体性"的大背景下创作完成的。汉德克将主人公置于美国这样一个遥远的国度，使他远离家园，借助旅

---

① Helmut Koopmann："Tendenzen des deutschen Romans der siebziger Jahre". In：ders.（Hg.）：*Handbuch des deutschen Romans*. a. a. O.，S. 584.

② Peter Handke：*Ich bin ein Bewohner des Elfenbeinturms*. Frankfurt am Main：Suhrkamp 1972，S. 26.

行这一实践行为来观察和体验世界，填充缺失的生存空间并探求自己存在的意义。正如他在谈及《短信》一书时所说的："我在书中试图描写一种希望——人能够逐步完善自身，起码在一次单独旅行的过程中……"①虽然他的另一部小说《重复》发表于 20 世纪 80 年代中期，但它仍然旨在建构一个旅行故事，让人物在身体力行的旅行过程中接触不同空间维度的人事，通过旅行见证自己的成长，寻找心灵的归属。与前两部小说《短信》和《归乡》不同，汉德克在《重复》中不再将作品主角置于过于遥远的旅行空间中，而仅仅指向其身边的环境，正如在德语文坛颇具影响力的、被称作"文学教皇"的文学批评家马塞尔·赖希-拉尼基（Macel Reich-Ranicki）针对在 20 世纪 70 年代"新主体性"作家热衷于自我经验表现的现象所做出的阐释："我们生活于其中的世界越是黑暗、越是令人捉摸不透，我们就越是关注自己身边的东西，关注那些紧紧包围着我们的区域，那里有可能就是家园。"②如拉尼基所说，《重复》中的人物首先被置于汉德克本人的"家园"之中，在各种空间话语的渗透中扮演一个边缘人物的角色，再通过启程、停留及回归这一完整的旅行模式向读者讲述人物在旅行过程中对于家园、世

---

① Hellmuth Karasek："Ohne zu verallgemeinern. Ein Gespräch mit Peter Handke". In：Michael Scharang （Hg）：*Über Peter Handke*. Frankfurt am Main：Suhrkamp 1973，S. 88.

② Marcel Reich-Ranicki：*Entgegnung. Zur deutschen Literatur der siebziger Jahre*. Stuttgart：Deutscher Bücherbund 1981，S. 27.

界以及自我身份的精神诉求。

　　不可否认，针对发现世界、发现自我的"新主体性"
原则，汉德克的具体做法是将笔下的文学人物设计为旅
行者的形象，让旅行主体与旅行空间之间发生密切互
动着的关联和交互影响，或确切一点说，通过旅行模
式来讲述"感知着的、观察着的、回忆着的、富创造性
的'我'和风景之间的故事"①。小说主人公的旅行行为，
并非简单的行走和漫游，而是一种有意识的空间活动，
拿汉德克的话来说，是通过有意识的漫游来感知生活，
认识世界。② 三部作品均依托于人物现行的旅行活动和
空间感知，在过往、现时、未来的时间维度中不断且自
由地穿梭，并在其中导入回忆、感受与期望。这样，
"新主体性"借助旅行这一行为模式获得展示的可能性，
并最终落脚于主体对于自我生存的可能性的追寻。下
面，笔者针对三部小说展开具体研究，以文本中的旅
行故事作为线索，从人物在旅行时所遭遇的各具差异
性的空间形式入手，考察汉德克 20 世纪 70 年代以来
如何以旅行作为叙事模式，通过文本内独特的空间建
构对主体感知、主体意识及其生存状态进行发掘和演
示，并揭示旅行主体和旅行空间之间又存在何种在互动
影响着的张力关系。

---

① 　Peter Handke：*Aber ich lebe nur von den Zwischenräumen. Ein
　　Gespräch，geführt von Herbert Gamper*. Zürich：Ammann 1987，S. 20.
② 　参见 ebd.，S. 166.

# 第三章　新大陆游记

——《短信》(1972)

## 一、美国作为"文学化空间"

《文学地理学》一书中曾提出"文学化空间"(literari-
sierte Räume)这一概念。在该书作者皮亚蒂看来，文学
化空间是指运用不同文学体裁如诗歌、戏剧、小说及日
记、书信、自传等将存在于现实世界之中的多种不同地
理空间如城市和乡村等作为文学书写的对象，用文学手
法加以呈现。这种文学化的空间既可以是真实的，也可
以是虚构的。在对文学文本的空间建构进行研究时，
"文学化空间"是一个起总领作用的概念。在它之下包含
"虚构化的空间"(fiktionalisierte Räume)和"虚构的空
间"(Räume der Fiktion)两类子概念。前者是指一切真
实存在的地理空间在虚构的文本里通过文学的手法被塑
造和建构，而后者书写的空间则完全是文学创作出来的

产物。① 我们可以看出，文学地理学研究者们更加关注的是地理空间在文本内外的真实与虚构之间的关系。对他们来说，文学中的文本空间本身就是一个在真实与虚构之间徘徊的、有多种变数与可能性的要素，也必须在现实与文学的双重条件下进行考察。

**(一)旅行的空间化效应——从封面谈起**

汉德克的《短信》于 1972 年由苏尔坎普（Suhrkamp）出版社出版发行。较为精短的篇幅和异于寻常的叙述风格使得这部作品一经问世便受到关注。在某些评论家看来，《短信》与汉德克早期语言实验剧如《骂观众》等相比较，在叙事性和情节性上均有一定的突破，这似乎表明，汉德克已回归他曾经批判过的传统文学体裁。1978年，该小说被导演赫尔贝特·维泽利改编拍成电影在德国电视二台（ZDF）播出。不管评论界对于《短信》的褒贬如何，我们至少可以看出，它的问世不仅受到了文学界也受到了大众和传媒领域一定程度的关注。

该小说以第一人称讲述了作为奥地利作家的"我"在面临婚姻危机之时前往美国旅行的故事。旅行途中，他却陷入一场与妻子尤迪特（Judith）如猫与鼠一般的追踪游戏，并因此而游走于美国境内。我们注意到，在由苏尔坎普出版社早期发行的版本中出现了两种封面设计，

---

① 参见 Barbara Piatti：*Die Geographie der Literatur. Schauplätze, Handlungsräume, Raumphantasie.* a. a. O.，S. 23.

第一种封面将一幅黑色的美国地图内叠，上面用圆点和虚线将人物的旅行站点名称和路线分别一一进行标注；第二种红色小说封面的上半部分为标题，下方则简化为仅由圆点和直线勾勒出旅行线路的美国地图轮廓。

我们有理由相信，这两种封面设计并非任意而为，而是表达出了出版社或者设计者有意向读者传递的关于作品内容的主要信息。从文本内部看，叙述者"我"的美国之行沿循着一条由准确地理名称连接起来的自东向西的路线。而这条在封面上由 16 个圆点勾勒出来的线路图正好与小说人物的旅行站点一一对应。依据故事情节的发展，笔者对文本内的 16 个旅行站点进行了梳理并记录如下：起点为波士顿（Boston），途经普罗维登斯（Providence）、纽约（New York）、费城（Philadelphia）、费尼克斯维尔（Phoenixville）、多诺拉（Donora）、哥伦布（Columbus）、印第安纳波利斯（Indianapolis）、圣路易斯（St. Louise）、丹佛（Denver）、图森（Tuscon）、盐湖城（Salt Lake City）、波特兰（Portland）、埃斯塔卡达（Estacada）、特温罗克斯（Twin Rocks），终点为洛杉矶的贝莱尔（Bal Air）。

这种现实空间场所与文本空间描述的契合或平行在一定程度上已经暗含了《短信》这部旅行小说所具备的空间化效果。在某种意义上，《短信》也为文学地理学研究者们提供了一定的研究范本，因为从他们的角度来看，"为文学现象指派它的地点，不是地理研究的终结，而只是其开始"①。看似应由地理学家完成的地图路线绘制行为经由文学手段的展示，转由作品的读者在阅读过程中自觉或不自觉地完成。一方面，读者依据文本内容在地图上对这些站点进行标注和勾勒；另一方面，他们也可以接收到一个重要信息，即汉德克对于《短信》的写作并非任意而为，这尤其体现在文本展示的旅行故事在空间维度的设置上。关于文学真实性与虚构性的讨论也因此首先在空间这一要素上得以展开。

皮亚蒂曾这样论述文学中的空间设置："对于文学来说，虚构的情节场所或空间从想象到真实，精确的着陆点有很高的辨识度。"②另一位研究文学作品中地区描写的评论家阿明·冯·温格-史泰恩贝尔格（Armin von Ungern-Sternberger）持类似的观点。他认为文学写作的原则为：不依附于一定的空间，文学写作是无法想象的。空间这一范畴是文学性不可或缺的条件。③在《短信》中，美国这一地理国度被设定为人物旅行的空间场所和贯穿文本情节的发生地，尽管出现在具有虚构意义的文学作品中，但其中包含的具体且详细的地理名称和位置信息让文本瞬间具有了皮亚蒂所提到的"辨识度"。

① Franco Moretti：*Atlas des europäischen Romans*. *Wo die Literatur spielte*. Köln：DuMont Buchverlag 1999，S. 18.
② Barbara Piatti：*Die Geographie der Literatur*. *Schauplätze，Handlungsräume，Raumphantasien*. a. a. O.，S. 16.
③ 参见 Armin von Ungern-Sternberger：*Erzählregionen*. *Überlegungen zu literarischen Räumen mit Blick auf die deutsche Literatur des Baltikums，das Baltikum und die deutsche Literatur*. a. a. O.，S. 878f.

伴随着这条由真实地名勾勒出来的旅行路线的延伸，一幅美国地形图跃然纸上，读者也得以借此展开对人物旅行故事的分析和考察。

在谈到《短信》这部小说时，汉德克本人做了这样的界定："我只是想勾画出一条冒险的路线，在今天某位主人公还可以踏上这条冒险之路。"①我们可以看出，汉德克似乎有把该书定义为探险记的倾向，这与文本中蕴含的旅行主题和故事情节相关，也说明从文学的角度来看，该小说不过是汉德克主观"勾勒"的产物而已。同时，汉德克则不否认他在对美国这一地理空间进行设置的时候所采取的真实态度，因为他甚至希望为世人制定一条旅行或者"冒险"的线路。所以，当我们把视线聚焦于文本的主要书写对象——美国这一地理空间的时候，我们无法断然抹杀它的真实性而仅仅将其当作文学虚构的产物，也无法完全将它等同于一个现实意义上的美国。游走于文本内外的真实性与虚构性之间来探求文学中的空间书写，或许正是文学的空间化批评为研究者们带来的任务与挑战。

## (二)德语文学中的美国图景

笔者在第一章中已就旅行文本的概念和特征进行了说明。把"乌托邦"看作一般旅行文本最基础和最经典的建构，实际上是人类基于自身现有的窘困的生存境遇而

---

① Hellmuth Karasek："Ohne zu verallgemeinern. Ein Gespräch mit Peter Handke". In：Michael Scharang（Hg.）：*Über Peter Handke*. a. a. O. ，S. 87.

寄希望于外部空间以期实现和谐、美好的社会理想的体
现。在德语文学史上，18、19 世纪的教育小说是对旅行
主题最为集中和经典的展示。在这类文本中，作家注重
表现富于诗意的田园风光和年轻主人公的心路历程，个
体的成熟、发展与被社会接纳的过程为教育小说的主旨
所在。在主人公为追求理想而进行的旅行实践中，外部
世界与其内心达成一定程度的统一。在梅尔泽看来，这
也是教育小说在某种程度上对于乌托邦诉求的体现。与
同时代的教育小说相比，其他一些对旅行进行书写的文
本，因致力于传达细节性的人种志学、地貌景观、文化
和社会信息而被当时的评论家看成是"丧失经验"，有转
向"贫乏的统计学"之趋势。① 对他们来说尤其重要的一
点是，如果一位旅行者仅仅局限于自己所熟悉的环境场
所而进行"旅行"，那么这类旅行便注定是根本无法完成
乌托邦的精神诉求的，因为"他除了自己知道的，便什
么也看不见、听不见、感受不到"②。这说明，18 世纪

① 参见 Gerhard Melzer："Dieselben Dinge täglich bringen langsam um.
Die Reisemodelle in Peter Handkes Der kurze Brief zum langen Ab-
schied und Gerhard Roths Winterreise". In: Kurt Bartsch/Dietmar
Goltschnigg/Gerhard Melzer u. a. (Hg.): *Die andere Welt. Aspekte
der österreichischen Literatur des 19. und 20. Jahrhunderts.* Bern/
München: Francke 1979, S. 375.
② Klaus Lärmann: "Raumerfahrung und Erfahrungsraum. Einige
Überlegungen zu Reiseberichten aus Deutschland vom Ende 18. Jahr-
hunderts". In: Hans Joachim Piechotta (Hg.): *Reise und Utopie.
Zur Literatur der Spätaufklärung.* Frankfurt am Main: Suhrkamp
1976, S. 65.

以来的旅行小说最为基础的写作特征是一种将具有自然性和主体性的人纳入与外部空间进行沟通并在其中进行体验的模式，以在人与世界之间建立某种程度的关联，实现人与世界的交流。在此种情况下，不再固守自己的旧天地、转身奔向遥远而陌生的异国他乡的动机和要求促成了现代人在旅行这一认知模式和方式上的实践性转变，这也直接影响了文本内部的空间设置。

伴随着哥伦布在 15 世纪末的航海旅行，新大陆以其原始的、野性的、神秘的、充满异域风情的形象出现在一些德语翻译作品和游记作品中。[①] 而对于 18、19 世纪的德语作家来说，除了欧洲文化的发源地意大利，那些与德国相异的、陌生而新奇的国家的政治和社会体制尤其吸引了他们的目光。这其中既有工业革命的发源地英国，也有资产阶级大革命的发生地法国，而美国这一大洋彼岸的遥远的国度也因其逐步凸显的政治意义而受到德语作家的追捧。

哈霍尔德·燕茨（Harold Jantz）曾就欧洲包括德国历史上对于美国形象的认知发展所体现的四个阶段性特

① 准确地来说，这一时期的各类旅行游记、旅行报告等并没有将现今地理意义上的美国作为单独的描述对象，而是将视角投向了整个美洲地区，对烟草、土豆、各种花草树木及各类新奇怪异的地理名词有非常详尽的记录。参见 Wilfried Malsch：“Neue Welt，Nordamerika und USA als Projektion und Problem”. In：Sigrid Bauschinger/Wilfried Maisch（Hg.）：*Amerika in der deutschen Literatur. Neue Welt - Nordamerika - USA*. a. a. O.，S. 9.

征进行了总结：黄金的原始主义，怪异另类的神话，文化浪潮中的历史神话——西进运动，以及承载着希望和未来的国度（也有可能以负面形象呈现）。① 毫无疑问，燕茨的总结也体现了几个世纪以来美国印象在文学领域的转变和发展。

自 18 世纪开始，伴随着由美国的独立与兴盛所引发的移民化进程及其自身经济、政治制度的发展，它从地理意义上的新世界逐步转变为旧世界文明和美德的继承者，充满原始风情的、蛮荒而野性的异域形象也逐步为其在发展过程中散发出的政治和人文气息所替代。当德语文学家们大都从一种被传统与古典文明充盈的欧洲视角出发，将大洋彼岸的美国置于一种同自身相对立或相比较的位置上时，出现在文学作品中的美国形象也就变得更加丰富和多层次。汉斯·加林斯基（Hans Galinsky）用Amerikabild（美国图景、美国图像）一词来指代由德语作家"直接或间接传递的，与读者的前经验平行或形成对照的关于时下美国政治领土的一种图像"②。从本质上来说，这一概念是芭芭拉谈及的"文学化空间"的延伸和拓展，也直接指涉和显示出美国这一地理空间在德

---

① 参见 Harold Jantz："Amerika im deutschen Dichten und Denken". In：*Jahrbuch für Amerikastudien* 7. Heidelberg：Winter 1962，S. 6-18.

② Hans Galinsky："Deutschlands literarisches Amerikabild：Ein kritischer Bericht zu Geschichte，Stand und Aufgaben der Forschung". In：Alexander Ritter（Hg.）：*Deutschlands literarisches Amerikabild*. Hildensheim：Olms 1977，S. 4.

语文学作品中所享有的话语权。

随后的歌德、海涅、卡夫卡以及托马斯·曼、海因里希·曼、茨威格、布莱希特等作家或在他们的文学创作中对美国有过种种描述，或曾在美国生活。从起初对美国独立史及民主制度的推崇到逐渐意识到美国现实社会的种种弊端，德语文学作品对于美国的认识和书写随历史的发展而出现不同的、阶段性的倾向与态度。在第二次世界大战后的德语文学作品中，有关美国图景的刻画则主要集中于对城市和城市生活的展现，并以小说为主要写作体裁，其次是日记和游记。第二次世界大战后首批前往美国旅行的瑞士作家马克斯·弗里施(Max Frisch)以及奥地利女作家英格博格·巴赫曼(Ingeborg Bachmann)等也多次以美国为背景，将自己小说的主人公置于其中。充斥于这些场景背后的多是一种人物的身份迷失与内心的彷徨，以及个体生存与现代技术碰撞所产生的危机等经验现实。20 世纪 60 年代后期，伴随着越南战争的爆发和美国社会危机的日渐显露，它所蕴含的“西方共和制的始祖”①这一历史视野中的完美、进步的政治形象彻底瓦解，汉斯·马格努斯·恩岑斯贝格等作家公开表示对美国当时的统治阶级感到失望，认为其

① Manfred Durzak：“Abrechnung mit einer Utopie?” In：Reinhold Grimm/Jost Hermand (Hg.)：*Basis Jahrbuch für deutsche Gegenwartsliteratur*. IV. Frankfurt am Main：Suhrkamp 1974，S. 106.

整个阶层都处于异常危险的境地。<sup>①</sup> 至此，关于美国社会的种种现实问题，如日益严重的物质主义、宗教伪善、政治腐败、文化根基缺失以及种族问题等，以不同的方式和表现手段出现在现代德语文学作品中。

与 20 世纪初以来德语文学作品中带有消极批判色彩的美国图景不同，汉德克在《短信》一书中隐去了美国社会政治事件和观念的直接涉入。他通过对一系列旅行站点的勾勒和人物旅行故事的推进，将由酒吧、商场、饭店、报亭、旅馆、电影院、公园等各类空间构筑的美国都市展现在读者面前，自东向西的旅途呈现为一种流动的、多变的、异质性的和符号性的空间图像，引导和影响着人物的感知体验以及旅行经历。美国图景在汉德克这位现代作家的笔下，具有了某种更加开放、多元的后现代特质。

这种变化的趋势一方面伴随着美国在发展进程中于不同阶段所彰显出来的历史和社会意义，另一方面也建基于人类自身旅行活动的实践之上，甚至伴之以德语文学家们的亲身体验，在某种程度上，这也是其民族意识和自省意识的体现。将美国作为一种"文学化的空间"进行考察，在现实空间的历史语境和文本空间的虚构性两个层面来探讨美国这一特殊地理空间在文学作品中的设

① 参见 Joachim Schickel: *Über Hans Magnus Enzenberger*. Frankfurt am Main: Suhrkamp 1970，S. 233-238.

置和表现，也是本书在这一章的主要论述目的。下面，
笔者首先从文本内部回顾和分析汉德克《短信》一书中所
呈现的旅行模式的特征和机制，再进一步考察这场美国
之行所蕴含或建构出的美国图景。

## 二、人在美国——《短信》中的旅行模式

### (一)被营造的空间氛围与旅行的作用机制

《短信》之所以被看成是汉德克回归传统文学的作
品，首先与其叙事手法和风格相关。不少评论家认为，
《短信》与流行于大众文学领域的侦探小说有着密切的互
文关系，甚至从书名上就有对美国作家雷蒙德·钱德勒
(Raymond Chandler)的《漫长的告别》(*The Long Good-
Bye*)的借鉴。① 文本情节在对谋杀与追逐氛围的营造以
及个体身处美国都市时深感紧张、受威胁等心理状态的
描述均与钱德勒的作品之间存在一定的相似性。本书在
此不再对《短信》与传统侦探小说之间的互文性做出阐
释，而是从文本的内部情节尤其是旅行故事中所暗含的
空间结构及其特征来进行分析。

小说分为两大部分。第一部分"短信"在正式交代

---

① 参见 Sigrid Mayer：“Im ‘Western’ nichts Neues? Zu den Modellen in
‘Der kurze Brief zum langen Abschied’”. In：Manfred Jurgensen
( Hg. )：*Handke. Ästhetik - Analysen - Anmerkungen*. Bern：
Francke 1979，S. 146.

"我"的旅行故事之前，罗列了一系列空间地点，渲染出类似侦探小说的氛围。小说开篇如下：

> 杰弗逊大街是普罗维登斯市一条安静的街。它绕着商业区通向城南的诺维其街，那是前往纽约的必经之路。在杰弗逊大街稍为宽阔的地方形成了由山毛榉和槭树环绕的小广场。在维兰德广场这里，矗立着一栋庞大的英式风格的乡村别墅，这就是维兰德·曼诺饭店。当我四月底到达那儿的时候……（S. 9）[①]

此处可以被视为小说开篇对故事环境所做的一般性交代，但叙述视角犹如一台装有长焦镜头的摄影仪或照相机，由北向南、由远及近，最后将焦点定位于旅行故事开始的场所——一家旅店。随后，"我"甫一到来，便收到门房递来的一封信，对此，我事先毫不知情。信中写道："我在纽约。不要找我，找到我不是什么好事。"（S. 9）

这封简短的来信将故事引向了神秘和悬疑，尤其是写信人在信中使用了"找"这个动词，她一方面不客气地

---

① Peter Handke：*Der kurze Brief zum langen Abschied*. Frankfurt am Main：Suhrkamp 1981. 从此处起，下文中所引用的《短信》中的文本均出自该书的这一版，括号内的数字用来标识引文在原书中的页码，中译文由笔者译出。

规劝主人公不要来找自己，另一方面却又迫不及待地交代说自己在纽约。这种看似命令和威胁的语气因为一个具体的空间信息而变得自相矛盾。为进一步挖掘出短信的来历和蕴含于其中的意图，主人公像一个侦探似的认真检查信封和邮戳，试图从信件本身能有所发现："德尔蒙尼克酒店，59 号公园大街，纽约"，"但正面的邮戳又是费城"，"这封信五天前就投寄了"，"下午寄的"。(S. 12-13)这些对细枝末节的搜求带来了一连串有失逻辑关联的时间和空间上的线索，让主人公在旅行之初就陷于一种无序、混乱的状态中。直到他按照信上地址打电话追问的时候，读者才经书中交代了解到这封短信并非来自某位危险或神秘人物，而只是来自"我"原本最熟悉的人——妻子尤迪特。在此，文本开头那封简短的威胁信所引发的危机看似有化解或减弱的可能。然而，信中涉及的空间线索——"纽约"，其功能并不仅仅在于为妻子的位置提供明确的指示，更加是为主人公制造精神上的混乱与紧张。这体现在"我"看到这封短信后随即产生的心理反应上：

> 就我能想起的事来说，我就像个天生担惊受怕的人。美国炸弹爆炸前，我被抬进屋子里，院子里到处都是散落的木块，静静地堆放在阳光下。旁边房门的台阶上，周末被杀死的兔子的血迹在闪闪发光。在一个阴森的黄昏……我由于恐惧而不再害

羞，失了魂似的大叫着走进森林，去寻找那个早晨
进入森林却还不曾出来的我爱的人……(S. 9)

　　旅程尚未真正开始，一封简短的来信就让主人公陷
入对童年战争场面的回忆中。"我"与现时所处的空
间——美国的联系在现实与过往中平行展开：一方面是
酒店所在的安静的杰弗逊大街，另一方面却指向因美国
轰炸而充满了血腥与苦痛的儿时家乡。两次与美国的接
触均与寻找有关：童年的"我"进入森林寻找失踪的亲
人，如今的"我"仍旧在面对一场前程未知的寻找。
　　如果说主人公美国之行的最初动机尚不明确(有可
能是出差或度假)，那么，汉德克在开篇的一幕将短信
作为导火索，配以刻意营造的空间氛围和人物的实时感
知，美国这一新环境已经由其现时所在的空间逐渐被主
体自觉或不自觉地纳入有关自我经历的投射中，并进一
步转化为需要汲取新的认知和感受的客体对象。一方
面，有关美国的记忆具备创伤性以及令人感到恐惧的特
质；另一方面，"我"又踏足于此，寻求克服恐惧并获取
新的体验与经历的可能性。这一点可以从"我"在次日便
急于追问自己的心理看出来："这是我在美国的第二天。
我是否已经有所改变？……将自己变得不同的需求突然
在我身上蔓延，像是一种本能"；"能让我看到自己有所
改变的环境到底在哪里呢"(S. 18)。这些拷问显示出主
人公在试图通过美国之行来摆脱现实生存中的困境，或

者换言之，他开启美国之行的根本动机为：认识自我，找寻自我，改变自我。

历史上，美国于 1830—1850 年及 20 世纪 30 年代曾两度成为欧洲人包括德语作家们的政治避难地。无独有偶，《短信》中身为作家的"我"，在面对由儿时的战争经历以及紧张的婚姻关系带来的忧虑、恐惧之际，也选择离开故土，远赴美国这个与自己家乡之间存在一定地理跨度而又具有某种关联的空间。旅行的动机不仅在于远离原本熟悉的环境而去往一个陌生国度，更多地在于"通过一种空间距离上的调整来寻找自己另一种存在（方式）的可能性"①。伴随美国之行的展开，主人公与妻子的追踪游戏一步步上演：尤迪特对"我"的威胁由书信逐步升级为配有一幅左轮手枪照片的生日贺卡（S. 133）、装有带电纸盒的包裹（S. 143）以及由她策划的墨西哥小孩的抢劫（S. 168-169）等。夫妻二人的追逐与纠缠可以被视作小说的表层情节，而隐匿于其后的是叙述者对婚姻关系、过往经历的逐渐披露以及解决现实生存危机的过程。旅行活动的作用机制凸显为：它在过往与现时之间充当了一座连接的桥梁，并将美国这一外部空间由其

---

① Gerhard Melzer: "Dieselben Dinge täglich bringen langsam um. Die Reisemodelle in Peter Handkes Der kurze Brief zum langen Abschied und Gerhard Roths Winterreise". In: Kurt Bartsch/Dietmar Goltschnigg/Gerhard Melzer u. a. (Hg.): *Die andere Welt. Aspekte der österreichischen Literatur des 19. und 20. Jahrhundert.* a. a. O., S. 382.

最初所充当的逃遁地演变为叙述者意识变化的镜像。透过主人公的空间活动，叙述者"我"的内心恐惧与焦灼、徘徊于"进退、往返、希望与绝望之边缘"①的状态在现时的经验世界面前无处遁形。

汉德克将人物的变形之旅安排在美国也并非任意而为，因为对他来说，美国意味着"唯一一个当今可以被人们称为陌生的、另外的世界。对我来说，它就是一个梦想之国，在这里人们必须有新的发现、新的开始。在这种情况下，人与自己是产生了距离的……"②由此可见，在"另一个环境下"有所改变的期愿是汉德克笔下的作家——"我"选择美国作为旅行地的原因所在。

**(二)主体与空间的交互——受困的交际与感知**

我们发现，主人公在美国的旅行自启程伊始就伴随着各种各样的困难，这首先体现在以下两个方面：与外界失效的交流，以及受困的身体感知。

首先，"我"在下榻普罗维登斯饭店的当天，就再次开始"与自己对话"(S. 12)；傍晚"我"在街上闲逛时，发现"自己完全没有兴趣去理会他们(如街上同我搭话的司机)"(S. 17)；当"我"给奥地利老家打越洋电话时，也因

---

① Halte Herwig：*Meister der Dämmerung*．*Peter Handke，eine Biographie*．a. a. O.，S. 176.

② Hellmuth Karasek："Ohne zu verallgemeinern. Ein Gespräch mit Peter Handke". In：Michael Scharang（Hg.）：*Über Peter Handke*．a. a. O.，S. 87.

为接线员不断误会或者受噪音干扰而未能成功(S.32)。这表明，主人公在旅程的初始之际即处于一种与外界沟通失效的状态。城市里的现代人彼此之间是疏离、陌生甚至紧张的关系，他们互不搭理，各行其道，如果共处一室，就会陷入莫名的恐慌。比如，在电梯这一狭小的空间里，主人公与电梯操作员之间有明显的界限，"我"的感知经验处于非正常甚至崩溃的状态："就像经常发生的那样——如果我跟别人在同一空间而长时间没有人说话的话——我突然觉得，对面的黑人肯定会在下一刻发疯并朝我扑过来。"(S.10)身为作家的"我"在旅行初期通过阅读报纸中的新闻来建立与外部他者的关联：因为只有报纸中的"我还不认识的每个人，尤其是每个地方，会让我在阅读时产生好感，以及一种向往"(S.41)。也就是说，主人公与他人、外界交流不是通过面对面的、直接的身体接触，而是借助报纸这种媒介来与那些不在场的、未知的人事建立关联。这种冷冰冰的、虚拟的关系反映出主人公的交际能力曾一度丧失。他找不到可以倾诉和交谈的亲密的对象，反之，他只能依靠自言自语、自慰等感官或肉欲刺激来替代与自己日渐疏离的外部世界之间的交流。

其次，伴随着主人公旅行过程的还有无论如何也挥之不去的恐惧感。这一点突出表现为"我"在特定的空间范围内受阻的身体感知能力和行为表现。身体作为知觉的主体，是人与外部世界进行交流的最原始的处境和起点。身体与周边空间环境的互动，也是梅洛-庞蒂所强调的"身体主体"以及身体的空间性特质所在。然而，在《短信》一书里，主人公初到新环境，正常的身体感知不复存在，取而代之的是一连串的身体不适和压抑感。此时，身体就像是一个感应器或者接收器，在第一时间显示了周遭外部空间对主人公的刺激和影响。比如，一踏进旅馆的电梯，"我"就"跌倒在略高的电梯地板上"（S.10）；有一次，"我"躺在空空的宾馆床上，感到"身体在膨胀，而头和四肢萎缩成了鸟头和鱼鳍"，这是一种对于"死亡的恐惧，不是对自己要死的恐惧，而是对他人会突然暴毙的荒唐的恐惧"。（S.30）在这里，生理性的身体感知成为主人公遭遇新环境的首要的直观反应，而随着穿越美国大陆时旅行环境的不断变化，各种现时经历的空间场景也总是促使他陷入莫名其妙的恐惧或者对往事尤其是对童年往事的回忆之中。"我在这儿只要一踏上扶梯，就可以想起我第一次坐扶梯时有多么害怕"（S.75）；当"我"在图森机场受到尤迪特的威胁时，便感觉自己什么也听不见，"耳朵突然很重地挂在头上，就像那天清晨在刚刚死去的祖母身边醒来时一样"（S.157）。诸如此类有关"我"在当下的旅行经历的描写中，身体成为主体对于周围特定空间感知的重要表征，而受困的、非常态的身体感知预示着本书主人公在这场旅途中的重重困难。但这些充满阴霾的感官体验并不呈绝对消极的态势，它们或为条件，或为方式，随时将主人公引入对过往世界的回忆中，导向旅途的延伸和危机的解除。如果说美国之行首先作为一场逃遁，承载着"我"对于改变的渴望，那么，伴随这场进入陌生的外部世界旅行的，也是他进入自身过去的回忆之旅、意识之旅。

### （三）西进之旅的空间结构

评论家古斯塔夫·苏歇尔(Gustav Zürcher)在对《短信》进行研究时，认为文本内呈现出"内部"和"外部"两个结构层面的旅行故事，他将其看作一组平行发生的事件，这其中，"旅行者作为起协调作用的意识中心，将外部旅行故事和内部私人故事联系起来，使它们成为一个统一的，也是他自己的故事"①。在这里，"外部"故事即夫妻双方依照具体路线展开的横贯美国的追踪游戏；"内部"故事则暗指旅行活动在表达寻找自我、改变自我这一主题上与传统教育小说之间的互文关系。

对于大部分评论家来说，《短信》与传统教育小说之间的互文关系有两个明显的"标志"：一是，小说在两大部分"短信"和"长久的告别"的篇首均引用了启蒙运动后期作家卡尔·菲利普·莫利茨(Karl Philipp Moritz)的传记小说《安东·莱瑟》(*Anton Reiser*)中的一段话作为题记；二是，主人公在旅行过程中始终在阅读戈特弗里德·凯勒的经典德语教育小说《绿衣亨利》(*Der grüne Heinrich*)。

---

① Gustav Zürcher："Leben mit Posie". In：*Text ＋ Kritik 24/24a. Peter Handke*. München：edition text & kritik 1976，S. 42.

在此，笔者不再赘述《短信》与教育小说在主题上的互文性①，而试图从文本内部所展现的旅行线路出发，分析"我"的这场追寻之旅在空间结构上所呈现出来的特别之处。

参照小说封面的绘图并梳理文本内部出现的旅行站点之后，我们不难发现，"我"的美国之行开启于本义为"预意""天意"②的普罗维登斯，结束于西海岸加利福利亚州的贝莱尔③。这条旅行线路自东向西，无论是表面上"我"与妻子尤迪特的追踪游戏，还是于"我"内心深处更为渴求的意识之旅和变形之旅，都沿着这条路线展开。它的设置并非出于偶然，从文本情节的发展来看，似乎是汉德克有意参照了美国历史上那场文明与血腥并存的先锋运动——西进运动的路线而设定的。尤其是第二部分"长久的告别"开篇的引言为："难道不应该对此感到惊奇么，当地点的不断变化就像让我们忘记一场梦一样，不去回忆那些我们不愿以之为真的东西。"（S. 107）

---

① 此类评论参见 Gerhard Melzer："Dieselben Dinge täglich bringen langsam um. Die Reisemodelle in Peter Handkes Der kurze Brief zum langen Abschied und Gerhard Roths Winterreise". In：Kurt Bartsch/Dietmar Goltschnigg/Gerhard Melzer u. a. (Hg.)：*Die andere Welt. Aspekte der österreichischen Literatur des 19. und 20. Jahrhunderts.* a. a. O.，S. 377；冯亚琳：《"互文性"作为结构原则——彼得·汉德克的小说〈为了长久告别的短信〉与传统文本的互文关系研究》，载《四川外语学院学报》，2001(3)，19~22 页。

② 参见 Aminia M. Brueggemann：*Chronotopos Amerika bei Max Frisch，Peter Handke，Günter Kunert und Martin Walser.* a. a. O.，S. 143.

③ 贝莱尔位于加利福利亚洲的高档住宅区，距离洛杉矶市数十千米远。

从这里开始，"我"与美国女朋友克莱尔及其女儿会合并一同到达密西西比河中游河畔的大城市圣路易斯（St. Louis）。从历史上来说，这座城市正好是美国"进入西部的大门，是先锋精神的象征"①。于主人公而言，这个地方则是关联他人（克莱尔母女及其画家朋友）、向其披露自身经历的"泄密地"以及反客为主、向尤迪特主动"出击"的战场。

具体地说来，单亲母亲克莱尔个性独立、心态平和、为人严谨，她与女儿充满温情的相处，平衡与补偿了为主人公所欠缺的两性关系，即使只是她为女儿穿衣这个再平凡不过的"人类活动的瞬间"都会触动主人公，让其"感受到平静"（S.79）；在主人公敞开心扉倾诉他与尤迪特的婚姻危机，交代他们如何一步步由冷战、互相辱骂、互施暴力而发展为彼此形同陌路直至失去彼此的故事时，"我"在旅行中的心理包袱逐步放下，"我"由一个畏畏缩缩、会莫名紧张的人变得可以任意游走于过往与现时之间，一句对克莱尔的轻问——"现在你知道了，为什么我会在这里"（S.132），实际上是通过渗透回忆来明晰自己的心路历程和旅行动机。而克莱尔的话则更是值得注意：

---

① 参见 Aminia M. Brueggemann：*Chronotopos Amerika bei Max Frisch*，*Peter Handke*，*Günter Kunert und Martin Walser*. a. a. O.，S. 127.

　　我没有一个像你那样能出发前往的美国。你就像乘坐了时光机来到了这里，不是为了变换地方，而是为了驶向未来。我们对自己能变成什么样子没有什么概念。如果我们要比较某事，那么我们就和过去比较……欧洲的精神疾病患者通常会说些宗教习语，而这里的病人就算是在谈论吃的的时候，也会突然冒出个国家某场胜仗的名称。(S. 80-81)

　　克莱尔的话洞穿和体察了美国之行于"我"的深刻意义："时光机"不是抽象的科幻名词，而是主人公自东向西、身体力行的旅行活动；"驶向未来"指明主人公逃遁背后的真实目的是摆脱过去，有所改变；而有不同表现的"精神疾病患者"们似乎正是曾经沉迷于宗教救赎的欧洲人与崇尚自由斗争的美国人的缩影。此外，在圣路易斯对一对画家夫妇的拜访让"我"注意到，美国的画作均以展现"历史场景中的某个历史时刻"(S. 119)为主。相较于人类艺术文明的发源地——古老的欧洲来说，新大陆美国的文化是建立在放弃原创性、追求集体同一性的基础之上的。[①] 作为个体的美国人，神话般的和集体性的独立史及斗争史始终是他们观照现实的镜子。主人公

① 参见 Christoph Bartmann："Der Zusammenhang ist möglich. Der kurze Brief zum langen Abschied im Kontext". In：Raimund Fellinger (Hg.)：*Peter Handke*．a. a. O.，S. 137.

在遥远而陌生的"新世界"里被各种人和物时刻提醒着，逝去的过往不应成为现时的羁绊，生存的意义也不在于自我封闭，相反，反思与正视经历，与他者建立新的关联，才是解决自我意识危机最根本的方法。美国这一外来机制在圣路易斯发挥了作用："在这些日子里，我第一次感受到持续时间更长的、不只是激动不安的生活情趣。"（S. 122）在不断自我反思和回忆的过程中，"我"对尤迪特的追踪由被动逐步转为主动，每到一个地方便留下自己下一站的地址和电话号码，似乎是在期待与她正面交锋，一场猫捉老鼠的游戏正在演变为老鼠逮猫。

小说文本内的多处情节也在观照和指涉着"我"的西进之旅。比如，"我"下榻的第一家饭店位于以西进运动的重要人物"杰斐逊"命名的大街上；第一次走进酒吧时，"我"听到的是美国西部骑兵之歌，连做梦"我"也梦见了景象繁荣的移民场景；在圣路易斯市停留的时候，"我"听着密西西比河上蒸汽船的鸣笛和一位老者的讲解，美国文明发展的历史重新向"我"敞开："……新时代的交通和贸易，蒸汽运作，月光下装木柴的黑人农奴，蒸汽锅炉的推广，最后铁路取代了蒸汽船"（S. 122），等等。

上述引文中极具画面感和历史感的"西进元素"伴随着主人公旅行的始末。具有开拓性和探索性的西进运动首先是一种空间意义和生存意义上的进取，并由此奠定了美国的精神根基。这种一往无前、不断寻找的行动力似乎在潜移默化地影响着主人公，让他像 19 世纪的先锋者一样，由东向西去开拓和占领新的世界，汲取新的感受，并获得更加宽广的生存空间。伴随着西进之旅的延伸，"我"与妻子的较量一步步升级、白热化，但与刚收到短信时的茫然无措相比，"我"的心态发生了明显改变。例如，在图森机场看见跟踪"我"而来的尤迪特的行李时，"我"感到"太好笑了，她居然是一个人，如此孤单"(S. 158)；在遭遇受尤迪特唆使的抢劫后，"我"不但不感到恐惧，还在暗暗自嘲——"很好，我大衣里的机票还在，也还有上百美元的整数钞票"(S. 169)；在读到小说《绿衣亨利》中的人物从美国归来重新开始生活时，"我"像是看到了自己的影子，"歇斯底里地哭了起来"(S. 172)。美国于"我"的投射机制和释放危机的作用似乎在潜意识层面得到了认可。主人公在倒数第二站的海边奋力夺过妻子的左轮手枪并把它扔进大海时，夫妻二人的追逐与逃避游戏就此终止，"我"在启程之初遭遇的威胁和危机趋于化解。

西部电影大导演约翰·福特的私人花园是旅行的终点站，也成为夫妻俩最后达成和解的"避难所"。主人公在这个"视线可由台阶往下，向长满柑橘树和意大利柏树的深谷延伸"(S. 186)的伊甸园内，平静地倾听福特"教育式的讲话"①，并心平气和地与妻子聊天、讲故事、

① Christoph Bartmann："Der Zusammenhang ist möglich. Der kurze Brief zum langen Abschied im Kontext". In：Raimund Fellinger (Hg.)：*Peter Handke*. a. a. O.，S. 120.

分手，最终他从被困扰和受压抑的意识中解脱出来，获得了"童话般"①的结局，也完成了自己在美国境内的西进之旅以及变形之旅。

小说以侦探小说的氛围开场，让主人公行走于危机与发展机遇并存但具有一定历史渊源和现实意义的旅途，到小说最后乌托邦式的场景描述和开放式的结局，主人公通过横穿美国的旅行摆脱了自己童年以来的阴影，对妻子的仇恨和愤怒烟消云散。

"长久的告别"这一标题的含义也是多层次的：首先，它是与妻子达成的和解和别离，其次，它为自己充满创伤的过往画上一个句号，是对与过去的自己挥手告别的比喻。但文本开放式的结局似乎又在暗示着，告别并不是终结，在某种意义上，它意味着主人公另一个和平的、全新的开始。美国这个特定的空间场所如同一枚"催化剂"②，对于文本情节和主题的推动作用是不可复制也不可代替的。借助美国这个远离欧洲、拥有传奇历史的空间国度，主人公在镜像般的旅程中完成了在个体层面上对过往记忆和生存状态的追寻及反思，现实生活

---

① 汉德克本人在谈到《短信》的结局时说："这也是我的渴望，有一个童话般的结局，即有和平分手的可能，特别是在彼此都长时间被痛苦折磨之后。"参见 Hellmuth Karasek："Ohne zu verallgemeinern. Ein Gespräch mit Peter Handke". In：Michael Scharang（Hg.）：*Über Peter Handke*．a. a. O.，S. 87f.

② 参见 Aminia M. Brueggemann：*Chronotopos Amerika bei Max Frisch*，*Peter Handke*，*Günter Kunert und Martin Walser*．a. a. O.，S. 150.

与内心世界的危机均得以化解。这也许正是汉德克在《短信》这个旅行文本上所做的一种独特的空间美学建构。

## 三、《短信》中的美国图景

### (一)大都市的精神生活

在《大黄蜂》《守门员面对罚点球时的焦虑》《短信》《归乡》等多部作品中，汉德克均将主人公塑造为旅行者的形象，让他们出于不同的动机启程去外部世界进行经历和体验。对于《短信》的主要人物"我"来说，他的大部分时间都是以驻足于都市空间这一为现代人所习以为常且无法避开的生活场所来实践他在意识之国的旅行。纽约、费城、圣路易斯等美国大都市构成人物旅行的重要站点，其特有的生存机制和社会结构首先透过人物的内心体验和行为模式反映了出来。

主人公的都市体验始于在普罗维登斯下榻第一家饭店之时。在狭小的电梯间内，有两个细节描写值得注意：一是，主人公在面对黑人电梯操作员时内心感到紧张与不安——"我观察着这位电梯操作员，他耷拉着脑袋靠在把手边黑暗的角落里，并不与我对视。只有他深蓝色制服下的白色衬衣还算醒目。我突然觉得……对面的黑人肯定会在下一刻发疯似的向我扑过来"（S. 10-11）；二是，他和电梯操作员从银行汇率开始解释，表示"欧洲货币对美元升值，他兑换的钱仅仅够自己旅行"，以至于他进房间时还在反复考虑小费的金额："……我在裤袋里掏钱，这样他（黑人电梯操作员）一进房间放下我的行李，我就可以立马把钱塞给他。可到了房间里，我手里拽出的是十美元。我换另一只手拿着它又开始找一美元……"(S. 11)

　　主人公在面对一位素不相识的普通饭店服务员时的心理体验和行为方式让我们想起德国社会学家格奥尔格·西美尔(Georg Simmel)在 1903 年发表的演讲稿《大都市和精神生活》中所提及的问题。西美尔将城市与村庄进行比较论证，指出现代大都市这一特定空间与现代人的心理机制及行为方式之间有着某种内在且紧密的关联。在他看来，城市是由众多陌生人构成的世界，人与人之间互相疏离，扮演着各自的身份角色，并且表现为"轻度反感、相互疏远和排斥，在较为密切的接触中，这些态度会突然爆发成憎恨和斗殴"①。对主人公来说，由不同种族和职业的人构成的现代美国社会带给他的第一感觉便是这种莫名其妙的恐慌与担忧。他在陌生的环境中同陌生人打交道时极度缺乏安全感，甚至超越了被西美尔称为"含蓄"的精神状态而表现得异常紧张。所以，当主人公在纽约街头被一位女孩问及姓名之时，其

---

① ［德］格奥尔格·西美尔：《大都市和精神生活》，郭子林译，见孙逊、杨剑龙主编：《阅读城市：作为一种生活方式的都市生活》，25 页，上海，上海三联书店，2007。

心理状态为："我也不知道自己为什么要说谎，我回答说自己叫'威廉'。此时我便立即感到我心里更加愉快了。"(S. 40)我们知道，主人公在《短信》中均以第一人称"我"出现，其真实姓名从未被提及。在这里，"我"在面对一位陌生路人时却不自觉地杜撰了一个名字。这是现代人在都市环境中为保存自我而采取的"大都市精神现象的形式或伪装"①，虽然他暂且用"威廉"这个名字表现都市交往中的匿名性，但这种接触是功能主义的、表面性的、非个性化的。同时，名字"威廉"本身似乎也有对歌德笔下经典小说人物的影射，也暗含主人公当下的精神危机以及试图追寻威廉之路、建立人与社会的交流并改变自己的潜在渴望。

同时，黑人电梯操作员与"我"在会面时没有任何实质性接触，他的个体特征被遮蔽，取而代之的是"蓝色制服、白色衬衣"的统一性的浓缩符号。在一个多元融合的现代美国社会里，这种仪式化、机械式的工作只会被分配给黑人。种族主义的标签和严格精细的社会分工使他只需要穿戴整齐、按部就班地为宾客按电梯按钮、拎箱子便可完成一天的工作。他与客人相处时不会发生任何身体接触，甚至连眼神交流也是不可能的。社会中人与人之间的麻木与冷漠以相似的机制在蔓延。非常讽

---

① ［德］格奥尔格·西美尔：《大都市和精神生活》，见孙逊、杨剑龙主编：《阅读城市：作为一种生活方式的都市生活》，25 页。

刺的是，要打破大都市冷漠的相处模式，在彼此之间实现交流的手段只有一个——给小费。也就是说，唯有借助美元这一货币媒介及向他"塞"小费的动作，"我"与电梯操作员之间的界限才会被打破，彼此才会有所关联。这种关联的实现并不是通过发自肺腑的充满温情的方式，而是建立在货币经济对现代人际关系的操控机制基础之上，人的孤独和封闭并未从根本上得到改变，相反一切行动都只能按照严格的货币或数值换算的方式来进行，因为"现代思维已越来越变得具有计算性了……大都市人不得不认真对付他的商人和顾客，他的家仆，甚至那些被迫尽心社会交往的人们"①。在本章开始的引文中，"我"在面对陌生的黑人服务员时，没有与他友好或者礼貌地寒暄，唯一口头交流的内容就是美元汇率的下跌。在第二天下榻饭店时，"我"在小费的处理上便很有经验了，并很引以为豪，"成功地马上递给帮我提行李的那位日本人一美元"（S. 29）。冷漠、表面化的人际交往在货币机制的操控下如此恶性循环，人日渐陷入更加封闭、孤独的状态。

除此以外，西美尔认为，存在于复杂多样的大都市机制下的另一典型特征就是"最为严格的准时性"。因为当如此众多的人同时聚集在都市中时，就必须采取方法

---

① ［德］格奥尔格·西美尔：《大都市和精神生活》，见孙逊、杨剑龙主编：《阅读城市：作为一种生活方式的都市生活》，2 页。

把他们的关系和活动联结成一种高度复杂的有机体，那么，准确的时间性就成为保障这种精确性的必要手段。①于是，现代人类在机械表滴滴答答的节奏中被统一化的约束力制约、牵制。《短信》中的主人公就是这样一位被大都市影响和造就出来的具有精确时间意识的人，用他自己的话来说，这是一种"最熟悉不过的令人歇斯底里的时间感"(S. 20)。在他还未按照尤迪特的信中所说前往纽约时，他就计算着，"这是我在美国的第二天"(S. 17)；在回忆尤迪特的时候，他对她最大的印象便是，"她没有时间观念。虽然她不会忘记约会，但总是迟到……我就相反，我几乎每个小时就要去看一眼电话，听一下报时"(S. 21)。主人公近乎强迫症似的时间意识促迫着他在生活的夹缝中生存。作为一位都市中的过客，"我"不可避免地被嵌入瞬息万变的碎片式的现代生活和现代性中：一方面，"我"需要直接面对和体验瞬息万变的现代都市；另一方面，"我"不由自主地受到都市生活的运作机制的决定和影响。尽管美国之行只有短短的三周时间，但相较于以往的时间经验，"我"在美国都市的时间意识获得了一种特殊的张力：在美国的第二个晚上，"我"来到酒吧，在掷骰子游戏的一瞬间，"我"总会清楚地看到自己想要的数字定格在那里，"我"把这

① 参见[德]格奥尔格·西美尔：《大都市和精神生活》，见孙逊、杨剑龙主编：《阅读城市：作为一种生活方式的都市生活》，23页。

种幻觉定义为"另一个时间"：

> 不是指将来或者过去。从它的本质上来说，是
> 与我现在的生活和思前想后有所不同的另一个时
> 间。对于另一个时间，我有一种渗透的感觉，在这
> 个时间里存在另一个与现在有所不同的地方，所有
> 的一切的意义都具有与我现在意识到的不同；感觉
> 也异于我现在的感觉，人们刚好在那么一瞬间处于
> 无人居住的地球最初的状态，在持续千年的雨后，
> 第一次滴落一滴雨，没有立即蒸发……(S. 25)

在这里，通过幻觉产生的时间意识对主人公来说是
"另一个"与现时不同的时间。布吕格曼将其看成是一种
充满宗教色彩的"顿悟"式体验，认为正是当下这个变化
多端的空间对时间进行的某种凝固，让主人公获得释放
过去、摆脱阴影的可能性。①"与我现在意识到的不同"
"另一个地方""无人居住的""千年的雨后"等表达出主人
公面对生存时的挣扎与期望。与主人公在以往的城市生
活中所获得的精确、紧迫的时间感相比，美国给予了他
一定的释放空间，幻生出一段缓慢的、凝滞的、不同于
以往和现时的新时空，帮助他摆脱实际生存的困扰。然

---

① 参见 Aminia M. Brueggemann：*Chronotopos Amerika bei Max Frisch*，*Peter Handke*，*Günter Kunert und Martin Walser*. a. a. O. ，S. 133f.

而，另一个时空毕竟只停留在幻象的层面，"一闪即逝"
（S. 25），要真正摆脱这种受困的状态，主人公必须建立
自己的体验机制去真正汲取在新世界中所蕴藏的气息和
意义，拿他的话来说："我迄今为止的人生，不能如此
而已啊！"（S. 25）于是，主人公在美国的旅行不断继续，
他在日常生活中也更多地是以一个闲逛者或浪荡者的形
象游走于美国社会，用"看"和漫步的实践方式来观察外
部经验世界的点滴，反思自己的生存状态。

### （二）闲荡者的都市体验

《短信》第一部分篇首引用《安东·莱瑟》的话如下：

> ……天气看起来适合旅行。天空阴沉地笼罩着
> 大地，四周黑乎乎的，仿佛所有的关注力都只能投
> 向脚下漫步的街道。

在这段引文中，四周暗黑的环境与焦点所在的街道
形成对比，所指涉的"街道"这一空间场所与随后《短信》
开篇的出场地点杰斐逊大街形成呼应。将视线定格于
"街道"，让"我"的美国之行开始于此，是因为"街道是
不同类别的人——那些来自不同阶层、信仰、种族和年
龄段的人在时间和空间中的交汇点"①。米夏尔·巴赫金
（Michail Bachtin）的解释似乎与前文中博尔诺夫关于街

---

① Michail Bachtin：*Form der Zeit im Roman. Untersuchungen zur litera-*
*rischen Poetik*. Frankfurt am Main：Fischer Taschenbuch Verlag 1989，
S. 192.

道这一空间元素的说法相似，也暗示了主人公"我"的旅行首先是在一种与"街道"有关的"叙事性活动"①中展开的，行走于街道从本质上来说，就是让身体重新介入空间，与空间建立直接联系，以带给主人公和其他人群、新鲜事物接触与碰撞的可能性，让他在当下的空间活动中有新的体验和感受。

纵观《短信》全书，寻找、观看、漫步、闲荡等是主人公"我"在美国日常生活中最主要的活动和状态，援引克里斯托夫·巴特曼（Christoph Bartmann）的话来说，这是一种在文本内"被讲述的运动"（erzählte Bewegung）②，这尤其体现为主人公在纽约、费城等大城市中的逗留。根据梅洛-庞蒂对身体在场尤其是视觉感官和德·塞尔托有关步行活动的理论，把他们强调的"看"与"行走"结合起来，便是本书的主人公作为旅行主体"设身处地"与外部世界打交道的基本方式。一方面，"看"直接介入外部世界，提供最直观的感官经验；另一方面，"行走"则通过身体在场的实践行为，让空间得以表述，并使空间秩序中所包含的各种可能性得以彰显。对于德·塞尔托来说，他甚至指出，旅行游记的结构正是

---

① 参见 Aminia M. Brueggemann：*Chronotopos Amerika bei Max Frisch，Peter Handke，Günter Kunert und Martin Walser*．a. a. O.，S. 138.

② Christoph Bartmann："Der Zusammenhang ist möglich. Der kurze Brief zum langen Abschied im Kontext". In：Raimund Fellinger（Hg.）：*Peter Handke*．a. a. O.，S. 115.

一个以地点的"引用"作为标记的关于漫步活动的故事。①
那么,《短信》中的"我"是如何借助视觉以及"步行"这一
空间活动最原始的实践方式,审视、感知和体验着一幅
美国现代生活的图景的呢?

当"我"追随妻子的足迹来到纽约时,便开始了自己
的漫步之旅。"时代广场"、"第五大道"(S. 33)、"中央
公园"(S. 43)等纽约别具代表性的地标景点或建筑在主
人公漫不经心的游荡过程中展现在读者面前。在前往时
代广场的路上,"我"一度失去了方向感,感到眩晕和快
要窒息:"我沿着四十四大街往下走。'往上!'我返回来
朝另一个方向走。我必须走回到大路上。但当我穿过这
条林荫道和第五大道时,我才发现,我并没有返回去。
我必须考虑朝另一个方向往回走。但看起来,我又确实
是朝反方向走的。我停在那里,想来想去。我感到一阵
眩晕……"(S. 33)在这里,汉德克未就大都市纽约的景
观做详细的描述,而首先透过街道这一最为基本的空间
形式和主人公的步行活动展示了迷宫似的都市空间。作
为城市血管的街道,它的意义不可小觑。一方面,它作
为一种基本的建筑模式,经由网络化的纵横汇聚,切割
也连接了整个城市和城市人的活动空间;另一方面,它
作为现代都市人的日常生活场所,集结和汇聚了各种现
代气息、身份乃至姿态,它"承受了城市的噪音和形象,

---

① 参见 Michel de Certeau: *Kunst des Handels*. a. a. O., S. 222.

承受了商品和消费，承受了历史和未来，承受了匆忙的商人、漫步的诗人、无聊的闲逛者以及无家可归的流浪者，最后，它承受的是时代的气质和生活的风格"①。汪民安的这番话是针对城市街道所蕴含的美学意义而做出的精彩描述。对于主人公"我"来说，从旅程起点的杰斐逊大街开始，各类物质和人群集聚的街道便成为"我"观看和行走的主要场所。

在纽约街头，"我"虽然有所迷失，却在"慢慢地走"(S.38)，并随时观察街上的人和人的面孔。比如，"两个女孩，一个打着电话，另一个有时弯下身去，把头发捋在耳朵后面……有那么一刻，我感觉到释放、毫无负担。我在一种美妙的状态下轻松地观看，只是看，对人来说，这种看就已经是一种认知"(S.36)；电影院外，"我前面是一个高个子女孩，同她荡来荡去的包一样，她也慢慢地在人行道上踱来踱去……"(S.38)。就连在咖啡店里坐着时，"我"也不忘向外望去："透过这扇挂了门帘的窄窄的门，我望向街道。可看的角度很小，反而使得能看到的东西变得更清楚。人群似乎在缓慢地移动，我自己凸显了出来；似乎他们不是从这扇门前经过，而是在来来回回地散步。我从未见过眼前这么漂亮的、勾人的女人胸部。"(S.40)在这里，主人公在纽约街头的行为颇显无羁，似乎具有一种波德莱尔所称的"浪

---

荡子"的意味。而这一现象又曾经在本雅明的笔下得到过深入刻画。作为 20 世纪西方世界最具影响力的理论家之一，本雅明对空间尤其是城市空间具有一种特殊的敏感性。他善于从空间中捕捉那些对现代感知方式和生活方式的出现具有重要意义的事件和细节，以此来彻观人的生存状态。在对巴黎等大城市的研究中，本雅明紧紧抓住 19 世纪现代都市生活中的"闲逛者"这一形象，其"巴黎拱廊计划"便意在展示发达资本主义时代现代人的精神状况。对本雅明来说，人在一个城市中闲逛，就是在发现其空间位置的意义，并会无可避免地与街道上过往的人群接触、碰撞。而大都市的人际关系则首先鲜明地表现在"眼看的活动绝对明显地超过耳听"[①]；其次，在纷繁拥挤的都市空间里，个体遭遇的是互不相识而相互簇拥着匆匆向前的人流以及各种变化迅速或意想不到的事件。为了能在这样的人流中向前行走，个体就必须快速做出反应。这就是本雅明的所谓"惊颤体验"[②]。我们看到，《短信》的主人公似乎就是这么一位在闲逛中用"眼看的活动"来体验现代都市的人物。但与在 19 世纪大城市兴起初期的闲荡者有所区别，主人公"我"的游荡行为不以发掘大众背后遗漏的细节和事物（如文人、诗人、拾荒者的行为）或鬼鬼祟祟地从事隐秘勾当（如小偷、妓女的行为）为目的，他看似无所事事的游荡背后

---

① ［德］瓦尔特·本雅明：《发达资本主义时代的抒情诗人》，王才勇译，34 页，南京，江苏人民出版社，2005。

② ［德］瓦尔特·本雅明：《发达资本主义时代的抒情诗人》，113～120 页。

充溢着一种更为深层的精神需要和渴望：释放自己，建立关联。这种需求不仅通过他对人群有意识的主动打探——"这种看是一种认知"——反映出来，也从他打探行为的主要对象——女性——身上体现出来。也就是说，主人公当下的行走于空间中和观看行为再次成为映射他失败的两性关系和生存困境的镜像。唯有走向人群、靠近人群才能从根本上解决危机，弥补和修复他与他者、世界失去的关联。从这个意义上来说，主人公在美国都市里是一位"高调自明"的游荡者。正因如此，他在每一站都走向大街，与形形色色的各类人群相遇：退伍士兵(S. 55、S. 62-63)、街头乐队成员(S. 62)、游行示威者(S. 102)、妓女(S. 153)、印第安女服务员(S. 163)、乞丐(S. 166)、醉汉、吸毒者、失业人员(S. 171)，等等。透过主人公的脚步和视角，立体的、彰显历史与文化语境的美国都市场景跃然纸上。贫富差距、越战影响、种族等级等问题虽然不是汉德克所要表现的根本要素①，但无可否认，通过主人公的闲逛行为，都市街道上每个个体的

----

① 部分评论家认为《短信》中呈现的内容在一定程度上与美国的现实有关，也有评论家称其为"美国的说明书……更多地是这个国家越南战争、种族歧视和学生躁动的文化符号的支架"。但笔者在这里无意将小说中描写的美国等同于一个与之完全契合的现实社会，而旨在强调小说主人公当下的旅行活动和感知经验，故不就其中隐含的社会问题进 行 深 究。参见 Manfred Mixner：*Peter Handke*. Kronberg：Athenäum 1977，S. 145；Kurt Batt："Leben im Zitat. Notizen zu Peter Handke". In：ders.（Hg.）：*Revolte intern. Betrachtung zur Literatur in der Bundesrepublik Deutschland*. München：Beck 1975，S. 222.

异质性面孔向各个方向伸展，把他们原本"匿名、既没有背景，也没有历史"①的身份在都市空间的大环境下隐隐透露出来并勾连起来。虽然在这种眼观似的短暂接触中仍然渗透出了现代性转瞬即逝的特质，但主人公有意识的游荡行为正在慢慢引发催化反应。

　　相对于启程伊始的危机感和恐惧感，在与这些陌生人群相遭遇的过程中，主人公漫无目的的行走和观看似乎在一定程度上缓解了自己神经与心理上的紧张，带给他暂时的解放感与愉悦感，甚至还有一丝"好奇"："在时代广场上，我翻阅了一本裸体照片集；在百老汇上空的霓虹灯屏幕上，我浏览最新新闻；对着报业大楼的大钟，我校准自己的手表。"(S.43)对他来说，漫步纽约的最大感受"不是一种想象，也不是一种声音，而是一种偶尔将两者遮蔽的节奏。从现在开始，我才发自内心地在体验这座先前几乎被忽视的城市"(S.46)。主人公所说的"节奏"正是吞噬现代都市人的精神牢笼。在讲求节奏与效率、时间被无限挤压与精确化的大都市里，常人很难停下脚步，获取最真切的内心体验，探寻自我存在的意义。只有身为旅行者的"我"，才能够借助在都市漫步和观看进行内心体验，并将之作为有效的、疗伤式的感知方式和体验方式。在图森这一站，当主人公闲逛至一座教堂时，他再次肯定了自己的内心渴望："……我

---

① 汪民安：《身体、空间与后现代性》，146 页。

突然有了一种与某物建立起关联的渴望。再也无法忍受这样独自一人。必须与某人有一种不只是私人的、偶然的、一次性的关联，人们不再通过勒索和虚构的爱情关系互属，而是通过客观的、必要的关联。"(S.165)这段话道出了主人公美国之行的全部意义：通过不断延伸的旅途和空间去战胜碎片式的时间，汲取最本真的感受，获得自我与他人、自我与世界的联系。

### (三)文明世界的符号体系

在传统的以旅行小说为体裁的文本尤其是经典的成长小说中，大自然等风景描写通常占据较大篇幅。在这些作品中，大自然要么是人用来愉悦身心、陶冶情操的理想环境，要么是人的避难所①，人与大自然之间也多为一种和谐共处的关系。但在《短信》一书里，大自然带给主人公的记忆却是他自儿时起就感受到的紧张、压迫："我是在乡下长大的，很难理解大自然为什么能够使人感到轻松；它总是让我觉得很压抑，至少我在大自然里并不感到舒服。"(S.50)大自然不但不能带给他流连忘返的愉悦之感，而且成了某种威胁与恐惧的代名词："让我感到害怕的大自然和它的局限性……"(S.101)如果将大自然与人类文明之间的关系看成是相对的或者至

---

① 参见冯亚琳：《"互文性"作为结构原则——彼得·汉德克的小说〈为了长久告别的短信〉与传统文本的互文关系研究》，载《四川外语学院学报》，2001(3)，21页。

少是无法割断的话，那么作为旅行者的"我"，从踏上美国土地的那一刻起，就对美国社会的文明符号拥有一种异常敏锐的感知能力。

当主人公乘坐美国最具代表性的"灰狗大巴"(Greyhound-Bus)初入纽约时，首先通过视觉印象感受到了美国现代社会所富含的符号体系和消费气息：

> 我们越靠近纽约，就有越来越多的广告字被图片代替：巨大的冒着泡儿的啤酒杯，像个灯塔似的番茄酱瓶，一幅画有在云端飞行的喷气式飞机的巨型图片。我身边的人们吃着花生，喝着啤酒，虽然禁止吸烟，暗地里却在一口口地吐着烟雾。我几乎没有抬头，也看不见什么人的脸，只看得见动作。地上有核桃和花生壳，有些包在口香糖纸里。(S. 28)

这些被主人公在第一时间捕捉到的意象正是对现代社会衍生出来的一种符号世界和消费空间的再现。在这里，人群被各种各样的商品吸引、调动，由文本中出现的酒吧、商场、饭店、报亭、旅馆、电影院、公园等各类空间形式所构筑的都市结构中也处处充斥着一种强烈的消费气息，这种结构以一种流动的、多变的、异质性的空间图像嵌入人物的视觉感知："现代大都市完全可能变成一个物的差异性的海洋，没有任何重要的物品遗

漏在人们的审美冲动之外。"①主人公游走于这些空间场
所之间，捕捉城市意象的含混与复杂，体验它们的细微
之处。例如，在进入曼哈顿地区时，"我"注意到："黑
人住宅区的黑人居民们除了毁弃的汽车和废墟，只能住
在平层里……汉堡和披萨这样普通的字眼对这里的人来
说是一种奇特而又不合时宜的东西……"(S. 28)主人公
对黑人生活的认知首先是借助于"汽车""废墟""平层"
"汉堡和披萨"等符号或图像；在前往费城的路上，"我"
沿途所见的"不是房屋而是垃圾堆"，是不见烟囱的"黄
色烟雾"，"没有轮胎的汽车被闲置在荒芜的田野上"，
一排排"房屋上满是烟囱，窗户紧闭，上面标着鼠药符
号"(S. 53)；在谈及自己初到美国的印象时，映入"我"
的眼帘的也是些"加油站、黄色出租车、汽车影院、广
告发布板、高速公路、灰狗大巴、乡村公路的公车停靠
站牌、圣塔非铁路、海岸"(S. 80)。现代社会中潜藏着
丰富而充满意象的物品世界，这使都市变成了一系列图
画似的象征符号。这种在各处弥漫的图像和符号带来的
是一场视觉革命，首先对"我"造成了视觉神经上的刺
激。透过这些在日常生活中捕捉到的细节，"我"发现，
在美国物质世界、符号世界与自然界共存，甚至成为规
范的、有秩序的"第二自然"②，理所当然地化为一种常
规之物存在于现代都市人的日常生活中。

① 汪民安：《身体、空间与后现代性》，115 页。
② 参见 Aminia M. Brueggemann：*Chronotopos Amerika bei Max Frisch，Peter Handke，Günter Kunert und Martin Walser*. a. a. O.，S. 134.

　　这个被主人公称为"纽约模式"的符号世界似乎不再像大自然那样让人难以接近，而是"平静地向我扩散，不困扰我"(S. 47)；"我"在它面前也像体味"一场轻松的自然游戏那样去体会这个熙熙攘攘、喧嚣嘈杂的城市。那些我在之前近距离看到的一切，玻璃瓶、停靠站牌、旗杆、荧光标识……都化作一种景观"(S. 47)。在这里，城市图景首先以主人公感知到的符号图像形式呈现在读者面前。现代社会中的文明符号取代了自然景象，内化为一种主观的、被主体自觉或不自觉地接纳了的感知体系。这一点在克莱尔两岁的小女儿本尼迪克汀(Benedictine)身上表现得更为极端。她只接受事物唯一的命名和唯一的位置，谁若是无意挪动了某个物件，谁就破坏了她原有生存空间的秩序，她便会因此而哭闹不休。此外，"她几乎不再能够感知大自然，而是把文明世界中的人造符号和物体当作自然之物来感受。她会问很多关于电视天线、斑马线、警笛的事，而不会去关心森林和草丛。她似乎在有信号、荧光字和交通灯的环境中更有活力、更安静……"(S. 117)。此处，以技术、机器、建筑等文明社会手段构建的符号体系已完全占据克莱尔小女儿的感知世界，成为"理所当然的东西，而不一定非要作为符号来理解"(S. 117)。由此可见，现代社会尤其是都市空间最显著的特征之一就是凭借各种各样的符号表征来刺激和影响现代人的视觉感知和心理感知，成为一个特有的感官之城和能指世界，潜移默化地影响和建构着主体的生存机制和感知体系。这大概也是被普遍论及的现代人类的异化旋涡和生存危机的重要因素之一。笔者在此不进行细论，而只是透过《短信》一书，窥探主人公通过美国之行而体验到的现代社会的特质，那就是：原始的田园牧歌般的大自然不再是主体认知外界时唯一的客体对象；相反，以符号体系为基础的意象世界以及这些感知和欲望包围并影响着主人公，为其创造了一个光怪陆离的感官王国。这是主人公在美国大陆的旅行之路上接收到的重要讯息，也是《短信》借主人公之眼为读者呈现的一幅现代都市印象画。甚至主人公在做梦时，也无法摆脱那些象征符号的侵袭："沙漠中的符号，一个愚蠢的园丁像浇花似的浇灌它们，还有那构成词句的植物……"(S.105)

一旦旧有的环境和人成为束缚、压抑主体的外部因素，旅行则不失为离开旧世界、走向新生活的有效方法。它作为最基本的空间实践活动，为旅行主体与其所经历的旅行空间提供了各种碰撞、接触的可能性。在此过程中，旅行者通过身体力行的方式体验、感知新的外部空间，在主体意识提升的同时，在不同程度上完成自己的旅行活动，实现追寻自我的主旨。就旅行小说来说，它绝不只是交代一个简单的旅行故事，我们应该看到，文本的空间建构对于旅行主题的揭示有着非常重要的意义。从文学地理学的视角出发，将《短信》中的美国作为"文学化空间"，无法断然割裂其虚构性与现实性的双重指涉。汉德克将主人公的变形之地设置为美国，其根本意义在于它能够为旅行主体提供一个新的自我认知的可能性。这种可能性首先建立在一种空间维度的设置上，即用陌生、遥远的国度替代旧有熟悉的家园，再通过人物的漫步、眼观等活动促进人物在新环境中的认知和反思。与 20 世纪初以来德语文学作品所展示的带有消极批判色彩的美国图景不同，《短信》一书舍去了美国社会政治事件和观点的直接涉入。虽然该作品与侦探小说、成长小说等传统体裁文本之间具有一定的互文性，但从整体上来说，该作品基于"新主体性"，演绎了一个指向自我的旅行故事，旨在通过人物在当下旅途中所捕捉到的细节感受和个体经验的表达，向读者呈现为旅行主体所切身经历的、按照特定旅行线路和模式行进于其中并具备现代都市特质的美国图景。与传统成长小说中个体的社会化追求有所不同的是，主人公的美国之行由最初的逃遁之旅演变为一场意识之旅，展示的是作为游历者的个体如何进入一个陌生的外部空间并与其中的人、物发生碰撞、交互，直至找回对于过往、婚姻、世界与自我的回忆与反思。通过旅行，叙述者"我"逐渐疗愈了自己的心灵创伤，解决了意识危机，感悟到了生存与自我的普遍意义。从这个角度上来说，新大陆美国对于《短信》来说既是叙事内容，也是叙事结构。

# 第四章　世界与主体的和谐化

## ——《缓慢的归乡》(1979)

从汉德克本人的生活经历来看，20 世纪 70 年代是他人生中相对来说的一段低潮时期。1978 年年底，为摆脱"无法言语的写作困境"和寻找丢失了的"对于世界的评判"①能力，汉德克再次来到美国，深入阿拉斯加地区进行了一次长途旅行。旅行途中，他在寄给友人的明信片上这样写道："我现在站在（有时感觉像做梦一样）阿拉斯加的土地上，这里还有狼群出没。"②一年后，阿拉斯加便作为中篇小说《归乡》第一章的场景地呈现在读者面前。

这部发表于 1979 年的作品是汉德克回乡四部曲的

---

① Malter Herwig：*Meister der Dämmerung．Peter Handke．Eine Biographie*．München：Pantheon 2012，S. 203.《短信》于 1972 年发表以来，汉德克相继经历了母亲自杀、与妻子离异等现实生活危机，这对他的心境以及文学创作的负面影响不言而喻。

② Ebd．，S. 203.

第一部。<sup>①</sup> 小说受"新主体性"文学潮流的影响，在对自
然和外部社会的观察、感受着力进行描写的同时，融入了
人物内心的反思和冥想，展现出一种悠然的思想境界，被
多位评论家认为是汉德克创作生涯中的一部转型之作。<sup>②</sup>
也正是从这部小说开始，汉德克意识到自己已开始重新
步入写作的正轨，历经丧母之痛和离异风波之后，他的生
活危机得以化解："我常常认为，我是以《归乡》真正开启
了我的写作之路的……我终于能够认真对待写作。"<sup>③</sup>

　　与《短信》相比，小说仍然把大洋彼岸的新大陆——
美国作为旅行故事发生的背景舞台，并与题目《归乡》相
呼应，叙述了地质学家瓦伦丁·索尔格（Valentin
Sorger）从美国西北部启程，途径西海岸再到东海岸并最
终踏上欧洲回乡之路的故事。依据人物的回乡进程和站
点，这部小说由三章组成，即"远古时代"（发生地为阿

---

① 其他三部小说分别为《圣山启示录》(*Die Lehre der Sainte-Victoire*)、
《孩子的故事》(*Kindergeschichte*)和《关于乡村》(*Über die Dörfer*)。本
部小说为 Peter Handke: *Langsame Heimkehr*. Frankfurt am Main:
Suhrkamp 1979. 从此处起，下文中所引用的《归乡》中的文本均出自
该书的这一版，括号内的数字标识引文在原书中的页码，引文的中译
文由笔者译出。
② 参见 Ralf Schnell: *Geschichte der deutschsprachigen Literatur seit
1945*. Stuttgart 1993, S. 525; "Peter Handke". In: Walter Jens
(Hg.): *Kindlers Neues Literatur Lexikon*. Band 7. a. a. O., S. 254;
Gerhard Pfister: *Handkes Mitspieler*. a. a. O., S. 65.
③ Konrad Franke: "'Wir müssen fürchterlich stottern'. Die Möglichkeit
der Literatur. Gepräch mit dem Schriftsteller Peter Handke". In:
*Süddeutsche Zeitung*. 1988-06-23. S. 10.

拉斯加），"空间禁令"（发生地为美国西海岸），及"法
则"（发生地为美国东部城市纽约）。简单地说，阿拉斯
加、西海岸和东海岸大都市纽约构成小说主人公回乡之
路的三个站点或者说三个不同的外部空间，形成链条似
的结构将三章联系起来。故事的情节随着汉德克笔下旅
行空间的不断转换而展开。纵观全书，汉德克着力于大
篇幅的外部空间的景物描写和人物内心的感受记录，两
者相互结合，不断交织在一起。主人公作为旅行者经历
不同形式的空间，通过不断地感知空间来确定自己的存
在，并探求自己同家园、世界以及主体意识之间的关
系。主人公在面对外部世界时的心理感受的流露贯穿了
整部小说发展的全过程。主人公的返乡之路在他亲身体
验的基础上得以逐步推进。笔者在本章立足于文本分
析，按照章次，探讨文本内部不同的空间站点，以及人
物感知、主体意识及回乡过程之间的紧密关系，着重揭
示该小说中的空间建构对于整部小说在内容及结构上的
作用，并结合博尔诺夫的空间理论阐明回乡这一概念对
于作家汉德克的特殊意义。

## 一、阿拉斯加的孤寂

### （一）空间感知与对大自然的书写

作为美国第一大州，阿拉斯加位于美国西北角，远
离内陆地区，在其位于北极圈内的区域内终年极寒，人

烟稀少。汉德克在《归乡》开篇即将主人公索尔格置于这样的一个地理空间中。毫无疑问，前一年的美国之行为汉德克提供了文学创作的灵感，在一定意义上也可以将其视作汉德克在旅行途中亲身经历的文学式的记录。在这里，文本外真实的空间和文本内虚构的空间通过文学创作的方式达成某种程度上的平行或一致。

在对第一章"远古时代"进行解析之前，我们不妨先看一下自由文学评论家赫伯特·加帕尔（Herbert Gamper）的观点。他在 1986 年对汉德克进行的一次私人采访中谈及自己在阅读该小说开篇时的印象和理解：

> 是的，我切实地感受到，索尔格如何从印第安女人那里回来，然后饮了一杯酒。我也可以深深地体会到，他又如何慢慢变得困倦，然后入睡。此时在外面某个地方，印第安人正在河流中沉没；人们不知道，这是不是那此刻正沉酣于梦中的睡者，抑或是外面那个沉没于河流之中的印第安人。然后，河流又归于平静，视角突然发生转变，不再是索尔格，而是叙述者……①

---

① 加帕尔在认真阅读《归乡》时，被前三十页的内容深深地吸引，他认为这是一部关于形式和节奏经验的佳作。但当他满怀信心地前往苏黎世准备做一个与该小说相关的报告时，突然产生了一种对文本一无所知、不知从何说起的感觉。参见 Peter Handke: *Aber ich lebe nur von den Zwischenräumen. Ein Gespräch, geführt von Herbert Gamper.* a. a. O., S. 38.

　　加帕尔的这番话正是对小说第一章"远古形式"最精确的概括。在该章中,汉德克用细腻生动、近似于绘画的方式描绘了阿拉斯加的原始自然风光,也通过全知视角下的叙述将索尔格的空间感知和回乡意念展现于读者面前。值得注意的是,该小说并未在一开篇就对索尔格的生活环境给予具体详尽的说明,而只是做了一系列环境与空间上的描述,留给读者极大的想象空间,这也使得索尔格和助手劳菲尔(Lauffer)的工作及生活背景情况渐渐浮出水面:"世界另一端的最北部"(S.9),"……在这间靠近印第安移民区的浅灰色拱式木屋里"(S.9),"野外的一个村子里"(S.45),"极圈以北八英里的地方"(S.78),等等。

　　以上引文指出了主人公的栖身之处:远离人烟、荒僻寂静的北极地带。对索尔格来说,这是一片原始的自然区域,"一条条没有名字的道路从一个个没有门牌号的小屋旁穿过"(S.29);"这片地区从未被开垦,所以在这里也没有如田野等各种完全文明化的地貌形态。住房地基以外的地貌完全保持原样,没有丝毫改变"(S.45)。我们可以看出,原始的自然空间构成了索尔格日常活动场所和交往的对象,也为他提供了广阔的感受空间:

　　　　一方面,他能够感受到一种宁静的和谐,并以它作为一种爽心的力量感染别人;另一方面,他又太容易受到某些强大事实的伤害,因而他产生了一

种失落感，想要肩负起责任，并全神贯注地寻觅着
种种形式，寻找其区别并描写它们……(S. 9)

在这里，索尔格的内心感受是他在面对文明社会与
自然的价值落差时的心理体验，从某种意义上来说，这
也是汉德克本人艺术观的体现。作为一名作家，汉德克
此时开始认识到大自然的力量和魅力，他也相信艺术的
手段可以表现这种和谐与安宁，但身为现代人，在世俗
功利的"强大事实"面前，他与自然渐渐疏远。于是，寻
找形式，用艺术的手段来描绘自然、描绘社会便成为汉
德克20世纪70年代中期以来新的艺术理念，正如他在
随笔《世界的重量》中称自己"沉湎于瞬间感受到的东
西"，并期望对其进行表达。在《铅笔的故事》里，汉德
克对自然与艺术的关系进行了深刻的反思。对他来说，
自然不仅是人类生活的客观环境，享有其自身的力量，
也是艺术家创作的灵感来源和表达真实感受的依托。他
在书中对歌德、荷尔德林等大师的追溯甚至表明，他的
创作中现出一种回归古典的倾向。他自己也说："我与
生俱来的激情保持着并要求着古典……"①此时，汉德克
早期作品里人与社会之间的矛盾逐渐被《归乡》中的自然
书写取代，汉德克不再急于批判和否定现实世界以及被

---

① Peter Handke: *Die Geschichte des Bleistifts*. Frankfurt am Main:
Suhrkamp 1982, S. 30.

异化的主体，而是旨在通过人物"细致入微"的日常观察和感受来领悟自然并描绘世界，改变人和自然的疏离状态，寻求一种重归统一、和谐的可能性。在小说中设置阿拉斯加这一广阔辽远的地理空间便成为提供这种真实有效的自然书写和感知体验的必要途径。

　　因此，读者在《归乡》中看不到直接的人物刻画和明显的情节发展，取而代之的是，汉德克使用大量篇幅对自然环境进行描写，并时时融入主人公的心理感受。比如，"蜿蜒的河流"(S. 10)这一自然景象便是索尔格观察和体验的核心对象。小说开篇就对河流进行了如下描写："这条河犹如一片静止的水域，因为它一直延伸到地平线。而地平线却看起来蜿蜒曲折，其构成不是自东向西涌动的潮水，而是陆地，是那些长着高耸的灌木丛或低矮的原始针叶林的河岸。那些针叶林长得稀稀疏疏的，远远望去像密密排列的锯齿。"(S. 10)每日醒来，索尔格就开始观察河流："鸟瞰河流，它的表面清澈透亮，下面就像是裹在一个干净的水柱里一样，边缘分明"(S. 43)；"再也听不到任何呼喊声；河水在黎明时分汇入安静的海湾，那里流动着永不停息的海水"(S. 44)。小说中并未提及河流的真实名称，但不少评论家还是根据叙述中的基本环境推导出其为阿拉斯加的育空河。河流作为文学作品中重要的自然描写对象之一，通常具有特定的象征意义："河流往往形成有力的图像感，暗示着生命之河……"①根据描写，育空河在文本里呈现出一种缓慢、平稳、有规律的流势，似乎与索尔格长期孤身一人的生存状态和内心感受达成了一致："……没有什么欲望，常常是忘我的生存志趣。"(S.9)索尔格长期以来孤寂的、无欲无求的生存状态通过对河流这一自然空间的书写和感知被揭示了出来。在索尔格看来，河流不仅是他日常观察的主要事物，而且"通过它的规则产生了很好的内力，让他变得坚强和平静"(S.12)。对他来说，"从源头到入口，没有什么其他的地方比这条河流的流域更加值得谈论，它是世界上唯一值得谈论的地方"(S.70)。显然，河流在汉德克的描写中，已经超越其自然属性而与主人公的心境内化为一体，具备了一种主观情绪。

在河流以外，书中多处有对于具备一种主动的、强大特质的外部自然的描写："所有的空间……都不只是私人的，而是向其他人敞开的、神圣的"(S.15)；"此刻，索尔格面对荒野，产生了孤寂感"(S.19)；"这片秋季景象就像是白日梦中的一场关于自然的想象，超越了索尔格个人的想象世界——大自然似乎在向这位在场的男人介绍一段相应的历史"(S.58)。作为地质学家的索尔格代表着以理性为基础的现代技术主体，当人类社会

---

① Margret Eifler：*Die subjektivistische Romanform seit ihren Anfängen in der Frühromantik*．Tübingen：Niemeyer 1985，S.109.

被自以为无所不能的现代理性支配和推动的时候，人与自然陷入了对立、紧张的关系之中。在主体对自然进行征服、利用的过程中，自然转化为被物化的客体，与主体的关系不断疏离。这也是主人公此时面对荒芜的原始自然感到孤独不安、无所适从的原因。而大自然似乎也借此昭示着自身的神圣及它与人类相处的有关"历史"。在这里，自然不再是冰冷的、客观的、被操控的外在对象，而是作为生动的、被亲历着的感知对象交代出人与自然的关联，同时，它也生成了一种与主体相关的投射机制，激发主体的感知能力，并阐明主体的生存状态。

从另一个层面来看，赫尔曼·迈耶尔在研究文学作品中的自然描写时，认为其多具备一种象征性的发散力，使得现时世界的真实景象呈现出一种有意识的美学效果。① 迈耶尔所说的"发散力"和"美学效果"通过第一章"远古时代"中的自然书写表现了出来。汉德克把人物置于一个偏远、辽阔的自然地区，让其通过亲历"多样的空间事件"(S.53)去观察、感知和记录。自然风光已不只是索尔格科学研究的对象，而更加是作为影射主体意识的"美学客体"在书中被书写和塑造的。

### (二)空间感知与主体意识

索尔格所在的偏远地区，是一片让他独自体会"秋

---

① 参见 Herman Meyer："Raumgestaltung und Raumsymbolik in der Erzählkunst". In: ders. (Hg.): *Zarte Empirie*. Stuttgart: Metzler 1963, S. 33-57.

季的中心浅滩"。虽然这是一片"相当日常和平凡的景区"(S.54)，却是索尔格精心挑选出来的、每天都会去做记录的地方："这并不是一开始就会引人注意的地方。它的引人注意是通过不间断的辛勤的绘制才得以实现的，并由此而具备了描述的可能。"(S.54)

此处引文阐明了主人公与外部空间相处的特殊之道——绘制，也将其特殊的职业身份展现于读者面前。作为一种能动的身体行为，绘制需要调动主体的多种感官机能，通过看、测、思、绘等多种手段的配合运用，外部空间才能转化为图像并被绘制出来。所以，索尔格日常工作的对象就是外部空间，而他绘制的过程则是对外部空间进行观察、感知和加工的过程。小说中并未明确说明主人公的具体职业身份，但汉德克在以下描述中却将索尔格与空间的紧密关联揭示了出来：

　　索尔格在职场上尚未做出什么成绩，既不能为某人带来实质性的帮助，也不会对某个团体有所贡献：他既不参与油井打钻或是预测地震，也不作为责任人去勘测某个建筑工地地基的坚固度。但他对"自己的事实"明白无误：如果他不努力去承受每一地域带给人的惊奇，不努力利用可行的方法解读地形，并将结果按照某种严格的规程交给别人，那他就不可能与任何人有所接触了。他不相信自己的科学胜过宗教，只是通过一再勘测来练习某种对于世界的

熟悉和信任······(S. 16)

"地质学家"一词虽然从未出现在小说中，但汉德克的描述已经揭示出主人公这一特殊的职业身份。矛盾的地方在于，这份职业的传统任务和功能在索尔格身上并未凸显，因为他不参与任何带有目的性或功利性的活动，也就是说，他的工作不在于以技术的手段征服自然、改变世界。相反，它不具备任何社会意义而只关乎个人，也仅仅指向唯一的一个目的：与外部世界进行接触、交流以建立自己与世界的联系。用索尔格的话来说，即"坚信自己的学科，因为它能帮助自己察觉到自己身处何处"（S. 12）。因此，地质学家的身份似乎并不是任意而设的。一方面，它代表着普遍意义上的现代技术理性终究无法规避日益紧张的主客体关系而陷入崩溃、无力的尴尬局面，就如同"索尔格"（Sorger）意为承受着苦恼与忧虑的人一样；另一方面，满足索尔格与"世界建立信任感和亲切感"的要求只能建立在祛除技术手段对世界的肆意操控如"油井打钻""勘测建筑地基"等的基础之上，也就是说，地质学家的职业对于索尔格而言，只能维持在它最基本的功能层面——确保索尔格时刻成为一个"空间中的人"，一个处于外部空间中心的，随时随刻与其保持固定的、不间断的联系以来为自己定位的主体。

这样，"对风景进行感知、绘制"①成为主人公具体的工作内容和方式，而对空间进行感知则是他获得主观意识、寻求自身存在和价值的有效途径。文本里多次提及主人公的日常行为方式："他'一条线一条线'地绘制地图，所以他只能对自己承认，他正在那个地方"(S. 47)；"索尔格的科学要求他对工作地点进行有序的描述，一旦开始使用所有单一的专业方法，那么就还需要最后一项被称为'概观'的技术"(S. 83)。梅洛-庞蒂在谈及空间、感知和主体三者的关系时认为，空间是主体感知的一个对象："我们最初的感知只能是空间上的，通过与它关联的方向来呈现。空间以及空间感知在主体内心实际表明了主体身份的一些事实、身体、与世界的沟通……"②这说明，空间感知除了能够赋予主体方向感和定位感，更重要的是，主体性、主体意识在对空间进行感知的过程中得以确立和增强。用尤尔根·沃尔夫(Jürgen Wolf)的话来说，即"索尔格作为主体处于空间的中心，围绕这个主体，自然空间在感知的过程中进行构建，并且在一定程度上把索尔格自己也包含了进去"③。

---

① Dinter Ellen: *Gefundene und erfundene Heimat - Zu Peter Handkes zyklischer Dichtung "Langsame Heimkehr".* Köln: Böhlau 1986, S. 27.

② Maurice Merleau-Ponty: "Phänomenologie der Wahrnehmung". In: C. F. Graumann/J. Linschoten (Hg.): *Phänomenologisch-psychologische Forschungen.* Berlin: de Gruyter 1966, S. 296.

③ Jürgen Wolf: *Visualität, Form und Mythos in Peter Handkes Prosa.* a. a. O., S. 63.

如此一来，所谓"概观"技术已脱离了它在科学层面上的实体意义，而内化为主体通过空间感知对自我生存和自我意识的认知。对此，汉德克在书中这样写道："索尔格自己是知道的——他是如何像对待一种宗教那样从事他的科学，只有他的工作让他重新拥有建立关系和选择的能力……"（S.15-16）；"他对地形的掌控……到目前为止，实际上拯救了他的灵魂"（S.16）。现代主体与自我、世界的疏远、隔阂似乎借助索尔格的职业活动找到了一种得以缓解的途径，但是，职业的功能毕竟是有所筛选的，其意义也只是个体层面上的，正因如此，它的作用被放大、升级甚至被赋予了宗教的意义。孤立无助的现代主体在现实世界中找不到解决和修正矛盾的可能，回归传统价值与思维方式甚至重新回归神性也显示了他们脆弱无力的一面。

在书中，索尔格依靠"对地形的掌握"明确了自己的状态和所处的境遇："知道自己实际上是在很远很远的另一个地方，在地球的另一端"（S.25）；"长久以来，他自然地体会到了无人的境界"（S.39）；"……睡在高高的铁床上的索尔格在晚上总会想起，自己与欧洲和祖先相隔万里"（S.42）。他所在的蛮荒之地再次内化为具有某种心理投射含义的自我之客体（Selbst-Objekt）[1]，并具

---

① 参见 Peter Dettmering："Landschaft als Selbst-Objekt". In：*Merkur* 34（1980）. Heft 2.

有两层作用和意义：首先，它制造了一个远离尘世的荒野地带，并强化了人物远离家乡、被切断了一切关系的生存状态，而这种"遥远"的距离和状态辩证地为他的回乡设定了起点；其次，广阔的空间赋予人物与之交互的可能性，让其由最初的忘我状态发展到意识到自己的"迷失"与"无人的境界"，并最终唤醒他潜在的家园意识和回乡意念，即"所有的想法四散消失，索尔格被驱使着，无论如何也要告别（阿拉斯加）了"(S.73)。

### （三）在空间中寻找形式

汉德克在早期创作阶段，力求通过新的文学形式否定小说的传统模式，突破语言对主体的异化和控制，从而摧毁由语言构建的虚假现实。语言实验剧如《卡斯帕尔》、小说如《大黄蜂》等均成为上述思想的文学实践。在1977年的随笔集《世界的重量》中，汉德克用语言任意记录"我"对在1975年11月至1977年3月所遭遇的一切事件的反应。诸作品大都内容迥异，没有任何因果关联，其目的就是试图通过随意、细致的观察，剥去包裹在事件表面的具先验意义的外衣，让人们感受世界，并让它呈现自身的"重量"。[①] 对汉德克来说，唯有个体从外部世界中汲取感受、获取灵感，才能无碍于真实的表达，还原现实世界的图像。1979年，他在获得卡夫卡文

---

① 参见 Peter Pütz："Wiegt oder gewichtet Handke das Gewicht der Welt?" In: *Text + Kritik 24/24a. Peter Handke.* a. a. O. , S. 17.

学奖时曾这样说："我追求美好，也为了自己的真实而致力于形式——追求令人感到震撼的美好，通过美好来让人感到震撼；是的，追求古典的、广博的东西，根据伟大画家的实践经验，这只能从持续观察自然和沉迷于自然之中才能获得。"①我们不难看出，通过深刻的感知和观察来获取有效的世界形式成为汉德克此时文学创作的主要理念。

《归乡》将索尔格设定为地质学者，目的之一就是为了让他担负这种观察自然、寻求形式的责任。我们可以看到，索尔格的职业本身就是一种认识或建立某种形式的工作。他必须持续不断地与不同的空间形式打交道："马蹄湖、泉水窝、槽谷、熔岩滩、冰川花园里的冰川乳浆等。"(S.74)这些不为普通读者所熟知的地理名词在索尔格看来都是些"普通的表示形式的名称"(S.74)。他对阿拉斯加的诸多地理名称有着深刻的理解，声称"它们要么是源于当地短暂的淘金历史(幻象峡、失败湖等)，要么是以数字命名的(六里湖等)，要么则是些印第安人的地点名称(大怪山、小怪山等)"(S.75)。借用索尔格特殊的职业能力，汉德克首先给予外部空间在名称表述上一定的确切性，这本身就是一种寻求和建立外部形式的

---

① Peter Handke："Rede zur Verleihung des Franz-Kafka-Preises". In：ders.：*Das Ende des Flanierens*. Frankfurt am Main：Suhrkamp 1980，S.157f.

做法，体现了人物力求获得真实世界图景的意愿。索尔格从地理空间的名称入手对其进行深刻的洞察和命名，从某种程度上来说，也是作家汉德克试图打破虚幻的现实表象、剥去世界"先验外衣"的思想体现，甚至是他通过语言或命名的方式重新给世界"施魅"①以建立真实的世界图像的一种尝试。这样，汉德克在旅行故事的讲述中，借助特定的人物形象和特殊的地理空间展现了他的文学理念，而《归乡》被视为汉德克"第一部致力于以经历构成的为世界寻找形式为主题的小说"②也不无道理。

## 二、"回家"作为重获关联的可能

### (一)转换的空间与感知

第二章"空间禁令"涉及索尔格旅行之路的第二站，即"位于大陆西海岸的一个大学城，一个他已经生活了多年的地方"(S.92)。与在阿拉斯加时的状态不同，第二章从标题上就对索尔格回乡之路上的重重危机有所暗示，这也是他一度丧失空间与生存能力的写照。

首先，一场突如其来的暴风雪迫使飞机返航，他的西海岸行程受阻。索尔格拎着箱子孤零零地站在滑行道

① 参见 Herwig Gottwald/Andreas Freinschlag：*Peter Handke*. Wien/Köln/Weimar：Böhlau 2009，S. 66f.
② Christoph Bartmann：*Suche nach Zusammenhang. Handkes Werk als Prozess*. Wien：new academic press 1984，S. 226.

的边上。在这个"沼泽湖的边缘",索尔格一度迷失,不知自己该何去何从,甚至感到境况是"危险的"(S. 87)。长期以来,他凭借测绘确定自己的位置,"定位"对他来说就是体现自己生存意识和生存状态的特定方式。但飞机返航显然打乱了他有序的旅程安排,让他不知"何去何从",这本身就预示着某种危机的到来。

其次,如果说之前的北部冰雪极地是一个原始的自然空间,那么,旅途第二站西海岸呈现给主人公的则是另一种空间形式,一种城市图景和文化世界的象征。索尔格在面对它时无可避免地陷入了一种茫然无措的状态:"虽然他非常熟悉这座城市,但每次他在路上的最后一个动作都是转弯,就像是一种迷失——他'迷失'于教堂、海边、夜晚的酒吧。"(S. 121)我们可以看出,与原始的自然空间相比,现时的西海岸城市显现出由多种样式的建筑构筑的网状结构,这个结构的内部又被人为地规划出无数个入口和出口,让索尔格不断地转弯、兜圈甚至迷失方向。与在前一站的极地荒野时相比,他已无法依靠自主测绘来为自己在空间中定位。索尔格置身于业已经过规划和设计的现代城市中,日常生活空间被各种建筑物连接或分割,其空间感受也是陌生化的、眩晕式的,生存于其中的人变得躁动不安:"这个世界不像北极地区的河流流域那么古老。毫无疑问,它以年青的姿态矗立着,将索尔格带回那个他再次认为自己曾经轻浮和固执的年代。"(S. 122)对索尔格来说,西海岸城市充满了物质的氛围，"房屋和汽车都是奢侈品"（S.123）。与阿拉斯加静静流淌的河流不同，他无法依靠自己的测绘手段去捕捉一个规划有序的城市，反而感到这城市"毫无特点，在混乱之中缺乏一种统一"（S.123）。上述所有感受无不表明索尔格的感知体验与空间转换之间的紧密关联，索尔格在内心里对自己现身所在的城市是排斥的。

另外，小说中对索尔格的居所是这样描写的："与其他类似的小型建筑一样，它位于一片松木林里，太平洋岸边一片宽阔的海岸地带。海与房子之间没有路，只有灌木丛和长着低矮草丛的沙丘。"（S.97）索尔格一方面经受着纷繁喧嚣的城市的考验，另一方面又住在郊外的铁路边上，为了应对地震，房屋由木头搭建而成，附近还有"一个地震后形成的公园"（S.98）。这样，索尔格在回乡之路的第二站是以一个城市边缘人的形象出场的，他所在的外部空间的形式本身就具有一定的张力，影响了他的感知和主体意识。这个由于地震而形成的公园建立在自然暴力对原有空间造成破坏的基础之上，是人类生存环境遭受威胁与破坏的创伤演示。而对于具备感知能力和经验能力的主体来说，地震公园不仅是随时可见的、赤裸裸的破坏性遗迹，也象征着自然威力的不可抗拒，其中潜在性地蕴藏着巨大的生存危机，让主人公无法摆脱地震的阴影，无法获得应有的安全感，甚至产生了一种会失去当下空间的感觉："不是独自一人在这世界上，而是失去世界后的独自一人。"（S.102）面对城市迷宫时的眩晕感和面对自然威力时的畏惧感相互作用，索尔格在旅途中不仅再次遭遇孤独和无助，同时也失去了客观世界——他最重要和最基本的交流和相处对象。

最后，被索尔格搁置的论文《关于空间》似乎也成为他遭遇某种危机的标志。在阿拉斯加，论文的核心功能是记录索尔格与外部世界接触的方式和成果，帮助他确定自己的位置与状态。但伴随着旅途第二站外部环境中的种种混乱与威胁，索尔格陷入写作困境，他"不再认为自己是一名专家，甚至在他日常的专业工作中也不再能够胜任"（S. 138）。主人公在旅途的第一站尚能利用自己的职业技能与未被开发的大自然之间建立某种既对立又亲密的关系，而旅途第二站的新环境却将他从中剥离出来，使他成为局外人，除了体会城市带给他的仓促感和晕眩感，他感觉自己一事无成。

上述因素的共同作用导致主人公的生存危机不断升级："是的，我今天的力量已消失殆尽。"（S. 107）个体感到自己孤立无援，让他"从来没有像现在这般失去关联"（S. 123）。值得注意的是，文本对"雾"这一自然现象的描写一直伴随着索尔格的危机演示，其混沌、朦胧的本质特征似乎在为主人公的现实危机营造氛围，如"整个公园里弥漫着雾，不是白色的，而是灰蒙蒙的，浓度也不均匀"（S. 133），"雾没有散去，却慢慢变薄，穿透每束光线，在黑暗中几乎看不见"（S. 134）。博尔诺夫在《人与空间》中曾就"雾"这一自然现象做出阐释，认为它象征着不可听和不可视的现实世界以及主体之陷入空洞的危险。与广阔的世界相比，雾所包裹的是人所无力操控、无法企及的未知世界。事物不可被触及，无法被想象，他也因此面临一种威胁。① 汉德克用"雾"来渲染人物在最初到达西海岸时的外部环境，说明他丧失了外部关联，也为后文展现他如何重建有效的交流模式做出铺垫。而对索尔格来说，此刻"不可触及"的或有所被遮蔽的正是他昔日能够掌控的空间交流，正如他所意识到的："……伴随着失去那些曾经意味着安全的未来的'他的'空间的是，他此刻觉得自己就是个粗糙的伪造者。'你的空间不复存在了。它已离你远去。'"(S. 139)

### (二)门槛的空间蕴意

迄今为止的索尔格是一种离群索居的个体形象，虽然他在阿拉斯加与印第安女人有过短暂的接触，但这种人际关系只是暂时性的、表面性的，由于他的启程而终止了。随着旅途第二站个体生存危机的加剧，重新占据空间、重获认识世界和关联世界的能力成为他亟待解决的问题。此时，与邻居的交往成为他重建一切关联的关键。在书中，索尔格踏进邻居的家门，在这个被汉德克本人称作"家的空间"②里感受到家庭内部的温暖和成员间相互的归属感，用索尔格自己的感受来表达，即这是

① 参见 Otto Friedrich Bollnow：*Mensch und Raum*．a. a. O.，S. 221.
② Peter Handke：*Aber ich lebe nur von den Zwischenräumen．Ein Gespräch*，*geführt von Herbert Gamper*．a. a. O.，S. 186.

一种"门槛的美好"(Schönheit der Schwellen，S. 142)。

在这里，进入"门槛"是主人公自愿选择的方式，这取代他之前在城市中的迷茫无措而成为他在此阶段较为核心的空间体验。"门槛"作为人物重新建立人际关系的象征，有着丰富的内涵。首先，实体意义上的门槛是房舍最为重要的空间构造，规定和指涉着内外界限。其次，对于教堂等宗教性建筑来说，门槛则意味着世俗世界与神圣世界的界限。而博尔诺夫在《人与空间》里则指明，门槛借助行为者的活动——不论是踏入还是跨出，均是主体改变原有状态的必经之道，预示着一种新生活的开端。① 索尔格与邻居一家的交往，以"门槛"作为基础和条件，让他原本个体意义上的生存状态上升到集体层面②，回乡的进程进一步被推进。

具体说来，邻居一家来自欧洲中部地区，由丈夫、妻子、小孩等"有序的家庭成员"(S. 108)构建的生活机制与索尔格长期的离群索居形成了对照和补充。在索尔格的眼中，邻居夫妻俩是"两个善良的人"，也是"从一开始就互相体谅、共同承担责任的人"(S. 108)。他在门槛之内感受到的是一种集体的、和谐的生活，引发了他对"在家的感觉的回忆"(S. 111)。与长期以来的独身状

---

① 参见 Otto Friedrich Bollnow：*Mensch und Raum*. a. a. O. , S. 157f.
② 参见 Caroline Markolin：*Eine Geschichte vom Erzählen. Peter Handkes poetische Verfahrensweise am Beispiel der Erzählung "Langsame Heimkehr"*. Bern：Lang 1991，S. 189.

态相比，索尔格内心里第一次充满了强烈的归属意愿：
"不愿失去熟人"（S. 111），"一刻也无法独处"（S. 142），
不愿再做"局外人"（S. 146）。这似乎表明，即使索尔格
在蛮荒的自然地区对自我有所定位，他也仍然是一种徘
徊之中的"局外人"，并不能够在真正意义上获取与他人
和世界的关联。而此刻蕴藏在邻居夫妇"美好的门槛"之
内的不仅仅是可以弥补为主人公所缺失的安全感的固定
的栖息地，也有他对家园的向往和回乡的渴望。在博尔
诺夫看来，"家乡"是人与所有空间的关系中占据最核心
地位的因素，一旦失去家园，就意味着主体失去自我、
陷入危机的旋涡。找回自我的途径只能是回到原初的家
乡并找到一个永恒的家园，也只有重新回归家园，实现
对家的占有，才能重新找回失去的外部世界和自我的存
在。对此，博尔诺夫秉承海德格尔的观点并指出，家园
与家屋总是一体的，在谈及人与家园的互动关系时，他
难免不把家屋视为世界的中心及带给主体安宁的内部空
间。这与巴什拉有关家屋空间的诗学化理解互为佐证。
而现代人居无定所的境遇造成的背井离乡和生存威胁，
则使得人们重新承担起建立这个中心的任务："只有扎
根在一个固定的地方，人才能够安稳……居住意味着，
在空间中拥有一个固定的位置，属于这个地方，并且扎
根于此。"[1]正因如此，我们才会看到索尔格解除危机的

---

[1]　Otto Friedrich Bollnow：*Mensch und Raum*，a. a. O.，S. 123.

方案为:"在失去的一瞬间我有了回家的想法,不仅仅是回到一个国家,不仅仅是回到某一个地区,而是回到我出生时的那间屋子。"(S. 111)

需要强调的是,家园概念虽然演变为以门槛、家屋等为载体的空间表现形式,但其根本作用仍是借助主体对空间的体验和感知,来表现主体对于自我意识、生存本质的寻找和回归。唯有借助回家的诉求,索尔格才有重新获得与外部世界建立实际联系的可能性。而索尔格实现回乡诉求的途径和方式显然是奏效的。与初到西海岸时浓雾弥漫、混沌的自然环境相比,此时的情境呈现出透明、清晰的特点,主体所客观地经历的空间有向"心境化的空间"(gestimmter Raum)演变之势:"房屋里的夜晚是明亮的;外面闪耀着一轮满月的银光。在这个夜晚清晰的灯光里,每一个事物都获得了新的深度……"(S. 143);在他离开西海岸继续前行之际,索尔格"看到自己正在走向人群"(S. 146),也"感觉自己享有空间的权力"(S. 147)。他不再是只身游离于迷宫般城市中的孤独者,因为他已经找到了更为有效的生存下去的方式——回乡。在动身之前,他对邻居夫妇所说的最后一句话为:"请不要忘记我。"(S. 148)这与索尔格在离开旅途第一站阿拉斯加时对劳菲尔和印第安女友所说的"请忘记我"(S. 82)相比,他在主体意识上对自我身份认同的要求无疑有所提升。

### (三)语言反思

本书在前言部分已经提及,汉德克的早期文学创作通过语言主题来关注人与世界、人与自身的关系。一方面,汉德克对现有的语言模式持怀疑态度,认为语言是限制和异化主体的工具,阻碍了主体的发展和主体对世界的认知;另一方面,他又试图通过自己的写作来摆脱语言的束缚,重新赋予主体对世界和自我的认知能力。在同加帕尔的谈话中,汉德克这样描述自己对语言的态度:

> 对我而言,每一句话都是世界的一盏灯,都在揭示世界的一种状态或一种真相——用"真相"应该更合适吧——并把细节结构联系起来:这不仅仅是印象派笔下的细节,而是被详细叙述的结构,然后连成一个整体。依我看,大家可能会说这是幻想的东西,但关键在于,它保证了关联。[①]

我们可以看到,以文学的手法表现世界的整体性结构,建立主体与世界的关联是汉德克在 20 世纪 80 年代的核心理念。这表明,在经历了早期深刻的语言反思以后,汉德克开始试图相信语言的力量,并期望借助新的语言方式找到描述现实世界的可能。对他来说,通过语

---

① Peter Handke: *Aber ich lebe nur von den Zwischenräumen. Ein Gespräch, geführt von Herbert Gamper.* a. a. O., S. 45f.

言展开细致的叙述便是建立起主体与世界之间整体关联的可行途径。

汉德克在《归乡》中从两个层面继续对语言本质进行探索。首先，在写作风格方面，他常常使用结构较为复杂的长句和从句对人物的现时感受做出记录。在对外部客观环境进行描述时，他时而使用常用词，时而使用生僻词，有时他甚至会杜撰一些复合词，因此，小说的语言风格在某些评论家看来，有太过"高调""严肃"或"怪异"之疑，甚至陷入了一种自我沉醉之情态。① 但不可否认，隐匿于这种风格之下的，是汉德克本人力求通过词语本身的力量来反映真实的感受、通过细致入微的语言描写来再现外部客观世界的意愿。其次，在第二章对于人物生存危机和解决方案的演示中，小说主人公也参与到对语言的反思议题中，并表现出一种积极的接纳者的姿态。

伴随着茫然无措的困境，索尔格在西海岸的旅行遭遇了前所未有的失语危机，"不仅失去了语言，而且丧失了发音能力；如同内心的缄默一样，他对外也无语"（S. 102-103）。这表明，一旦主体与外部世界之间发生断裂，产生裂痕，语言作为主体对世界进行认知以及与其交互的重要手段，就会凸显其特有的机制。索尔格

---

① 参见"Peter Handke". In：Walter Jens（Hg.）：*Kindlers Neues Literatur Lexikon*. Band 7. a. a. O.，S. 254.

"失去世界独自一人"的生存危机首先在语言层面得以体现。然而值得注意的是，为解决这种由生存危机带来的失语现象，汉德克仍然选择从语言本身入手，让主人公信任语言，领会语言的魅力并重获说话的能力："语言——安宁的给予者：作为理想的心境赋予观察者与外部事物交互的生命力。"（S. 104）与汉德克的前期作品相比，语言开始化作一种积极的力量，作为展示世界、表达感受的媒介，为消除主体与客体、"我"与世界的断裂而发挥作用。

具体来说，在面对孤独、失语的危机时，书中的主人公索尔格试图从"僵化状态"（S. 107）中逃离出来，"希望重新找到说话的激情"（S. 129）。尤其是当他将回乡作为再次占据空间的可能性时，作为与世界进行交流手段的语言能力的作用也再度凸显："他用以描述其他事物的每一句话……他认为每一个单词的使用都是要负责任的，这有助于把他与人类世界重新连接起来。索尔格在这个晚上所使用过的每一个词，都是他力图进入房屋和人群，以求被接纳而做出的努力……"（S. 142）在这里，索尔格在与邻居的交往以及论文的写作中，有意识地运用语言作为表达自己生存渴望的工具，显然获得了较为积极的功效和意义。如果要认真探讨《归乡》中涉及的语言反思问题，我们尚且可以认为，三章中都有涉及主人公在语言层面上的反思和领悟，并且呈逐步发展的趋势。例如，人物在小说最初仅仅运用记录、描绘等无语的感知手段同外部世界打交道；而后来随着个体生存危机的加重，他逐步陷入可怕的失语境地；最终随着旅途的延伸，却出现了创造语言、重获交际可能的态势。如此一来，语言代替曾失去的空间归属感出场，成为一种与世界建立关联和表达主体意识的方式。在本章结尾处，索尔格重新拾获的语言能力和自我认知通过人物的内心反思体现如下："我能够做到的，只是向你们诉说"；"我的呐喊就是——我需要你！但我要和谁说呢？我必须走向自己"。（S.147）

## 三、个人的法则

### （一）时间的空间化

康德虽然否认时间和空间的客观物质性，却把它们看作先验的感性形式，认为两者均是我们感知事物的先决条件。在他的先验时空观里，时间和空间的地位是同等的，并不存在优劣、先后之差。而宏大叙事的线性历史观将人类的时间意识置于空间之上，在一定程度上忽略或抹杀了空间维度的重要性。就文学创作以及文学研究领域来说，具方向性、单一性的时间叙事也长期占据首要地位。卢卡奇在《小说理论》中就认为，小说的全部内在情节均是与时间权力进行斗争，时间作为小说的框架，将人物在时间单元的作用下划归不同代际并为其指明具体的历史、社会归属。①

　　随着现代及后现代空间问题的凸显，文学家们运用各种叙事手段和方式，力求打破线性的叙事模式，扰乱因果逻辑关系，使文本语言和情节的线性特征呈现空间化的态势，从而为文学文本的空间形式提供一种可能性。一方面，文本内部在整体上对各种空间形式进行文学化的演示，显现出类别丰富、意味深长的空间表征；另一方面，小说家们又采用时空交叉、时空并置、意识流、内心独白等叙事方法，消解或模糊时间的界限，使现代小说总是呈现出某种空间化的效果，以打破流线型的时间脉络，体现主体在面对复杂、立体的现代生活时内心的情感体验。

　　在《归乡》的第一章中，多样的"空间事件"(S. 28)成为索尔格主要的认知对象，使其"在事物面前变成永恒的、同等的观察者"②。该章着力描写的自然场景和人物的内心意识互相呼应，客观的空间景象和主观的空间感知时时相互渗透，使得文本的时间结构变得模糊，叙事被空间线索垄断，人物的时间意识也被弱化："……他常常不太可能在进行研究的地方再去思考时间。"(S. 19)对索尔格来说，空间引导了时间，因为"时间流程能够

①　参见 Georg Lukács：*Die Theorie des Romans．Ein geschichtsphiloso-
　　phischer Versuch über die Formen der großen Epik．* a. a. O．，S. 111.
②　Jürgen Wolf：*Visualität，Form und Mythos in Peter Handkes Prosa．*
　　a. a. O．，S. 111.

转换为多样的空间事件"(S. 47)，而他的时间体验也与其当下的空间经历紧密相关："……仿佛在一个开放的舞台上，时间转变为曙光朦胧的空间，没有特别的事件，没有白日与黑夜的更替，也没有自我感觉……"(S. 51)由此可见，由过去、现在和未来构建的时间维度在索尔格这里没有明显的改变，长期远离家园的孤独状态使他不再具备回忆过去或者期望未来的能力，时间的力量在他身上是失效的。相反，一切感受都借助于当下的空间活动和空间认知定格并表露出来，换句话说，当下的空间成为他唯一能够体察的对象，成为他内心世界的投射，时间隐藏于其中，不露痕迹。

　　随着旅行的推进，象征着文明世界的西海岸和旅途的第三站——纽约这一"大都市"逐渐取代原始的自然空间，被索尔格遗忘的时间感似乎有被重新唤起的可能。在偶然得知一位高中旧友的死讯时，索尔格感到异常悲伤，他在瞬间即感到，"现在在燃烧，过去在闪耀"(S. 178)，也"第一次对哥哥和姐姐有了一种责任感"(S. 167)。他对"时间的重新捕获"(S. 48)意味着时间不再处于令人感到伤感的"敌对"状态，而是成了"善良的上帝"："它不再意味着孤独和毁灭，而是统一和安全；在那明亮的时刻，他把时间想象为一位善良的神。"(S. 173)在这里，时间如同温暖明亮的"灯光"(S. 173)，具备了某种缓解和治愈苦痛的疗效。值得注意的是，汉德克让索尔格重新获得的时间意识仍然生效于其当下的空间体验中，并作为过去的回忆和经历仍然与挥之不去的现时空间景象联系在一起，显露为一定的空间化效果。例如，当他坐在咖啡馆里看着纽约街头的人来人往时，旅途前两站的"地表形式"浮现于眼前："那个冬夜里的河水"；"西海岸的小路"以及"上升的雾气，海洋的波涛"（S.179），等等。这些逝去的时间以空间意象作为载体表征出来，加强了索尔格对现时状态的认知和把握，他与世界之间的断裂得到弥合，因为他感觉到，自己"所在的这片空间，变得重要了起来"（S.175），他甚至感觉自己此刻正在"纽约之巅"（S.181）。至此，主人公曾一度失却的空间和空间感再次回归，回乡之旅继续向前推进。

## （二）个人的法则

我们可以说，旅途对应了人物在不同形式空间中的心路历程，契合了主体心理感受的变化和发展。相较于旅途第一站辽阔深远的自然和第二站氛围蕴藉温馨的家庭空间，沃尔夫称第三站纽约具有"生动和社会化的形式"①，它也是索尔格为自己确定"立法时刻"（S.177）的地方。在这里，索尔格不断获得的外部空间体验最终内化为一种自省式的主体意识，使之要求为自我立法："如果于我没有一种普遍法则的存在，那我就将逐步为

---

① 　Jürgen Wolf：*Visualität*，*Form und Mythos in Peter Handkes Prosa*. a.a.O.，S.102.

我自己制定一种必须遵守的法则。"（S.169）这句自白显
示了主人公对其自我生存状态的最终领悟和要求：在经
历了个体的孤寂、生存危机、空间失落等现时经验后，
旅行主体意识到，除了感受当下的外部世界，在内心为
自己寻求一种安宁的法则才是回乡的根本前提和最终意
义。在某种程度上来说，这也是汉德克本人20世纪70
年代以来的文学创作所遵循的宗旨。因为对汉德克来
说，以具象呈现的外部世界需要主体不断赋予其形式与
意义，而认知不仅在于借助外部世界的表象，还应该由
作为主体的个人来决定。① 也就是说，在以索尔格取代
被语言束缚和被现实异化的卡斯帕尔之后，汉德克力图
通过索尔格这位归乡者来打破社会对人的教化，取代消
极被动的结构化的主体，让其成为积极主动、能够依靠
自我的法则去认知世界图像、真实记录自我的所思所感
的自由主体。书中的索尔格这样说道：

> 我刚刚有所体会，迄今为止那些外面的事物都
> 属于这样的历史，就像我甚至与酒馆里面的人以及
> 外面马路上的行人也都一道饶有兴趣地参与其
> 中。……我第一次在日光下看见我的世纪向其他的
> 世纪敞开，我愿意生活在现在。我甚至很高兴，成

---

① 参见"Peter Handke". In：Walter Jens（Hg.）：*Kindlers Neues Literatur Lexikon*．Band 7. a. a. O.，S. 255.

为你们这些同代人中的一员，本地人中的一员：我
感到欢欣鼓舞——不是为了我自己，而是为了人类
的永恒不朽。我相信这个时刻：我要把它记录下
来，这应该成为我的法则。我为自己的未来负责，
我向往永恒的理性，并且再也不愿孤单一人。就是
这样。(S. 177-178)

离开大自然进入现代社会后，索尔格终究无法再将
自己隔绝于现代历史之外。他必须承认自己是如食客和
行人那样共同"参与历史"的社会性的人。尽管自我与世
界的冲突依然存在，积极地寻求自我生存的法则才是行
之有效的解决方式。汉德克曾用"忧郁的游戏者"一词指
称《归乡》的主人公索尔格。对他来说，这一称号也间接
暗示着现代艺术家的生存状态。面对纷繁复杂的现代世
界，如何在与其对抗或者游戏的过程中找到一种"温柔
的法则"是作家们的任务和目的。[1] 这种艺术理念也表
明，此阶段的汉德克与他自己早期那种激烈的批判态度
渐行渐远，取而代之的是一种更加理想化和积极化的创
作思维。艺术不再是通过标新立异来讽刺世界、否定世
界的手段，相反，不断异化的现代主体在与世界发生各
种矛盾时，文学应该为其寻求解决方案，并享有自身的

---

[1]　参见 Peter Handke：*Aber ich lebe nur von den Zwischenräumen．Ein Gespräch*，*geführt von Herbert Gamper．* a. a. O.，S. 47.

和谐化的法则。在《归乡》中，汉德克一方面让主人公索尔格处于由各种空间经历带来的迷茫、孤独等危机体验中，另一方面又在不断向前的旅行经历中赋予其自我修正、自我寻找的可能性。

　　需要提及的是，小说在结尾的多处一改之前的叙事人称，由第一人称转换为第二人称"你"，试图借由叙事者的直接对话模式唤起读者对主人公索尔格的认同，如"索尔格，你将短暂地有此幻想，人类的历史即将圆满、和谐，没有恐惧"(S. 209)。汉德克借叙事者的教化口吻表达了他对安宁、和谐的人类世界的期盼。这种带有乌托邦精神意味的理想虽然招致以赖希-拉尼基等为代表的评论家的公开指责——他们认为汉德克在写作《归乡》时有形而上或滥用宗教概念之嫌，使其要么具有明显的说教色彩，要么晦涩难懂①，但无可否认，该作品通过描写索尔格在回乡之路上的体验和感受，展现和实践着汉德克在新一阶段的世界观和艺术观。

### (三)回乡的阐释

　　《归乡》作为汉德克回乡四部曲的第一部，对自然坏境和人物的心理状态进行了细致的描写，为读者描画出主人公索尔格漫长的回乡之路。在书中，汉德克未对主人公进行过多的性格上的刻画，读者多是从他的日常工

---

① 参见 Marcel Reich-Ranicki："Peter Handke und der liebe Gott". In: *Frankfurter Allgemeine Zeitung*. 1979-11-17.

作和在旅途中三个不同站点所获得的空间感受来了解他
的状态和意识。主人公索尔格被有意地塑造为地质工作
者的形象，在其对外部世界进行感知和在内心进行反省
的交织着的过程中，索尔格以回归故乡的途径和方式，
成为一个不断在空间中移动的旅行主体。

正如标题所揭示的那样，回乡之路是漫长的。小说
末尾并未交代索尔格是否顺利回到了欧洲的家，反之，
在纽约踏上飞往欧洲的夜航，对索尔格来说，才是"第
一次真正的旅行"(S.210)。在这里，"回乡"一词也有多
个层面的意义。首先，从汉德克的经历来看，汉德克于
作品出版的当年离开曾生活多年的巴黎回到萨尔茨堡定
居，并一度受到奥地利当局的欢迎。该作品的问世无疑
具备一定的指向性和自传色彩。其次，从文本的层面来
看，索尔格的回乡之路途经三个主要的地理空间站点，
即从荒无人烟的阿拉斯加逐步返回欧洲的故乡。博尔诺
夫在《人与空间》中对"家园"的阐释为："家乡有可能会
变得陌生，人必须创造'新的家园'。在转义的层面上，
人有可能会失去自我，并不断寻找摆脱这种自我异化的
方法。或者由于人在地球上会感到漂泊无依，因此会转
而去寻求'永恒的家园'。"①同时伴随着索尔格回乡过程
中"反思式和冥思式的对自我存在感的确定"②，地理意
义上的家园概念超越其本质含义，更多地展示为主人公

---

① Otto Friedrich Bollnow: *Mensch und Raum*. a.a.O., S.57.
② Jürgen Wolf: *Visualität，Form und Mythos in Peter Handkes Prosa*. a.a.O., S.56.

索尔格对自我意识的探求和精神层面上的回归。这也是
主体与世界形成和谐一致的关系的诉求。索尔格的回归
之旅演变为一场记录个人空间经验和个体意识回归的
"新主体性"游记。汉德克试图借助一个虚构性人物的旅
行故事，向读者表明他在创作倾向上的改变，那就是，
尽可能真实细腻地发现世界、感受世界，并为世界和主
体的矛盾找到调和的可能性，并试图在两者之间达成和
谐、统一的关系。

　　为此，汉德克曾经这样表达自己渴望安宁、和谐状
态的愿望："我不是一个和谐的人……人的最高境界就
是安宁，安静的注意力，行之有效和接受，如此便可以
在感知中获得诗意。"①书中多次出现"和谐"（S. 9）、"永
恒的安宁"（S. 55）、"永恒的纯洁"（S. 147）以及"永恒的
理性"（S. 178）等字眼，正是他借主人公索尔格的内心世
界所表达的个人愿望。虽然主体与世界的关系问题向来
属于汉德克观照的重点，但不可否认，《归乡》延续这一
主题的方式便是借助旅行故事的开展，让旅行主体在多
样的空间经历和动态的空间感知中寻找解决的方案。与
《短信》一样，汉德克将人物的旅行地设置为大洋彼岸的
美国，但与《短信》中的"我"相比，索尔格的空间体验不
断变化，人与自然、人与社会及自我生存之间的关系也

---

① Peter Handke: *Aber ich lebe nur von den Zwischenräumen. Ein Gespräch, geführt von Herbert Gamper.* a. a. O., S. 50f.

更具张力。与小说标题相对应，索尔格的回归之旅漫长而进展缓慢。以旅行主体"在路上"的活动状态来赋予其接近家园、接近自我的可能性，是汉德克中期在文学创作上的特殊建构。透过索尔格的回乡故事，读者可以感受到一种缓慢的深沉，也可以体会到汉德克对于主体和世界之间达成和谐、统一的关系的期许。这种带有乌托邦精神意味的渴求虽然招致了某些评论家的否定，认为汉德克在"自我陶醉"的道路上与现实世界渐行渐远，但对作家汉德克本人来说，追求和谐的生活境界，回归自我和自我意识，并以此作为他摆脱这个"令其感到厌恶的现实"①之出路，这种做法从艺术创作的意义上来说是无可厚非的，也是作品标题中"回乡"在某种程度上的潜在寓意。与此相应，评论家丁特尔·埃伦（Dinter Ellen）将《归乡》称为"一部发现自我的哲学小说"②，而汉德克本人则将"新主体性"的含义修正为"回归自我（Insich-gekehrtsein）"③。

---

① Ralf Schnell：*Geschichte der deutschsprachigen Literatur seit 1945.* a. a. O. ，S. 525.
② Dinter Ellen：*Gefundene und erfundene Heimat - Zu Peter Handkes zyklischer Dichtung "Langsame Heimkehr".* a. a. O. ，S. 100.
③ Peter Handke：*Aber ich lebe nur von den Zwischenräumen. Ein Gespräch，geführt von Herbert Gamper.* a. a. O. ，S. 6.

# 第五章　旅行的意义

## ——《重复》(1986)

　　如果说汉德克在《归乡》中有意塑造一位身为地质学家的旅行者的形象，以期凭借他的敏锐视角来构建自己关于世界图景的认知或想象，那么，发表于 1986 年的《重复》①则是汉德克以对自我生平经历的整合、移用为基础，继续对世界进行观察和体验的文学漫步与前行。从时间上来看，《重复》的发表距他第一部叙事小说《大黄蜂》的问世正好 20 年的时间，是汉德克截至 20 世纪 90 年代创作的篇幅最长的一部作品。该小说被命名为《重复》，在多重层面上都有对《大黄蜂》进行"重复"的隐含之意。例如，两部小说都涉及对汉德克在奥地利的家乡——克恩滕州南部乡村的描写，文本内也均安排了相似的家庭成员角色——父亲、姐姐、失踪的兄弟，甚至

---

① Peter Handke: *Die Wiederholung*. Frankfurt am Main: Suhrkamp 1999.
　　从此处起，下文中所引用的《重复》中的文本均出自该书的这一版，括号内的数字标识的是引文在原书中的页码，引文的中译文由笔者译出。

连主人公的名字也都是格雷戈尔（Gregor）。早在 1975
年，汉德克就表示了《重复》的创作心愿："一本像《大黄
蜂》这样的书，书中要反复呈现我所成长于其中的那个
世界的图像，我想再次拾起这样的书，再次回归这样的
书。"①1986 年，一本再现"成长世界之图像"的作品《重
复》终于问世。相比于《大黄蜂》和《归乡》，该小说在人
物形象和空间结构的创造上更为饱满和具体，带有浓厚
的自传色彩。全书采用已人到中年的主人公菲利普·克
巴尔（Filip Kobal）的回忆视角，以第一人称"我"作为叙
事者，在其当下的讲述和对过往的回忆之间，为读者呈
现主人公于 25 年前的夏天去往原南斯拉夫（现斯洛文尼
亚境内）寻找在第二次世界大战中失踪的哥哥的经历和
感受。小说由三章——"盲窗""空空如也的牲口道"及
"自由的热带草原与第九王国"构成，仅仅由这些标题所
引发的画面便足以让人捕捉到文本内的空间信息及其彼
此之间的张力关系。从文本内容来看，第一章"盲窗"主
要涉及主人公童年的生活经历，第二章和第三章则是对
其在斯洛文尼亚的旅行体验的回忆。中年菲利普当下的
诉说与对往事及旅行经历的回忆互相穿插、融合，线性
的时间叙事不时呈现中断、跳跃的特征，唯有少年菲利
普在 25 年前的旅行活动成为有迹可循的叙事轨迹。沿

---

① 　Heinz Ludwig Arnold："Gespräch mit Peter Handke". In：*Text ＋
Kritik 24 /24a．Peter Handke*．a. a. O.，S. 26.

着这一轨迹，菲利普的家庭情况、故土、童年往事、旅行轶事等信息——被交代。从这个意义上来看，很难说是叙述道出了旅行，还是旅行引发了叙述，两者互为条件，也互为表现的结果。正是通过这样一种特殊的文学叙事方式，标题《重复》的意义和作家汉德克中期以来的文学创作理念逐步得以显现。

与前两部小说相比较，《重复》中的旅行故事遵循了启程—停留—回归这一完整模式，旅行空间从遥远的异乡他国被拉回至汉德克的家乡——奥地利南部的小山村，及其祖先的血脉发源地——斯洛文尼亚。因此，从地理空间的角度来看，《短信》《归乡》和《重复》三部作品在旅行线路的设置上构成了一条延续有序的线索：从在美国漫游到启程回乡，再到对祖先血脉发源地的追寻。在这里，被博尔诺夫视为人类与世界发生交互的最为本质的空间结构——家园不仅仅局限于《短信》和《归乡》中两度被提及的奥地利，而且直接指涉汉德克母亲的祖籍国家斯洛文尼亚，这也是引发汉德克在 20 世纪 90 年代中期采取激进的政治立场的导火因素。汉德克是否有意构建了这样一条具延续性、递进性的线路，我们无法断然作答，但如果将三部小说联系起来，在写作主题和创作理念等方面找寻其共通之处，并对文本内部具体的空间建构展开探讨，正是笔者选择这三部旅行小说作为研究对象的原因之一。下面，笔者将对《重复》一书的空间表征和创作意图进行详细分析。

# 一、被书写的家园

## （一）逝去的家园——斯洛文尼亚

依照文学地理学的研究观点来看，在解读文学作品时，存在一个地理基础与前提的问题。这是因为任何作家都不可能在真空中创作，都不能离开特定的时间与空间。作家对于家乡和生活环境的观察与体验，都会在作品中以具体的地点包括地理景观作为对象加以表征。从世界文学范围来看，狄更斯笔下的伦敦，巴尔扎克笔下的巴黎，福克纳笔下的美国南部，以及施托姆笔下的德国北方，都体现了作家和作品及特定的地理条件之间的关联。① 其中，汉德克的"家园空间"因其本源意义而在考察作品的空间表征和隐喻功能时占据核心地位。这一点不仅是文学地理学研究者们的普遍共识，就连汉德克本人也承认文学创作与特定的家园环境之间的紧密联系。浪漫主义作家艾兴多夫就这样认为："要真正理解一个作家，必须了解他的家乡，在那片安宁的土地上有一种基本色调，在他日后所有的书中就像一种无法言语的思乡之情一直回响着。"②虽然这种会引向实证主义的

---

① 参见 Barbara Piatti: *Die Geographie der Literatur. Schauplätze, Handlungsräume, Raumphantasie.* a. a. O. , S. 15f.

② Josef Freiherr von Eichendorf: "Dichter und ihre Gesellen. Novelle". In: Gerhart Baumann/Siegfried Grosse（Hg.）*Neue Gesamtausgabe der Werke und Schriften.* Band 2. Stuttgart: Klett-Cotta 1957，S. 509.

考察方式在一定程度上对文学作品自身的感性表达和美学特征有所遮蔽而不被现代文学研究者接受，但是，从文学地理学等新兴"空间性"批评方法来看，不论是依现实存在的空间维度，还是文本内的文学演示，被书写的"家乡"都正日益成为有待研究的内容之一。就《重复》本身所具有的自传色彩和内部空间设置来说，似乎也有必要对其进行一定的考察。

从汉德克本人的身世和经历来看，在《重复》等多部作品中均能找到斯洛文尼亚的印迹是不足为奇的。[①]法比安·哈夫纳(Fabjan Hafner)在研究汉德克对斯洛文尼亚的特殊情结时就曾指出，如果要让汉德克在他精通的斯洛文尼亚语中挑选两个最钟爱的单词，那一定是"渴望"和"思乡"。[②]用文学的方式来看，这两种情结恰好与旅行主题相贴合，也可以落脚于文本中对"启程"与"找寻"的设置。

依照卢卡奇的观点来看，希腊史诗带有乌托邦的光辉，人的精神世界与外部世界是和谐一致的。而现代资本主义的发展使世界失去了整体的意义，自我与世界被拉

---

① 汉德克的生父和养父均来自德国东部，而其母亲的家族则拥有斯洛文尼亚血统，他们在第一次世界大战后游徙至今天的奥地利南部格里芬市(Griffen)并定居下来。在《缺席》(Die Anwesenheit，1987)、《再为修昔底德斯》(Noch einmal für Thukzdides，1990)、《独木舟之行或者关于战争电影的戏剧》等作品中均能找到斯洛文尼亚的印迹。
② 参见 Fabjan Hafner：Peter Handke. Unterwegs ins Neunte Land. a. a. O.，S. 15.

扯开来，出现了裂痕。现代小说的特征便是展现这种丧失
了整体性背景下的现代人流离失所的处境。书中的克巴尔
一家作为斯洛文尼亚后裔，在地理意义上与其血脉发源地
之间呈疏远、断裂的关系。他们在现代进程中被驱逐、流
放，显赫的家族和广袤的故土被战乱的洪流淹没而不复存
在。有关家族和家园的历史大都带有悲壮的英雄主义色
彩，并通过父母或他人的口头性讲述得以被重述。例如：

> 250 年前，在这片土地上（斯洛文尼亚）曾经生
> 活过一位名叫克巴尔的人民英雄。他来自托米内尔
> （Tolmin）地区的大河上游地带，这条河流往意大利，
> 并在那里被称为伊索左河（Isonzo）。他是 1713 年那场
> 农民起义的领袖，与他的同伴一道被处死……（S. 10）
> 　　我们实际上是格雷戈尔·克巴尔家族的一个分
> 支，他是托米内尔地区农民起义的领袖。他的后人
> 在他被处死后被赶离伊索左河流域，其中的一位翻
> 越了卡拉万肯山脉（Karawanken）来到克恩腾地区定
> 居。他的每个后人家里的第一个孩子都以格雷戈尔
> 为名进行洗礼……我们自那时起成为仆人家族，从
> 事需要四处奔波的工作，从来就居无定所……（S. 70）

一方面，颠沛流离的生活说明主人公一家实体意义
上的故土、家园已被摧毁；另一方面，在英雄史诗般的
家族史经由口头的重述和强调后，家园演变为在某种程

度上被人为建构起来的图景，并带有特定的想象甚至神话色彩。主人公自幼就对失去的故土产生了种种认知和幻想，它被概括为"这样一个被她（母亲）视为和平的国家，那个地方独一无二，各地的地名如丽皮卡（Lipica）、特丽卡（Temnica）、维帕瓦（Vipava）等充满了童话的色彩。我们——克巴尔家族在那里能够最终并且永远做我们自己"（S.77）。由此可见，斯洛文尼亚作为失去了的故土于主人公而言，在现实层面（地理空间）与精神层面（家族重建、心灵归属）的双重意义上被指涉和构建。

此外，汉德克的早期创作以"语言"作为主题，通过对语言的质疑和批判来揭示语言对于个体生存的作用和意义，这一理念的根源从某种程度上来说也许正好在于汉德克本人所具有的"双重语言"特质。《重复》一书中仍然渗透着汉德克对于语言作用的反思。于主人公而言，斯洛文尼亚作为真正的故土是缺席和空白的，而身份认同的重要表征——语言，自然而然地成为一种印迹、替补性的甚至是纪念碑似的象征，作为对象去满足无法被满足的对故土的渴望。我们看到，书中的旅行者随身带着哥哥留下的农学院笔记和斯洛文尼亚语-德语词典，依靠它们，菲利普发现了真正的母语在描述事物、帮助他接近故土时的功效和魔力："依靠这些词语和图片我弄清楚了迄今为止总是弄不明白的细节。以一个单词接着一个单词的形式开始，一个民族的形象在我面前明晰起来了……"（S.199）从地理空间和神话般的家族史到母语的功能，失去的斯洛文尼亚的家园有待被重新发现、完善直至重新抵达，实现这一过程的方式不是别的，而正是通过汉德克笔下人物不懈追寻自我的旅行。

**(二)现有的困境——边缘空间与边缘人物**

在汉德克的作品中，类似于《短信》中关于都市场景的描写并不多见。从《归乡》中的阿拉斯加，到《重复》中的边境小村，其后期作品《我在无人海湾的岁月》(*Mein Jahr in Niemandsbucht*，1994)和《我在黑夜中离开安静的房屋》(*In einer dunklen Nacht ging ich aus meinem stillen Haus*，1997)中的城市近郊，边缘地带、边境地区成为汉德克讲述的重点。隐匿在这些边缘空间之后的，往往是人物模糊的生存状态和迷茫的心理状况，也是他们启程、跨越、漫游、冒险、观察和体验的前提条件。

在《无望的不幸》中，汉德克参考自杀身亡的母亲的生平，将小说的发生地安排在奥地利南部偏远的小山村。在之后的《短信》和《归乡》中，这种地点安排也多次出现。《重复》再次选取乡村作为小说的场景，并最终将这种浓厚的自传色彩依托于对家族身份的追寻、对家园空间及其地理特征①的借用。同时，汉德克在写作时凭借合理的文学虚构手法将这种自传色彩或多或少地隐匿于文本之

---

① 斯洛文尼亚是世界上喀斯特地貌(Karst)最为集中和典型的国家之一，其三分之二的地形均为以石灰岩层为主的喀斯特地貌。这也是小说主人公游荡于其中并获得"自由王国"般感受的主要地点。

内，其做法为首先设置一个边缘空间。

　　具体说来，主人公菲利普来自奥地利南部的小村庄林肯堡村（Rinkenberg）。这与其他几部小说中仅被暗示的人物的家乡——"奥地利村庄"相比，在名称的指涉上更为明确。有意思的是，在书中林肯堡村的地理位置被设置在奥地利与斯洛文尼亚的边境，距离斯洛文尼亚仅数十千米远。这种地域上的界限设置并非出于偶然，它为小说主人公菲利普的边缘人人物形象奠定了基础。菲利普自幼就读于一所寄宿制学校，性情孤僻，不善言谈，与本村及邻村的小孩之间没有建立起友善的关系，彼此之间关系"不太和谐"（S. 22）。每当邻村小孩跟踪菲利普，"向他吐舌头，堵他的路，突然袭击他"（S. 22-24）的时候，他便"朝南望着拜岑山脉，南斯拉夫的边境就在那里"（S. 25），仿佛那是能够解救他的希望之地。五年的寄宿学校生活带给菲利普的是满心的抑郁和压力，是与外界的格格不入和失败的交流，以至于他"每天都在想着要逃"（S. 44）。在母亲的帮助下，菲利普转学至县城克拉根福（Klagenfurt）的普通中学，危机非但没有得到解决，反而变得更加深重："现在，行动是自由了，但每天在偏僻的乡村和城里的学校之间往返奔波，我知道，我从此再也没有任何固定的位置了。"（S. 44）在这里，不仅日常生活场所在空间意义上具有明显的界限性，而且在两点之间奔波往返更是成为菲利普日常的活动模式。这种双重层面上的、徘徊状态在哈夫纳看来正好具有一种"来回奔走"（Hin-Her）的特征，这是汉德克作品中人物惯有的行为模式之一，以在《重复》一书中在 20 世纪 80 年代达到表现的高潮。① 这样，背井离乡的家族遭遇与游弋、徘徊的个体状态相互叠加，危机升级，居无定所不仅在宏观的历史层面也在微观的个体层面得以演示。人物对于自我血脉的发源及生存境遇的忧虑、质疑日益强烈，最终他启程前往斯洛文尼亚展开寻找之旅。

除了营造与文本主题相关的空间效果，在小说人物的命名上，汉德克也颇为用心。主人公名字的寓意在他经过边境城市耶塞尼斯（Jesenice）之时由边防警察揭示了出来："克巴尔是个斯拉夫名字，意思是'叉开的两腿之间的空间''步伐'"，而菲利普则是指'爬'或'骑'……是对马的挚爱，与姓氏克巴尔相匹配。"（S. 10）我们可以看出，该姓名的寓意本身就似乎在揭示人物某种夹缝中似的生存状态（两腿之间）和某种主观能动行为（爬、骑——旅行）的展开。此外，语言是确定一个民族以及个体文化身份的根基，是身份建构的重要因素之一。而菲利普恰巧不是通过自己的惯用语言——德语来了解自己姓名的意义，而是借助了一门陌生的邻国语言，而这种语言却正是自己血脉祖先的语言。在这里，对外来民

① 参见 Fabjan Hafner：*Peter Handke. Unterwegs ins Neunte Land*. a. a. O. ，S. 15.

族固有的排他性并未生效，反而由于菲利普拥有的斯拉
夫语姓氏而将他与之相关联，给定他一个集体身份。矛
盾的地方在于，这种将主人公与南斯拉夫关联起来的集
体身份并非一直存在，在之前相当长的时间内，主人公
都被一种模棱两可的语言机制操控，这体现在代表其血
脉根源的父亲在日常生活中的言语与行为上："斯洛文
尼亚语作为父亲祖辈的语言，他在家里不是不重视，而
是恰好把它废弃了"；父亲只是在偶尔咒骂、自言自语
或与同乡玩纸牌游戏时才会不小心说出斯洛文尼亚语，
而平常他却说一口不带一丁点儿方言的德语，这种行为
"传染给了一家子人……就好像（斯洛文尼亚语）是一门
被禁止的外语一样"（S. 70-71）。作为一家之主的父亲是
斯洛文尼亚人的后裔，虽然刻意讲纯正的德语，却无法
在日常生活中将母语完全摒弃。家庭成员的语言机制被
操控，其身份认同便也存在问题。因为按照有关学者针
对身份建构的观点来看，当需要不断被确认、巩固的个
体身份与相对稳定的集体身份之间产生一定张力的时
候，个体的身份危机就会凸显。① 而语言作为塑造集体
身份最主要的标志之一，在主人公的生活环境里呈现混
乱杂糅的态势：父亲要求说德语，他自己及其他家庭成
员的母语斯洛文尼亚语被禁止使用却又无法完全被废

---

① 参见 Ansgar Nünning：*Grundbegriffe der Kulturtheorien und Kultur-wissenschaften*. Stuttgart/Weimar：Metzler 2005，S. 71-74.

弃。这种不稳定的语言机制使得主人公在对个体身份进行界定时犹豫不决，他的身份认定是被悬置起来的、模糊化的，其个体身份危机不断凸显。语言上的两难境地与地域上的界限一道构成了人物日常生活中难以消除的生存危机。

由地理处境到姓氏的寓意，再到日常语言模式，菲利普现有的生存状态从一开始就被一种界限制约而处于摇摆不定的两极之间。他现时所在的边缘地带的村庄与失去了的故土都强化了他的边缘人特性，主体在空间所属和身份认同的双重机制下被拉扯、扭曲，毫无归属感可言。边缘人物的生存危机最终通过父亲对家族姓氏的解释得到根本上的解析："看吧，我们的姓氏意味着什么：不是什么'两腿分开的'，而是'边缘天性'。克巴尔就是一个用四肢爬行的身手敏捷的登山者。边缘天性就是一种边缘性的存在，而不是什么边缘人！"(S. 235)值得注意的是，父亲的话同时也暗示着一种解决方案，那就是，想要填充这种缺失的身份，祛除边缘生存的咒语，唯有追寻失踪者格雷戈尔的踪迹，通过主人公身体力行的旅行活动，即以"登山者"的姿态去冲破边缘生存的牢笼与界限，建立、获取主人公同家园及自我的关联。

## 二、启程前的空间话语

### (一)乡村生活

上文对《重复》里书写的家园进行了考察，并在一定程度上揭示了人物的家园意识与旅行动机之间的关联。其日常生活场所——边境乡村不仅是人物边缘特性的首要体现，其间也隐匿着多种权力话语的空间形式。这其中，乡村、家庭、寄宿制学校相互交织，构成了人物特有的生存和感知空间。

西美尔在 20 世纪初就对乡村到都市这一空间转换模式有自己独特的领悟。他从货币经济和现代文化的特征入手，将现代性的本质归结于具偶然性和碎片性特征的都市体验。虽然他的论述是围绕现代都市生活中的人类心理机制展开的，但作为参照物的乡村生活也为《重复》提供了某种阐释的可能性。值得注意的是，与传统的整体性有机生活不同，菲利普并不能完全融入西美尔所说的乡村民俗生活，而是在不同方面与之发生了断裂，这直接导致了他与自身、与世界的隔阂。

作为村子里唯一一个去学校读书的孩子，"我"与同龄人在身份、背景、日常生活模式等方面均显得格格不入，同他们缺乏交流，关系疏远：

其他的人不管是从事农业劳作还是去当手工

者，都已参加了工作。在法律上他们还是年轻人，
对我来说却俨然已是成人。我见着他们时，他们不
是在工作，就是在去工作的路上。他们穿着制服、
围裙，眼睛直视前方……他们身上有一种军人的特
征，沉默少语，要么和我呆呆地点头示意，要么坐
在摩托车上，看也不看我一眼地默默经过……(S. 46)

在这里，主人公与邻里彼此之间并不熟悉，相处也
缺乏温情。他们类似于西美尔笔下的都市人，具有冷
漠、浅薄、理智的特质。主人公并未在同龄人身上获得
身份上的同一感，反而在人群中显得另类；而乡村社会
是一个以原始性和自然意志为主导的礼俗社会，人们被
安静地束缚在一片固定的乡土上，拥有相对固定的价值
观、生活方式和社会关系，以此形成以共同的语言、习
俗、礼仪等作为生活基础的共同体。与扮演多种社会角
色的城市人不同，在农村，人们拥有相对固定的交往圈
子和生活模式，面对的是邻人与宗族权威，也只需要在
家庭成员和宗族成员两个角色之间转换，主体性与角色
之间不存在太大的割裂，正如主人公的同龄人都遵循了
这种普遍模式："有些人已经当了父亲，好些女孩做了
母亲。而我呢?"(S. 46)主人公有意识的追问暴露了他与
自己本应扮演的社会角色之间的断裂，也是他与邻人、
与乡村生活模式脱节的展示。他既没有遵循习俗继承家
族事业或从事农业劳作，也违反了结婚生子的宗族繁衍

机制。于是，他被无意识地隔绝开来，成为突兀的、另类的"人群中的人"，不仅与传统的、世俗的乡村生活模式格格不入，在普通的人际交往包括两性关系方面也面临困境："迄今为止，我还从未感受过女人的拥抱。我没有女朋友。每次我能够提到女孩的时候，不是由于一场恶作剧，就是一次打赌。"(S.14)主人公在这个村落里的家乡感受不到任何和谐的气氛，他的遭遇的结果不是别的，只能是"我被理所当然地排斥在外"(S.46)的疏离感和孤独感。

#### （二）寄宿制学校

福柯曾经强调，空间是所有公共生活形式的基础，空间也是所有权力运作的基础。无论是从地缘政治的大战略到住所规划的小策略，抑或是从教室等制度化的建筑到医院的设计，福柯均将权力运作与空间策略结合起来，认为空间的定位是一种必须经仔细研究的政治、经济形式，并将空间发展的历史视为权力发展的历史。在《规训与惩罚》中，福柯就曾通过有关"圆形监狱"的著名论述，考察了"纪律"这一现代社会权力技术是如何通过巧妙的空间形式被加以实施和运作的。在相关的规训机构中，空间根据职能要求被规划出一个与众不同的、自我封闭的空间。类似的空间比比皆是，如军营、医院、学校，它们都有明确的界限与封闭性以来保障在此范围内的纪律的实施、权力的运作。在《重复》中扮演这种规训角色的空间为菲利普少年时就读的寄宿制学校。

主人公以如下叙述展开了对学校生活的回忆：

> 在寄宿学校那五年的生活不值一提。用这些词便足以概括其全部：思乡、压抑、寒冷、集体。大家对于教士身份的所谓追求，我从不当回事儿；我也没觉得有哪个年轻人能够胜任。村里教堂的圣礼早就传布过那些神秘的东西了，因此在这里从早到晚都毫无吸引力。没有哪个神职人员是我的精神导师……他们唤某人去，也最多不过是警告、威胁或打探消息。或者，他们穿着那黑色的拖地的教士制服在楼里走来走去，像是侍卫和监视者一样……即使是在每日弥撒的祭坛上，他们也不是在承担自己被赋予的神父职责，而是在扮演着秩序维护者的角色，履行着仪式的每个细节，他们默默地转过身去，将手伸向天空，就像是在仔细探听背后的事，然后又转过来，就像在为所有人祈福，其实，他们只想逮住我。(S. 33)

很显然，这一大段描写非常细致地展示了学校日常生活的特征——宗教性，权威性，仪式化。在这样一个沦为"侍卫和监视者"的空间里，主人公被不断重复的仪式规训、压抑。渗透在以黑色长袍为象征的宗教权力之下的，是对个人生活隐私的打探、压制，甚至连神圣的祷告仪式也被利用为监视个体的契机。与普通学校相比，宗教性的寄宿学校成为与其相对又现实存在的空间，而以祭坛为中心的教室则以虔诚、神圣的名义转化为隐秘的监控地。在这些类似于福柯所说的"反场所"或"异托邦"的空间内，封闭的界限和压抑的机制使得身体成为仪式的俘虏，人们不允许彼此私语，否则就会被"逮住"。这对主人公的危害则在于，他不仅遭受了身体与精神的双重折磨，变得沉默寡言，而且最终陷入失语的境地："在这段时间里我明白了，我失去了语言——我不只是在他人面前沉默，而且在自身面前没有词汇，没有声音，也没有任何表情。"(S. 38)按照福柯的观点来看，密闭的规训机构的本意是通过持续的监视和规训，把个体打造成一个新的主体形式。这里的寄宿制学校便要将人物整训为失语的个体，令个体无法表达自我，认识自我，并进一步撕扯开他与自己、与外界的关联。这种压抑对人物在精神上造成的困扰是不言而喻的。人近中年的菲利普在回忆寄宿学校的生活时如是说：

> 我把青年时代看作一条河流——不停地、自由地向前奔流着，而我自踏进寄宿制学校，便同那里的所有人一起被隔绝在人世外了。这是一段逝去的时光，永不会再来。我的生命中缺少了一些很重要的东西，对我来说，它们是永远缺失的了。(S. 47)

在这里，菲利普以回忆的口吻概述并强调了自己曾经受到的心理压抑，自由流淌的河流的意象与阴森、黑暗的囚牢似的寄宿学校形成了对比和反差。少年菲利浦的内心被"去外面，去户外"(S.34)的渴望充斥着。无论是回家或是远行，唯有摆脱此在的空间，建立属于自己的"王国"，才能解救受压抑的自我："在我如何构想'王国'这个问题上，我没有明确的国家，而只有自由的王国。"(S.34)此时，精神层面上的"王国"代替实体意义上的家园出场，占据主导地位，并化作自由、美好、幻想等的代名词，这也为抵达小说最后一章所述的"第九王国"(das Neunte Land)做了铺垫。

### (三)家庭空间

根据海德格尔的观点来看，人要确立自己的存在，必然要建立与诸多存在者共在的关系，赋予自己与他们以位置及场所。首先，汉德克在书中将人物置于两国交界的"边境"地带，从空间上抹杀了对人物准确定位的可能性。其次，语言作为主体身份和文化认同的载体，在菲利普身上呈一种模糊、含混的状态。再次，上文分析的乡村环境及寄宿学校的规训生活，也从不同角度强化了人物的边缘形象。最后，我们再来看一下"我"在旅行起程前的最后一种日常生活空间：家庭。

就现实层面来说，家庭空间是社会形式构成的最小单元，包含了人类最为日常和普遍的生活状态；在文学层面上，家庭空间内则聚集着具体的文学人物，各自以其不尽相同的生存状态、生存故事演绎和构筑不同的文学篇章。汉德克在《重复》一书里有意打造一个体现人性的"微型世界"。他说："在《重复》里，我希望创造一种家庭的整体性。这也是我主要在描写的东西，是关于父亲、母亲、兄弟的战争，困扰姐姐的爱情等问题……"①

汉德克所强调的整体性在本书中有两个层面的意义：一是，以家庭生活作为出发点，借助父亲和哥哥这两个父权角色，将家族史、战争史、家庭成员情况及家庭生活等内容一一呈现，并在时间和空间跨度上呈现出一种历史的厚重感；二是，依靠叙述者的回忆视角，将25年前的旅行经历、自己童年的往事、父母当下的诉说进行整合。这种从家庭入手追求整体性的原则，也表明汉德克不再排斥日常"生活世界"的细节，不再质疑文学表述的功效。相反，他似乎开始相信世界是可以被叙述的，主体与世界之间的裂痕也是可以被弥合的。

值得注意的是，汉德克并未从一开始就在小说中设置一个完美、和谐的家庭，而是给读者描绘了一个不太完整、有所缺失的家庭模型。不论是在身体还是心理层面，每位家庭成员都或多或少有问题：木匠父亲脾气暴躁，骂人成性；母亲虽然为人干练，但生病后她只能在病榻上度日；由于爱情失意而遭受打击后，姐姐变得精

---

① Konrad Franke："'Wir müssen fürchterlich stottern'. Die Möglichkeit der Literatur. Gespräch mit dem Schriftsteller Peter Handke". In: *Süddeutsche Zeitung*. 1988-06-23. S. 10.

神失常、萎靡不振；哥哥作为家族的长子，自幼失去了一只眼睛，战争爆发后他在战场上消失得无影无踪。如此一来，家庭生活失去了原本应有的秩序，取而代之的是一种无序、混沌的状态：父亲无所事事的游荡、母亲病榻上的呻吟以及姐姐不知所谓的烹饪。对于"我"来说，这种具创伤性的家庭生活却俨然内化为一种"仪式，如果哪个人物不按自己的角色安排行事"(S.87)，"我"反倒会感到痛苦。我们可以看到，外部世界带给菲利普的生存威胁和归属危机，在内部的家庭生活中并未得到化解。之所以会造成这种局面，主要应归咎于家庭核心成员——哥哥的失踪。

哥哥在《重复》中始终是以不在场的、和"我"有21岁年龄差距的形象出现的。在这里，年龄上的断层是一种时间跨度的表征。"我"对哥哥的印象几乎全部来自模糊的记忆和家人的述说。被父母认定为克巴尔家族接班人的哥哥在斯洛文尼亚的战场上一去不返。他的失踪带给家人无法磨灭的阴影："我们的房子，在哥哥失踪20年之后仍然是一座丧房；与其他已被确定死亡的人让其家庭成员不得安宁的情况不同，失踪者让他们每天一个接一个地死去。"(S.69)在这里，哥哥的缺席使家庭成员不同程度地遭受了精神打击，每个人都处于非常态的生活之中，常规的家庭秩序被扰乱，主人公在面对内外困境之时，无力反抗而日渐沦为孤独的个体，与他人、外部世界愈发疏离，愈发陌生。要正视逝去的过往，恢复

对哥哥的认知，修复家庭的秩序，只能启程出发去寻
找，沿着哥哥的踪迹与外界建立"持续有效的联系"①。
这样，作为实践性空间活动的旅行以及旅行空间的蔓
延，不仅可以帮助主人公建立这种联系，还可以填补由
于时间差和不在场而产生的记忆空白。从根本上说，这
也是汉德克再次通过旅行模式塑造一个感知着的、亲历
着的旅行人物的缘由。

## 三、在路上——被经历的空间

### (一)失而复得的童年天堂

前一章对主人公日常生活环境的空间话语进行了分
析，阐释了菲利普饱受压抑和不完整的童年生活，也阐
明他启程去寻找哥哥踪迹的动机所在。随着旅途的延
伸，菲利普跨越两国边界，逐步离开禁锢、压抑自我的
边缘空间，向着自己血脉发源地的方向进发。出境后的
第一夜，菲利普选择了一段隧道作为他的栖身场所。作
为连接两个地域的空间形式，隧道构成了界限，同时也
是通道，象征着离开与进入，意味着终结与起点。在这
里，作为栖息地的隧道类似于《归乡》中索尔格的"门
槛"，是主人公意欲摆脱昔日阴影、迈向新征程的象征。

---

① Christoph Bartmann：*Suche nach Zusammenhang．Handkes Werk als Prozess．*a．a．O．，S．1．

而将隧道作为人物进入新国度的首要去处，目的就是为他的旅途带来更多的可能性和开放性。相较于边境检查站，此处黑暗的隧道才是一扇在真正意义上向主人公开启的通向新世界的大门，拿他的话来说，即"恰好是出口的地方，就是我的入口"（S.106）。之后，菲利普到达耶塞尼斯（Jesenice）、沃艾因（Wochein）及喀斯特等地区，随着旅途的不断延伸，叙述者不幸的童年生活、有关哥哥的零散记忆一一呈现于读者眼前。叙事者"我"——45 岁的菲利普对 25 年前那场旅行的讲述，从某种程度上来说，也以隧道作为起点："国外的第一夜或许短暂，但在记忆中，却是我这一生最长的夜，有数十年之久。"（S.105）

叙事者娓娓讲来，我们看到菲利普随身携带着两样哥哥遗留下来的东西：一本果园种植手册和一部斯洛文尼亚语-德语词典。哥哥在手册里以"细心书写的、大方的、富有想象力的"（S.158）字体记录了自己在斯洛文尼亚马里博尔农校里学到的关于果树嫁接的知识；斯洛文尼亚语-德语词典则是一本出自 19 世纪的内容详尽的语言类工具书。借助哥哥的种植手册和词典，菲利普的思绪再次回到儿时，并还原了他对自己"童年的一部分"（S.169）——果园的回忆。哥哥生前一手打理的果园在村落的边儿上，在他失踪以后，果园从有失落的父亲作为"可怜的守护者"到无人打理，伴随着哥哥的失踪而慢慢被遗忘。而果园对于"我"来说却有着非比寻常的意义。首先，它给予了童年时代的"我"对于希望一词的诠释——"这是我童年生活的一部分，我期待着不同果树的成熟"(S.169)；其次，果园是可以被"我"私自占领的自由属地，相较于非常态的日常生活及纪律严格的寄宿学校，果园为主人公提供了私密的活动地，是他隐秘的避风港，也成为人与自然和谐相处的媒介；最后，借助被他称为"智慧之书"(S.207)的哥哥的种植手册和词典，果园为菲利普还原了他对于外部事物和本族语言——斯洛文尼亚语的最真实的认知，让他可以挖掘到"世界图像"(S.205)的本质，让万物呈现本来的含义。我们注意到，花园这种特定的空间形式，因伊甸园神话而充满诗意的人文主义色彩。田园——天堂意象也一再以各种形式出现在文学作品中。例如，克莱斯特在《智利地震》中设置了一个暂时缺失伦理约束和等级差异的"伊甸谷"，而汉德克在《短信》结尾处也将花园作为解除人物意识危机的场所。在小说《重复》中，汉德克依然建构了这样一个乌托邦。一方面，花园带有哥哥生命的烙印，象征着纯净的自然与生命原初的渴望，是人与自然的理想的构建，却同它的缔造者一样，被战争和历史的洪流淹没，呈现出疏离、隔绝、荒废的特征；另一方面，主人公"我"作为认知主体，在寻找哥哥踪迹的旅途中，一步步地将碎片似的童年印象进行拼凑和修复，重温遗失的美好，也让"我"所失落的"童年风光"(S.202)重返内心。回归原初的乐园显现出"我"对童年时代的裂痕生活进行修复的努力，这不仅是对哥哥生命的传承，也是以旅行的方式让人与自然、主体与世界重新接轨。正因如此，评论家蒂尔曼·西贝尔特（Tilman Siebert）将果园视作小说《重复》塑造的核心空间之一。①

**（二）城市初体验**

位于奥斯边境的小城耶塞尼斯是菲利普旅途中停留的第一站，也为他开启了回忆之旅的大门："自从我沿着我失踪的哥哥的足迹来到耶塞尼斯，四分之一个世纪或者一天已经过去了。"（S.9）在这里，25年如一日的犹新的记忆模糊了久远的时间间隔。往事无论多么遥远，都可以成为汉德克当下叙述和感受的直接对象，而被打破的时间界限则通过"沿着哥哥的踪迹"旅行的行为留下空间上的线索，随着菲利普旅行活动的继续向南延伸。旅途第一站的边境小城耶塞尼斯作为地域空间上的界限，不仅是菲利普在旅行途中必然要跨越的一道界限，也是他进入新世界的门槛，汲取新世界气息的第一站。

如下段落描写了菲利普对城市的第一印象：

　　我久久地伫立在火车站前，在我迄今为止的生命中曾经永远遥不可及的卡拉万肯山脉，近在我的身后。城市开始于一段隧道的出口处，沿着一条窄

①　参见 Tilman Siebert：*Langsame Heimkehr．Studien zur Kontinuität im Werk Peter Handkes*．a.a.O．，S.163.

窄的河谷拉开；侧面是一片窄狭的天空在向南延伸，被钢厂的烟囱笼罩着；眼前是一片带状分布的居民区，位于一条喧闹的大街上，左右两边是叉开的陡峭小路……(S. 11)

与传统、封闭的村落相比，此刻的火车站、隧道、工厂、马路、居民区——这些城市建筑的代名词跃然纸上，为主人公提供了一个立体的、被规划好的现代城市模型，这也是汉德克赋予他以城市感知的首要途径。此时，菲利普的视觉感知扮演了重要的角色，它用颜色来描绘城市景观："我注意到，许多公共汽车的车箱里涌动着一种昏暗，它们依照顺序在弹簧门打开之前停下，又继续前行。非常特别的是，如同整体上的灰色一样，房屋、街道、交通工具都是灰蒙蒙的"(S. 11)；"此刻的工业城市耶塞尼斯，除了灰色还是灰色，就好像是它被塞进了一段峡谷，为阴暗的山峰所阻挡"(S. 126)。按照梅洛-庞蒂的看法，这种视觉感知正是一种有灵性的身体活动，意味着主体以"介入"的姿态同世界打交道；同时，它也显示了主体与空间的互动性，车厢内部的"昏暗"和工业城市的"灰色"是菲利普在他当下的旅途中所捕捉到的视觉信息，也是他在身体的能动性活动中所获得的空间体验。

类似于《短信》中的符号世界，菲利普旅行的第一站充斥着"灰色"的视觉印象，而随着他在旅途中的主要活

动空间——车站的停留，他往返奔波的命运再次得以揭
示。火车站与汽车站这类城市中心建筑显现了其流动、
穿梭、异质的特征，也成为现代社会的缩影。在这里，
不同背景、不同身份的人群汇集在一起，有由"个体或
者小孩、大人组成的团体，从值得信赖的官员到城市和
乡村的司机，所有人并不是因为郊游或寻乐而联系在一
起的，而是出于一种必须，让他们离开家或花园，去往
医院、学校、市场和单位"(S.64)。透过菲利普的心理
感受，人生百态汇聚于车站，甚至让人感受到一种如海
德格尔所说的"被抛入世"的无奈。对于主人公本人来
说，车站则意味着流动、往返、期望、等待等一切"在
路上"的状态："站台就是这样一个舞台，一种上演情节
剧的场所。其特别之处在于：人们或来或走，尤其是在
等待。"(S.65)这样，主人公年少时的求学经历与特定的
空间场所相关联，并被浓缩为以缺乏稳定性、流动性、
匿名性及偶然性为特质的空间感知。这再次暗示了主人
公自童年起模糊的身份认知和游弋的生命状态，也成为
菲利普旅途中一场重要的铺垫场景。

　　此外，火车站作为现代社会的交通枢纽和中心建
筑，是菲利普体验城市节奏和景象的首要的空间场所。
充满烦劳、机械化、要斤斤计较的都市生活与闭塞、散
淡的乡村生活形成了一定的对照和反差，仅从菲利普晨
间观察到的火车站运作场景我们就可以看出：

铁轨和河流在黑暗中显现，我走在其中，现在是一片绿荫道。我没有看见任何人，国家却显现出一派熙熙攘攘的生机。火车站前的一些仓库和车间已经开始运作起来，配电盘被照得通亮，而其余的空间还黑乎乎的。那些测量仪表上的指针跳动着、偏转着……平台向外延伸到两边分开的轨道区域，轨道信号不断变换着颜色……(S. 116-117)

与奥地利乡村的人们从事传统的农业和手工业不同，现代工业文明城市的运作大量依靠机械化、程序化手段；各种机器及其符号代替人出场，先入为主，作为被感知的对象占据主体的感知。在以货币为主导的经济机制下，淳朴的乡村民风也被各式精密的仪器和精准的数据替代，这使得现代人的日常生活中充斥着各种数字，现代人以及现代精神都日趋精确。在小说中，主人公菲利普在面对火车站的晨间运作时，忆及的是工友们以下形式的谈论："又是一天"，"已经星期四了"，"但接着又要开始了"，"很快就是秋天"，"至少不是周一"，"我起床和回家的时候天都是黑的，今年我还都没见过自己的房子"，等等(S. 118)。现代工业社会的运转机制使得时间不再显现它温顺、流荡的一面，它被分割成若干为个体所无法操控的独立单元，现代人的生活以及精神在碎片化的时间进程中被追赶、压迫和切割。在小说中，工友们不仅显得对时间无能为力，而且也暗暗地被这种工具现实压抑和牵制，早出晚归的劳作甚至淹没了生活中的趣味谈资而只给他们剩下麻木的数数计日子，更让"回家"这样再普通不过的日常行为或"家"这样的日常场所成为工人们寄托情感的对象。隐藏于这些叹息之下的是现代人迷失、混乱的归属感。身体上的无家可归，精神上的空虚，碎片似的生活，无不撕扯着现代人群，使他们在与自身、与世界相处时早已变得岌岌可危。现代主体的异化危机透过城市火车站前这一幕简短的描写被隐隐地揭示了出来。

### （三）"盲"与"空"——弥补现代性的空白

小说的第一章以"盲窗"（Das blinde Fenster）为题。主人公在到达耶塞尼斯之前途经一个小站——米特勒火车站，他在那里看到了一栋建筑物的外墙。盲窗是现代建筑物一种特有的装饰手段，以在墙壁上绘画的方式，画出虚拟的窗户，以实现建筑物的整体美学效果。在《重复》一书中，关于盲窗的描述是这样的："我抬起头，发现火车站的侧面墙上有一扇盲窗，和墙壁一样呈灰白色，四方形。窗户里透不进阳光，却从某处接收到光后而闪闪发亮。"（S. 96）在这里，盲窗作为一种空间意象，有多重意义。首先，作为从房屋内部向外观察外部世界的重要结构，窗户起到了"眼睛"的作用。而虚拟的画上去的窗户则丧失了这一功能："灰白色"，"透不进阳光"。在此基础上，将画上去的窗户用"盲"来进行表述，与失去一只眼睛的哥哥的形象有关。哥哥眼盲，使得视觉这种最为重要的感知官能在一定程度上受损，具有了不在场的、创伤性的特质。援引梅洛-庞蒂在《眼与心》中针对视觉功能的阐述如下："视觉乃提供给我的与自我本身分离、从内部目击到存在之裂缝的手段。"①我们可以看到，借盲窗以暗示的失明的眼睛，意味着这种感知手段的缺失，造成内与外的对立困境，也是主体与自我存在、主体意识之间关系愈加疏远的演示。在这里，盲窗象征着一种缺失的空白，既指向未出场的失明的哥哥的形象，也影射了菲利普童年时代对自己身份认同和世界认知的缺憾。用盲窗指代盲眼，再由盲眼暗示主人公与自我、世界的断裂，是小说第一章以"盲窗"作为标题的初始内涵。

　　小说第二章讲述菲利普在小城沃艾因（Wochein）郊外湖边的所见所感。偶然间远远看到的一个小山包再度引发了"我"对于历史的回忆与想象。这是"一个斜坡，长满了杂草，杂草下是昔日的一条宽阔的牲口道，一直通向山顶"（S.211）。此后，小说用较长篇幅描绘了这条曾经的牲口道及其周边的风景，主人公也由此展开了他对于历史的回忆与想象："我觉得，阶梯就出现在旁边空荡荡的牲口坡道上：它实际上比家乡果园的斜坡要陡一点，呈金字塔状，台阶数以百计，越往上看起来越小，似乎要直通于天。"（S.214-215）远处山坡"空"和

① ［法］莫里斯·梅洛-庞蒂：《眼与心》，84页。

"高"的景象使得主人公的内心充满悲凉的情绪，空空如
也的道路也明晰了人物内心深处对于自我以及外部世界
的认知："再没有什么东西在这片空空如也的阶坡上往
来，也没有草茎；就连水都是凝固的……我不仅哀叹个
体的死亡，也哀叹那些超越个体死亡的东西：灭绝……
不可原谅的犯罪，野蛮的世界大战。"(S.215)在这里，
象征着鲜活的人类生活的牲口道已经不复存在，只剩下
一点空空的印迹依稀可寻。这在此刻彷佛化作一扇记忆
的大门，让哥哥的参战、没落的玛雅文明、联盟的瓦
解、个人意志的膨胀、种族屠杀与灭绝以及那场野蛮的
世界大战等逐一浮现在菲利普的脑海中。这些对于眼前
景象的现时感知有一个共同特征，即它们均指向主人公
的日常生活，如哥哥的失踪，以及人类历史长河中以
"空"(Leere)为本质的核心意义，如玛雅文明的消逝、
惨无人道的种族灭绝，不管这种"空"是以结果还是以原
因的方式出现。如此一来，"盲"与"空"成为主人公在旅
行活动中获得的最直接、最鲜活的两种特定的感知。对
他来说，两者在形式和意义上都意味着缺失、空洞，意
味着那些曾经在场的事物由于创伤、战争、技术等种种
原因消失殆尽，不复存在，只留下若隐若现的印迹等待
旅行者去挖掘，去重述。

　　对汉德克来说，这种缺失、空洞的形式(Leerform)
所暗含的深层意义，也许便是现代社会和技术理性遗留
的文明创伤和空白。《短信》出版后，汉德克曾多次批判

现代工业文明，他厌恶战争、一切带有工具烙印的现实世界及技术化的城市，认为它们显示着人对世界的破坏与改变，让原本丰富的"景色"变样，使人类社会处处遗留下空白的形式。① 从《短信》中主人公初到纽约便想起儿时美国攻打自己家乡的战争场面，到《归乡》中索尔格视自己为战争罪人，祈求初心的回归，再到《重复》中菲利普家族历史的变迁和哥哥的不幸遭遇，所有这些情节无不影射着现代战争对人造成的创伤和反思的必要性；而以盲窗以及第二章中空空如也的牲口道这样的空间意象来喻指在现代性的社会进程中无法避免的各种缺失和空白，便是汉德克文学性演示的手法之一。正如评论家福斯所言，被冠以"后现代"之名的文学做法不以伤感的笔调或美学手法直接与现代理性唱反调，而是游走于冷漠世界的任意表层和任意现象，以或完整或碎片式的经验感知作为现代主体自我表达的可能性及努力的核心，并以此对抗西方世界启蒙运动以来的各种文化灾难。② 作为评论家眼中后现代工程的参与者之一，汉德克的文学创作手法便是通过一位旅行者的视角，依靠他的现时感知和空间经历去揭示、还原以及唤醒隐藏于外部世界之中的各种"图像"，挖掘它们的本质，从而得以回归原

① 参见 Peter Handke：*Aber ich lebe nur von den Zwischenräumen. Ein Gespräch，geführt von Herbert Gamper*. a. a. O. ，S. 120 u. S. 152-160.
② 参见 Dorothee Fuß："*Bedürfnis nach Heil*". *Zu den ästhetischen Projekten von Peter Handke und Botho Strauß*. a. a. O. ，S. 13.

初的自我。然而，与其早期作品的不同之处在于，汉德克在揭示和批判文明世界种种弊端的同时，也试图在他的文学创作中寻求调和这些"空白形式"的可能性。

在书中，我们注意到，哥哥的眼盲首先代表着视觉这种感知方式的缺失，而这却为主人公追寻哥哥的踪迹创造了条件并提供了力量，引导他通过自己当下的旅行活动去体验、感知、回忆和想象，弥补由"眼盲"造成的感知缺陷。这样，既是旅行者也是认知主体的主人公，在某种意义上替代缺席的哥哥上场，成为哥哥隐秘的眼睛，治愈了哥哥原本的创伤——"盲"。另外，如前文中所分析的，主人公在启程后不久，便发现了盲窗这一独具意义的空间意象。它虽然暗示着一种空白和缺失，汉德克却在主人公菲利普的旅行活动中，试图用他对外部世界的现时感知来填充这种空白，达到调和与平衡的目的。如书中所述，盲窗本身暗无光色，而菲利普注意到它"却从某处接收到光而闪闪发亮"(S. 96)。对菲利普来说，盲窗的出现，让他回想起哥哥幼时生病及瞎眼的遭遇，哥哥生命的印迹在此显露、延伸，并且化作"某种有力的符号，让我真正地启程，同时将那里反复出现的盲窗作为我的研究对象、旅伴和指路人"(S. 97)。这样，盲窗的双重作用机制逐渐显露：一方面，盲窗代表主体与世界的断裂以及现代文明的弊端；另一方面，它又为人物的旅行活动确立了坐标，使其在不断的感知与回忆中，祛除了由"眼盲"所导致的混乱、无序，为主人公重新赢得"清晰的意义"(S.97)，并以调和的姿态努力填充这些空白，获取继续前行的可能性。而对于空空如也的牲口道，菲利普尽管感到悲哀，却"想象着奶牛群曾经在这里上上下下，一片令人感到惬意的、慢腾腾的景象……一些牛从一层滑到另一层，在雨后的沟槽里留下蹄印。一头牛跳到它前面的那头牛身上交配，在其背上被拖着继续前行……还想到了从远古以来发生的民族大迁徙"(S.211)。通过这些对繁荣景象的描绘，汉德克在文本中以想象来填补空白、弥合创伤，用他的话来说，正是用文字与图像来象征"祖先、后代、整个人类世界"①对逝去的过往和那些空白地带的填补。小说前两章分别以"盲窗"和"空空如也的牲口道"为章题，把对外部世界的描绘同感知着的旅行主体相关联，一方面用以揭示人物内心乃至文明世界的创伤空白，另一方面也阐明主体内心世界的发展过程，赋予其领会、寻觅和弥补的可能性。这种个体经验的表达方式不是别的，正是以旅行模式作为基础，借特定的空间意象和空间感知来塑造主体对自我、他者和世界的认知。在第二章末尾，主人公已逐渐忘却创伤带来的悲痛，"不管我在哪里，我都会想起那些盲窗和宽阔的牲口道，他们作为象征回归王国的水印花纹，化作机车的鸣笛、鸽子的叫声以及印第

---

① Peter Handke：*Aber ich lebe nur von den Zwischenräumen. Ein Gespräch，geführt von Herbert Gamper*，a. a. O.，S. 114.

安人的呼唤"(S. 222)。由此，"盲"与"空"原本所代表的缺失和消逝等含义被逐步消解，能指的意义被转化、演变为指引力量，继续引导主人公沿着哥哥的足迹在旅途上继续漫步，就像他对母亲发出的呼喊那样："母亲，你的儿子一直驰骋在天空下。"(S. 222)以这样的方式，汉德克在《重复》中寻求着对现实世界的文学式的治愈，小说主人公也一步步接近故土，完成了对哥哥的找寻之旅，并逐步回归自己的意识王国和生存空间。

## 四、旅行的意义

### (一)漫步作为方式

三部小说中讲述的旅行故事各不相同，《短信》的叙事者"我"将美国作为逃遁地，美国之旅成为化解危机之旅；《归乡》的主人公由其工作性质决定了他与空间相处及认知空间的行为模式；《重复》的主角菲利普则以主动的旅行者姿态，主动介入空间，感受外部世界的点滴。其中，三位旅行主体的行为具备同一种特质——漫步。作为日常生活最为普遍的行为方式，漫步是人置身世界、获取感受的一种方式。它或向前，或迂回，或短暂停留，甚至不以到达某个具体的站点为目标。博尔诺夫所提及的"漫游"，德·塞尔托所阐释的"步行"，均是他们探讨人与空间关系的主要行为模式之一。与其他空间活动相比，漫步以身体在场、缓慢、在路上等状态作为本质特征，将主体从具功能性、目的性的"操劳"中解放出来，通过行走者的脚步，在窥视、观察和感受空间的过程中，获取最真实的认知体验，建立起外部世界于自我的意义和两者之间的界限。德语教育小说里年轻的游历者、法国浪子诗人波德莱尔及本雅明笔下的都市闲逛者，均代表和体现着与自身、他者及世界进行交互的现代漫步者的形象。

随着旅途的延伸，《重复》的主人公到达科巴里（Kobarid）。那里的人们说斯洛文尼亚语，穿有特色的民族服装，那里有斯洛文尼亚典型的喀斯特地貌。这不仅是哥哥来信中最多提及的地方，也成为菲利普漫步旅行的最后一站。"我"甫一到达科巴里，便确定，"喀斯特方向是我追寻之旅的目标所在"（S. 249），因为"喀斯特与失踪的哥哥一道，构成讲述的动机"（S. 266）。如果说前文提到的果园象征纯洁的自然天堂，意味着菲利普对哥哥记忆的恢复，那么此处的喀斯特地区则是果园的延续，是哥哥曾经在场的代偿，也是兄弟俩一致追寻的"自由王国"（S. 272）。菲利普漫无目地行走于喀斯特地区，观察周边的风光与村民生活。他感受到岩溶之风，将喀斯特看作"原始的美丽"（S. 290）。与当地居民相比，他的步伐缓慢而沉稳，并且"意识到，自己拥有时间，无需着急；如果我疲倦，我只是行走，缓慢地行走"（S. 284）。在此过程中，绝对时间被相对延展，菲利普的心里流溢出宁静、和谐的情感。行走的意义远非如此，它帮助菲利普洞察到自己与奥地利乡村居民在"行走"行为上的不同特质："在乡下老家的行走是将路途简单地抛在身后，可能是直线行走或抄近路，总之，走弯路是万万不可取的，只是为了马上到达目的地。只有那些不幸和绝望的人才会漫无目的地行走"（S.281）；"（他们）只会直接去干活或进教堂，也许还会顺道去酒馆，再就是回家"（S.282）。这样，老家村民的行走活动针对的是具体的目的地，他们要么匆忙赶路，要么找寻捷径，谁要是不随波逐流，不带有功利与目的地行走，便会被认为不正常。很明显，主人公排斥这样的行走态度。他选择缓慢、随意、不设终点的漫步方式，"不惧怕跟踪者，只是单纯享受在路上的乐趣。越是漫无目的，就越确信在自己身后发现了一种形式，即使那只是沥青路面上的一道裂痕"（S.283）。

我们注意到，自《守门员在罚点球时的恐惧》起，汉德克笔下的主人公大都以迷茫、摇摆不定、找不到定位的状态游走于外部世界之中，漫步作为人物最主要的行为特征伴随人物的生存危机及其释放过程的始终。在喀斯特地区，菲利普的漫步追随的是哥哥的踪迹，"虽然在喀斯特的那段时间我只是在行走、驻足、继续行走，却从未感到自己一无是处或是在游手好闲"（S.291）。我们可以看到，与旅行前在乡下生活中的迷茫与忧郁、奔

波于两点之间（学校和家庭）以及在火车站无尽无休等待
的状态不同，主人公此时的行走未设终点，看似闲散的
行为实际上却成为主人公摆脱先前游弋状态的方式，为
他提供了无限的感知可能性，并使其对自己的行为能
力、生存状态充满明确的意识。这种领悟超越了行走活
动本身，其根本意义在于以"在路上"的"发现者"
（S.283）的姿态放弃大众意义上的"行走"方式，用缓慢、
沉稳去抵抗所有对功利的追逐以及现实世界中的浮躁与
散乱，认识世界的每个细微之处，纵然事物存在着裂
痕，但去发现、去感受、去明晰自我才是行走的本真目
的。通过独自行走，原本封闭、边缘化的生存空间转化
为开放、广阔的感受空间，模糊的哥哥的形象一再被勾
勒和凸显，甚至突破时空限制而在喀斯特地区被定格与
凝聚："他和我久久地、一动不动地面对面站着。"
（S.314）菲利普享受这样的旅行状态，感到"只有在路上
我才能重获安宁"（S.319）。他以行走者的姿态穿行于喀
斯特地区，最终在最后一站——斯洛文尼亚马里博尔
（Maribor）的农校校舍，发现了哥哥亲自在墙上镌刻的
"格雷戈尔·克巴尔"。克巴尔家族的历史在它的血脉发
源地以一种纪念碑似的烙印被重新发现，克巴尔家族及
其后代不再是被驱赶的流浪的边缘人，而是仪式化地经
镌刻而永远留在了祖先的家园里。哥哥刻下的文字在此
具备一种有效性和权威功能，取代了之前来自他者的有
关克巴尔家族及哥哥的口头性讲述与传说，最终成为哥

哥在场和家族历史的有效象征，确定了主人公在地理意义上对亲人以及自我根源的追寻之旅的完成。

### (二)旅行与叙述

汉德克首部小说《大黄蜂》开篇的第一句话为："你离开了还会归来，不会在战争中死去。"[1]20 年后，塑造了一位失踪于战场上的兄弟的形象的《重复》，不论是在人物角色还是在主题设置方面，均对《大黄蜂》具有一定的影射作用。有关"离开、回归"的讲述，借主人公的旅行故事得以体现，各种外在的空间意象和内在的心理感知在文本中以杂糅、交错的形式被表征和建构，而讲述行为本身也是汉德克观照和反思的重点。

具体来说，文本的叙事掺揉了以下几个层面的内容，分别是：人到中年的菲利普现时的讲述，菲利普 20 岁时的旅行经历，对童年往事及家族传说的回忆。线性的时间线索被几层叙事结构打破，回忆、感受和讲述视角交叉重叠、自由转换。在此过程中，叙事者"我"既是旅行行为的主体，也是旅行故事的讲述者，叙事主体与被叙述的客体相互融合，三层叙事的内容界限模糊，互为支撑。读者很难分辨感受、回忆与叙述之间的明确界限。唯有菲利普逐步推进的旅行经历及由此引发的空间转换才成为有迹可循的脉络，引导文本的叙事发展。换

---

[1] Peter Handke: *Die Hornissen*. Frankfurt am Main: Suhrkamp 1966, S. 5.

句话说，现时的感知伴以空间上的前行，而回忆往事则
是时间上的回溯与反顾。两者相互交融，构成文本当下
的叙述过程。因此，菲利普的旅行踪迹也是写作本身得
以进行的前提。

小说被命名为《重复》，其意义也是多层次的。首
先，从叙事内容来说，25 年前的旅行活动追寻的是失踪
的哥哥的踪迹，是一场空间上的重复之旅；其次，旅行
的终极目标并不仅仅在于找寻失踪的哥哥以及抵达其血
脉发源地斯洛文尼亚，而更是一场找寻自我、认知世界
并与之形成关联的"存在之旅"①。因此，"重复"（wie-
derholen）一词可以分解为重新找到、重新拾获（wieder-
holen）。而从叙事结构上来说，"重复"则意味着彼时的
旅行往事在当下的叙说中被重述、被重新感受。但"重
复"的过程并不是简单地叙述往事，而是在回忆、叙述
往事的同时赋予它新的活力和意义。文本的叙事过程中
时时渗透着叙事者的反思，如：

> 回忆不是往事的回归，而是往事在回归时显现
> 它自身的位置。我在回忆时体验到：这就是经历，
> 正是这样！……所以对我来说，回忆不是随意回顾

① Carlo Avventi: *Mit den Augen des richtigen Wortes. Wahrnehmung und Kommunikation im Werk Wim Wenders und Peter Handkes.* a. a. O. , S. 148.

过去，而是一种创作行为（Am-Werk-Sein），而回忆的行为则划定了所经历之事的位置，以富有生机的顺序，以那种能够不断进入自由叙述、获得更大的生机、进入想象的叙述方式。（S. 101-102）

由此可见，"回忆"意味着对往事"给定位置"，它作为"叙述"行为实质上是以文学的手法还原"经历"，重塑自由的、超越时间界限的感受，使之成为一种空间意义上的存在①及不断延续的写作方式和对象。因此，《重复》中所设置的旅行模式以回忆往事为基础，将叙述、写作过程及其反思纳入对旅行经历的交代，在主人公空间位移的推进中，被叙述的世界与叙述过程融为一体，文本内的旅行与文本外的叙事相伴携行，辩证统一。如主人公所言："我明白自己的目标。不是在找到哥哥的意义上，而是要讲述他的经历。"（S. 317）这样，持续不断地进行讲述，通过写作给予陈旧的往事和经历以新的体验，重新找到自我的存在及与世界的关联，便是汉德克将小说命名为《重复》的真正含义。

这种自由讲述的、充满活力的叙述方式可以被视作汉德克 20 世纪 80 年代以来所追求的新的艺术手法之一，它超越了汉德克早期激进的反传统意识，进入了一

---

① 参见聂军：《彼得·汉德克的辩证之路》，载《外国文学评论》，2000(3)，42 页。

种更为积极、冷静的思维境界。对汉德克来说，主体与
世界的断裂依然存在，但外部世界不再是晦涩难懂的纯
粹的客体，人也并非完全丧失了感知方式和感知能力的
主体，相反，对一切外部事物都可以通过行动去观察、
感受并进行叙述，主体的生存危机也能得以释放和解
决，最终为重建主体与世界的关联提供可能性。在小说
的结尾，汉德克借旅行者之口阐明自己的文学艺术观：
"讲述、重现，意味着更新，总是做出新的抉择。盲窗
和空阔的牲口道就是让讲述延续下去的动力和透明水印
花纹。讲述中充满着无限的生机，讲述必须继续。"
(S. 333)由此，旅行的意义已不仅仅在于寻找哥哥的踪
迹并重返失去的故土——斯洛文尼亚，而是要通过积极
的讲述行为去抵达更为辽阔的精神世界。虽然小说中仍
然表露出汉德克的某种说教倾向，但此时的汉德克相信
文学的功效，相信世界是可以被讲述的，就像斯洛文尼
亚语中代指一切美好之向往的"第九王国"可以重新回归
"我"的精神世界一样，文学讲述也可以通往"最后那唯
一理智的、非形而上的王国，当然这就是叙述的王国"①。

　　在"我"在马里博尔的一堵墙上找到镂刻的哥哥的姓
名的那一刻，地理意义上的旅行即终止，主人公回到奥
地利，并"心情愉悦地重新开始审视奥地利"(S. 323)。

---

① Peter Handke: *Aber ich lebe nur von den Zwischenräumen. Ein*
　*Gespräch，geführt von Herbert Gamper*. a. a. O.，S. 158.

旅行产生了一定的治疗功效，而汉德克的讲述与写作却不会停止，对世界及自我的探寻之旅也将一直延续下去，正如小说末尾汉德克借菲利普之口向克巴尔家族后人所传达的那样："后人啊，如果有一天我不再出现在这里，你可以在叙述的王国——第九王国里找到我。"（S. 333）整部小说最后以一个大写的连词及省略号"Und..."（S. 334)结尾，其寓意或许也在于此。

# 结　语


　　在西方现代性的发展历程中，人与世界、人与自身的关系成为几乎所有人文学科都无法避开的命题。从某种意义上来说，人类的生存就是主体自身与外部世界交互作用的过程。一方面，作为指涉人类生存的概念，"空间"总以各种具象形式呈现于世人面前，为之提供赖以存在的基础；另一方面，人作为具有身体性和反思能力的主体，总是处于一定的时空中，它与自身所生存于其中的、所经历的和所感知的外部空间之间的互动、关联，业已成为人类对自我及世界的认知核心之一。从人类早期以数学、物理学为认知基础的空间理论到康德的先验性空间，再到基于现象学和人类学的阐释模式，直至今日"空间转向"背景下的跨学科、跨文化的研究趋向，有关空间问题的思考从未停止，而人作为现代社会空间的创造者和拥有高度空间感知力和想象力的主体，两者相互建构、交互影响的事实也越来越多地被纳入空间问题的反思体系。伴随 20 世纪以来空间理论的多样

化和空间转向的重要影响，空间思考在文学研究领域也
获得了新的阐释可能性。各类早期或新兴的研究模式为
文学的空间性研究增加了新视角，推动了文学研究中对
有关空间塑造的重新考察。

　　文学作为一门语言艺术，以其独特的演绎形式赋予
空间以感性化的审美意义与价值。一方面，文学作品在
其内部建构起以现实景观为对象、以主体经验表达为蕴
意的表征方式。另一方面，文学作为一种特殊的文化生
产空间，在对世界进行具象书写的演示中，也有其自身
的叙事模式和主题建构。它直接参与社会空间的文化、
历史和人文性建构，在不同的空间表征中赋予其象征意
义和价值内涵，在最大程度上对人与空间的互动进行演
示。本书在对文学作品的空间建构进行探讨时，便将视
线聚焦于人与空间的交互关系，即视空间为关涉人类生
存的基础条件和认知对象，将主体视为身处空间之中、
具备一定主观能动性和感知能力的个体，其存在本质、
认知能力、主体性建构、自我意识的形成均与外在空间
有着深刻、紧密的联系。文学文本中的空间建构不是对
仅具有单纯物理性质的外在景观和场景的再现，而是一
种被主体亲身经历、进行深度挖掘和内在体验的生存空
间，主动性、体验性、多样性及它与主体之间的互动关
联应该成为文学文本在空间塑造上所体现出的最基本的
特质。

　　本书首先梳理和回顾了近现代空间理论的发展脉络

及文学与空间的关系，并基于以存在主义和现象学为主的理论背景，以海德格尔关于存在本质的基本结构入手，阐述了梅洛-庞蒂强调的空间感知的身体性、德国人类学家博尔诺夫在考察人与空间关系时所提倡的"被经历的空间"这一概念以及法国社会学家德·塞尔托对行走（或步行）行为的反思，探讨了人的身体、行为能力、感知方式与空间发生的关联及相互影响。借助上述相关空间问题的理论思考，本书以西方文学作品惯常运用的经典主题——旅行作为阐释模式，对旅行这一人类基本的空间活动形式展开追溯，挖掘不同时期的旅行文本中有关旅行主体与外部空间之间的表征及构建关系。

本书的第二大部分以当代奥地利作家彼得·汉德克中期创作的三部旅行小说《短信》《归乡》及《重复》作为研究对象，考察作品如何在旅行模式下各自对文学空间进行演示和建构，旅行主体和旅行空间之间存在何种互动着的张力关系。我们可以看到，从《短信》开始，汉德克在"新主体性"写作潮流的影响下，日益摆脱自己早期激烈的反叛精神和失语的困境，开始以一位"（记录）经历作家"①的形象专注于塑造各色旅行人物，讲述各种旅行故事。在不同的旅行小说里，他试图为危机重重的旅行主体提供一种全新的自我认知和生存的可能性。这种可

---

① Heinz Ludwig Arnold: "Gespräch mit Peter Handke". In: *Text + Kritik 24/24a. Peter Handke*. a. a. O. , S. 32.

能性首先体现在文本内部的空间表征上，各种流动的、不断变幻的差异性空间，构成旅行主体与之交互的基础，展示的是作为游历者的个体如何进入一个个陌生的外部空间并与处于其中的人、物发生碰撞、交互，直至从危机中被释放，寻觅并回归原初的主体意识和精神家园。从这个角度上来说，作品的空间建构在文本的叙事内容及叙事结构上均彰显出一定的作用与意义。

三部小说演绎和表征的空间形式各不相同。《短信》讲述了叙事者"我"在新大陆美国最初的逃遁之旅演变为意识之旅的经历。与 20 世纪初以来德语文学作品所展示的带有消极批判色彩的美国图景不同，《短信》一书通过人物在当下旅途中所捕捉到的细节感受和个体空间经验的表达，为读者呈现出特定结构的旅行模式和具备现代都市特质的美国图景。正是在身处美国这个远离欧洲的位于大洋彼岸的空间国度时，主人公完成了对于过往记忆和生活状态的寻找与反思，现实生存与内心世界的危机均得以化解。就整个叙事来说，美国如同一枚"催化剂"，对于文本情节和主题的推动有不可复制、不可替代的作用。《归乡》则有意塑造一位身为地质学家的旅行者形象，通过他穿越美国回归欧洲家乡的故事，塑造了三种不同形式的外部空间，即辽阔而深远的原始自然、充满温情的家庭和纷繁喧嚣的人文城市。在主人公不断凸显的外部感知和自我内省的交织中，"家"这一关涉人类生存状态的核心概念超越其地理空间层面的意义，转化为一种回归自我的精神诉求。于主人公而言，对主体与世界之间达成乌托邦式的和谐、统一的渴求便是赋予其回乡之旅的最好的诠释。《重复》则以回忆的视角再现了主人公在 25 年前由奥地利边境的村庄启程前往斯洛文尼亚找寻哥哥旧时踪迹的旅行。在主人公当下的诉说和对旅行往事的回忆的穿插、融合之下，线性的时间叙事不时呈现出中断、跳跃的特征，唯有旅行主体的空间位移成为有迹可循的叙事轨迹。同时，随着旅行经历的交代，汉德克对于讲述与写作行为的反思也被纳入其中，小说标题"重复"一词的真实含义也逐步显露，即通过持续不断地讲述与写作给予人物对陈旧往事的新的感受、体验，重新找回人的自我生存的价值及人与世界的关联。

我们注意到，从文本内部所建构的地理空间来看，三部作品在旅行线路的设置上构成了一条延续有序的线索：从在美国漫游到启程回乡，再到对祖先血脉发源地斯洛文尼亚的追寻。作品中的地点设置也大多基于真实可考的地理空间。这种带有浓厚自传色彩和模糊的文学虚构性的做法属于最为当今文学地理学学者们所乐于探讨的话题，对汉德克而言，这则是他中期文学创作阶段一种特有的空间建构方式。汉德克曾说："是的，我是一个地点-作家，我一直是这样的作家。对我来说，地点就是空间，是界限，是带来经历的东西。我从来就不是从一个故事或事件、一桩变故出发，而总是从一个地点出发。我并不想描述地点，而是想讲述它。"①这种"讲述地点"的做法在汉德克 20 世纪 70 年代以来的旅行小说中清晰可见，并成为他独有的叙事模式：《短信》讲述了主人公横贯美国 16 个城市的旅行故事，《归乡》讲述了主人公在阿拉斯加和美国东西海岸之间的穿越，《重复》则讲述了主人公在奥斯边境的跨越。从文本内部来看，两国的边境交界地带、偏远的山村、郊区、田野、河流、山脉、花园、城市里的支路、流动的车站、闪烁的霓虹灯、不知名的咖啡馆、酒吧等都是汉德克观照的重点。我们可以这样说，在他的文字世界里，建构的是一个自然与人类文明并存的微型世界，演绎的是一个个鲜活的、立体的、多样的空间，为旅行主体提供着最真实、最直接的感知条件和感知对象。而伴随旅行主体的脚步，读者与其一道在审视和体验外部空间的同时，抵达一个个新的世界，也抵达心灵的归属和精神的家园，寻获生存的可能性。

　　同时，三部作品在以旅行模式呈现主体与空间的交互关系时，似乎其中又各自隐含着不同的态度：美国对于《短信》的叙事者"我"的最初的功能仅仅是作为婚姻危机的逃遁地和避难所；《归乡》的主人公由于职业性质建立了与空间不断进行相处和认知的行为模式；《重复》的

① Peter Handke：*Aber ich lebe nur von den Zwischenräumen. Ein Gespräch*，*geführt von Herbert Gamper*．a. a. O.，S. 19.

主角菲利普则作自觉的旅行者姿态，积极主动地介入空间，追寻他人足迹的旅行最终升级为追寻自我、反思叙述功能的过程。汉德克一方面让其主人公处于对由各种空间话语权带来的迷茫、孤单等生存危机的体验中，另一方面又通过不断向前的旅行和空间感知赋予其自我修正、自我寻找的可能性。

这种积极的、呈递进式的表现方法也暗含了汉德克创作中期以来在艺术理念上的态度转变。此阶段的汉德克背离了自己早期激烈对抗的批判态度，代之以一种更加理想和积极的创作思维。对他来说，艺术不再是通过标新立异来讽刺世界、否定世界的手段；相反，文学应该为不断异化的现代主体及其与外部世界的各种矛盾、争端寻求解决的方案和出路，并享有自身的构建模式和叙事方法。

很明显，汉德克的解决方案便是以旅行模式作为基础，通过特定的空间意象和空间表征来赋予主体对自我、他者和世界的认知能力，使之形成和解、关联的可能性。实际上，运用旅行主题展开人与世界的交互关系是西方文学史上颇为传统与经典的写作手法之一。从荷马史诗《奥德赛》到圣经故事，从中世纪的骑士小说、英雄史诗到以威廉·麦斯特系列小说为代表的德国教育小说，从自传性旅行日记、旅行游记到虚构的旅行小说、科幻历险记，旅行都作为基本线索，体现着主体对生命本质和人生理想的渴望和追求。然而，在开放、多元的现代、后现代文学发展进程中，旅行的教化及理想化功能并不处于恒定状态。从德语文学如"反教育小说"里失败的个体发展、卡夫卡笔下人物的手足无措或迷宫般的游走经历来看，旅行并未消除主体与世界的隔阂，其功能似乎陷入了一种无言的困境。同时，全球化的大网将时空压缩，现代交通和通信技术的发展使得旅行这一"对他者的感知和体验行为丧失了其传统的有效体系"①，身体及感官能动性面临荒置，异化的主体在面对各种被日益模糊、消解的界限和距离时不知何去何从，找不到合理的解决方法。从这个意义上来说，有学者称现代及现代性让"旅行遭遇终结与窘迫"②也不足为奇。

如果说早期的汉德克受维特根斯坦语言哲学的影响，利用语言实验剧等题材作为反抗现实的媒介，那么，此阶段的他在"新主体"文学中找到开启言说自我的途径，甚至产生了一种回归古典传统的倾向。他将视线聚焦于身体力行的文学人物和细微、具象的外部世界，试图塑造漫游者的形象，让其与不断延伸的旅行空间发生紧密、深刻的交互关系。在这里，汉德克选择相信旅行的功效。他以自己的文学手法不断地告诉读者，在这

---

① Götz Großklaus: *Medien-Zeit*, *Medien-Raum*. *Zum Wandel der raum-zeitlichen Wahrnehmung in der Moderne*. Frankfurt am Main: Suhrkamp 1995, S. 110.

② Claude Lévi-Strauss: *Traurige Tropen*. Köln/Berlin: Kiepenheuer & Witsch 1970, S. 39f.

个普遍缺乏主体意识、丧失了自我反思能力的现实世界
中，无论出于什么动机，我们唯有启程出发，且行且感
地捕捉当下的世界图景，表达当下的真实感受，才能最
终逃离困扰我们的各种囚笼，弥补现代性造成的创伤，
回归原初的生存本质和精神家园。正如汉德克自己曾说
过的："这些（作品）是展示我自己生存的数据，是在我
的写作中通过旅行这样一种方式表现出来的……"①

尽管汉德克的做法未能得到所有评论家的赞许，有
评论家认为其所充当的说教者的角色并不能真正解除现
代主体面临的各种危机，反而会在自我沉醉与封闭自省
的道路上与现实世界渐行渐远，但是，汉德克苦心营造
的文学旅途和文学空间，毕竟体现了他 20 世纪 70 年代
以来在艺术创作上所做出的转变和尝试，那就是：从激
进、极端的批判到沉稳、冷静的思想境界，从对语言功
能和文学手法的质疑到对文学语言与叙事意义的重建，
从揭示主体与世界根深蒂固的对立和断裂到努力寻求治
愈、重获自我与世界关联的可能。在某种意义上，这也
是汉德克早期语言探索之旅的延续和发展。与同时代的
其他几位奥地利作家如托马斯·贝恩哈德（Thomas
Bernhard）、耶利内克等人冷眼旁观、抨击社会弊端的

---

① Heinz Ludwig Arnold: "Gespräch mit Peter Handke". In: *Text +
Kritik 24 / 24a. Peter Handke*. a. a. O., S. 31.

批判性态度相比，被称为"后现代工程参与者"①之一的
彼得·汉德克以其独有的文学实践和文学方式针对"人
与世界"的永恒命题进行反思并寻求解决方案和出路，
用他的话来说，即"我在图画和空间中拯救了自己"②。

　　由于笔者的时间和阅历有限，以上论述仅涉及有关
汉德克中期艺术追求的理解和思考。鉴于这位作家不懈
的创作和能力，对他本人及其在国内鲜为人涉及的后期
作品展开更加全面和深入的解析工作，本身就如同一场
未知而无穷尽的旅行，需要文学研究者以漫游者的姿态
和行动力去进行观照并实践。同时，从文化表征的意义
上来看，对文学空间各种或显明或隐匿的表征方式、建
构模式、审美内涵进行解读与探究，也是当今"空间性"
文学思维与批评的阐释任务和必要途径。

---

① 　Dorothee Fuß：*"Bedürfnis nach Heil"*．*Zu den ästhetischen Projekten von Peter Handke und Botho Strauß*．a. a. O.，S. 13．
② 　Peter Handke：*Aber ich lebe nur von den Zwischenräumen．Ein Gespräch，geführt von Herbert Gamper*．a. a. O.，S. 77．

# 参考文献

Albes，Claudia：*Der Spaziergang als Erzählmodell. Studien zu Jean-Jacques，Adalbert Stifter，Robert Walser und Thomas Bernhard.* Tübingen/Basel：Francke 1999.

Arnold，Heinz Ludwig："Gespräch mit Peter Handke". In：*Text + Kritik 24/24a. Peter Handke.* München：edition text & kritik 1978.

Avventi，Carlo：*Mit den Augen des richtigen Wortes. Wahrnehmung und Kommunikation im Werk Wim Wenders und Peter Handkes.* Remscheid：Gardez 2004.

Bachtin，Michail：*Form der Zeit im Roman. Untersuchungen zur literarischen Poetik.* Frankfurt am Main：Fischer Taschenbuch Verlag 1989.

Barck，Karlheinz/Fontius，Martin/Schlenstedt，Dieter u. a.（Hg.）：*Ästhetische Grundbegriffe.* Band 5：*Postmoderne-Synästhesis.* Stuttgart：Metzler 2003.

Bartmann，Christoph："Der Zusammenhang ist möglich. Der kurze Brief zum langen Abschied im Kontext". In：Fellinger，Raimund（Hg.）：*Peter Handke.* Frankfurt am Main：Suhrkamp 1985.

Bartmann，Christoph：*Suche nach Zusammenhang. Handkes Werk als Prozess.* Wien：new academic press 1984.

Batt, Kurt: "Leben im Zitat. Notizen zu Peter Handke". In: ders.
(Hg. ): *Revolte intern. Betrachtung zur Literatur in der Bundesrepublik
Deutschland*. München: Beck 1975.

Biesterfeld, Wolfgang: *Die literarische Utopie*. Stuttgart: Metzler 1974.

Bloch, Ernst: "Das Prinzip Hoffnung". In: *Lexikon der Weltlitera-
tur im 20. Jahrhundert*. Band 2. Freiburg/Basel/Wien: Herder 1961.

Bode, Christoph: *Beyond/Around/Into one's Own: Reiseliteratur als
Paradigma von Welterfahrung*. *Poetica 26*: 1/2 1994.

Bollnow, Otto Friedrich: *Mensch und Raum*. Stuttgart: Kohlham-
mer 1963.

Brenner, Peter J. (Hg. ): *Der Reisebericht. Die Entwicklung einer
Gattung in der deutschen Literatur*. Frankfurt am Main: Suhrkamp 1989.

Brenner, Peter J. : *Der Reisebericht in der deutschen Literatur. Ein
Forschungsüberblick als Vorstudie zu einer Gattungsgeschichte*. Tübingen:
Niemeyer 1990.

Brueggemann, Aminia M. : *Chronotopos Amerika bei Max Frisch,
Peter Handke, Günter Kunert und Martin Walser*. New York: Lang 1996.

Butor, Michel: "Der Raum des Romans". In: *Repertoire 2. Problem
des Raums*. Übers. von Hellmut Scheffel. München: Beck 1965.

Certeau, Michel de: *Kunst des Handelns*. Übers. von Ronald
Vonllie. Berlin: Merve 1988.

Dennerlein, Katrin: *Narratologie des Raums*. Berlin: de Gruyter 2009.

Dettmering, Peter: "Landschaft als Selbst-Objekt". In: *Merkur 34*
(1980). H. 2.

Dinter, Ellen: *Gefundene und erfundene Heimat - Zu Peter Handkes
zyklischer Dichtung "Langsame Heimkehr"*. Köln: Böhlau 1986.

Dünne, Jörg/Günzel, Stephan (Hg. ): *Raumtheorie. Grundlagen-*

*texte aus Philosophie und Kulturwissenschaften*. Frankfurt am Main:
Suhrkamp 2006.

Durzak, Manfred: "Abrechnung mit einer Utopie?" In: Grimm, Rein-
hold/Hermand, Jost (Hg.): *Basis. Jahrbuch für deutsche Gegenwarts-
literatur* IV. Frankfurt am Main: Suhrkamp 1974.

Durzak, Manfred: *Das Amerika-Bild in der deutschen Gegenwartsli-
teratur. Historische Voraussetzungen und aktuelle Beispiele*. Stuttgart:
Kohlhammer 1979.

Durzak, Manfred: *Peter Handke und die Gegenwartsliteratur. Nar-
zi auf Abwegen*. Stuttgart/Berlin/Mainz: Kohlhammer 1982.

Eichendorf, Josef Freiherr von: "Dichter und ihre Gesellen. Novel-
le". In: Baumann, Gerhart/Grosse, Siegfried (Hg.): *Neue Gesamtaus-
gabe der Werke und Schriften*. Band 2. Stuttgart: Klett-Cotta 1957.

Eifler, Margret: *Die subjektivistische Romanform seit ihren
Anfängen in der Frühromantik*. Tübingen: Niemeyer 1985.

Enzensberger, Hans Magnus: *Eine Theorie des Tourismus*. In:
ders.: *Einzelheiten*. Frankfurt am Main: Suhrkamp 1962.

Erler, Gotthard: Nachwort. In: ders. (Hg.): *Streifzüge und
Wanderungen. Reisebilder von Gerstäcker bis Fontane*. München: Hanser
1979.

Ertzdorff, Xenja von/Neukirch, Dieter (Hg.): *Reisen und Reiselite-
ratur im Mittelalter und in der frühen Neuzeit*. Amsterdam/Atlanta: Ro-
dopi 1992.

Foucault, Michel: "Von anderen Räumen". In: Dünne, Jörg/
Günzel, Stephan (Hg.): *Raumtheorie. Grundlagentexte aus Philosophie
und Kulturwissenschaften*. Frankfurt am Main: Suhrkamp 2006.

Franke, Konrad: "'Wir müssen fürchterlich stottern'. Die

Möglichkeit der Literatur. Gepräch mit dem Schriftsteller Peter Handke". In: *Süddeutsche Zeitung*. 1988-06-23.

Fuß, Dorothee: *Bedürfnis nach Heil. Zu den ästhetischen Projekten von Peter Handke und Botho Strauß*. Bielefeld: Aisthesis 2001.

Galinsky, Hans: "Deutschlands literarisches Amerikabild: Ein kritischer Bericht zu Geschichte, Stand und Aufgaben der Forschung". In: Ritter, Alexander ( Hg. ): *Deutschlands literarisches Amerikabild*. Hildensheim: Olms 1977.

Gottwald, Herwig/Freinschlag, Andreas: *Peter Handke*. Wien/ Köln/Weimar: Böhlau 2009.

Großklaus, Götz: *Medien-Zeit, Medien-Raum. Zum Wandel der raumzeitlichen Wahrnehmung in der Moderne*. Frankfurt am Main: Suhrkamp 1995.

Günzel, Stephan ( Hg ): *Raum. Ein interdisziplinäres Handbuch*. Stuttgart/Weimar: Metzler 2010.

Hafner, Fabjan: *Peter Handke. Unterwegs ins Neunte Land*. Wien: Zsolnay 2008.

Hallet, Wolfgang/Neumann, Birgit: "Raum und Bewegung in der Literatur. Zur Einführung". In dies. ( Hg. ): *Raum und Bewegung in der Literatur. Die Literaturwissen schaften und der Spatial Turn*. Bielefeld: transcript 2009.

Handke, Peter: *Aber ich lebe nur von den Zwischenräumen. Ein Gespräch, geführt von Herbert Gamper*. Zürich: Ammann 1987.

Handke, Peter: *Das Gewicht der Welt. Ein Journal ( November 1975-1977 )*. Salzburg: Residenz 1977.

Handke, Peter: *Der kurze Brief zum langen Abschied*. Frankfurt am Main: Suhrkamp 1981.

Handke, Peter: *Die Geschichte des Bleistifts*. Frankfurt am Main: Suhrkamp 1985.

Handke, Peter: *Die Hornissen*. Frankfurt am Main: Suhrkamp 1966.

Handke, Peter: *Die Wiederholung*. Frankfurt am Main: Suhrkamp 1999.

Handke, Peter: *Ich bin ein Bewohner des Elfenbeinturms*. Frankfurt am Main: Suhrkamp 1972.

Handke, Peter: *Langsame Heimkehr*. Frankfurt am Main: Suhrkamp 1979.

Handke, Peter: "Rede zur Verleihung des Franz-Kafka-Preises". In: ders. : *Das Ende des Flanierens*. Frankfurt am Main: Suhrkamp 1980.

Herbers, Klaus: "Unterwegs zu heiligen Stätten Pilgerfahrten". In: Bausinger, Hermann/Beyrer, Klaus/Korff, Gottfried ( Hg. ): *Reisekultur. Von der Pilgerfahrt zum modernen Tourismus*. München: Beck 1991.

Hermanowski, Georg: "Peter Handkes 'Langsame Heimkehr'". In: *Korrespondenz (Bonn)*. 1979-10-25.

Herwig, Halte: *Meister der Dämmerung. Peter Handke, eine Biographie*. München: Pantheon 2012.

Hillebrand, Bruno: *Mensch und Raum im Roman. Studien zu Keller, Stifter, Fontane*. München: Winkler 1971.

Hillebrand, Bruno: " Poetischer, philosophischer, mathematischer Raum". In: Ritter, Alexander ( Hg. ): *Landschaft und Raum in der Erzählkunst*. Darmstadt: Wissenschaftliche Buchgesellschaft 1975.

Hoffmann, Gerhar: *Raum, Situation, Wirklichkeit. Poetologische und historische Studien zum englischen und amerikanischen Roman*. Stuttgart: Metzler 1978.

Jäger, Dietrich: *Erzählte Räume. Studien zur Phänomenologie der epischen Geschensumwelt*. Würzburg: Königshausen &. Neumann 1998.

Jahns-Eggert, Imke: *Literarische Inszenierung der Reise. Untersuchungen zum Thema der Reise in der maghrebinischen Erzählliteratur und in der litterature beur*. Hamburg: Dr. Kovac 2006.

Jantz, Harold: "Amerika im deutschen Dichten und Denken". In: *Jahrbuch für Amerikastudien* 7. Heidelberg: Winter 1962.

Jens, Walter (Hg.): *Kindlers Neues Literatur Lexikon*. Band 7. München: Kindler 1988.

Kammermeier, Medard: *Die Lyrik der Neuen Subjektivität*. Frankfurt am Main: Lang 1986.

Kant, Immanuel: *Kritik der reinen Vernunft. Kritik der praktischen Vernunft. Kritik der Urteilskraft*. Ungekürzte Neuausgabe. Wiesbach: Marix 2004.

Karasek, Hellmuth: "Ohne zu verallgemeinern. Ein Gespräch mit Peter Handke". In: Scharang, Michael (Hg.): *Über Peter Handke*. Frankfurt am Main: Suhrkamp 1973.

Kondylēs, Panagiōtēs: *Die Aufklärung im Rahmen des neuzeitlichen Rationalismus*. Hamburg: Meiner 2002.

Konagou, Noel: *Reise als Initiation in Hermann Hesses Roman Siddhartha und Die Morgenlandfahrt*. Aachen: Shaker 2011.

Koopmann, Helmut: "Tendenzen des deutschen Romans der siebziger Jahre". In: ders. (Hg.): *Handbuch des deutschen Romans*. Düsseldorf: Bagel 1983.

Krajenbrink, Marieke: *Intertextualität als Konstruktionsprinzip. Transformation des Kriminalromans und des romantischen Romans bei Peter Handke und Botho Strauß*. Amsterdam: Rodopi 1996.

Kufeld, Klaus: *Die Reise als Utopie. Ethische und politische*

*Aspekte des Reisemotives.* München: Fink 2010.

Langen, August: *Anschauungsformen in der deutschen Dichtung des 18. Jahrhunderts.* Darmstadt: Wissenschaftliche Buchgesellschaft 1965.

Lange, Sigrid (Hg.): *Raumkonstruktionen in der Moderne.* Bielefeld: Aisthesis 2001.

Lange, Victor: "Goethes Amerikabild. Wirklichkeit und Vision". In: Bauschinger, Sigrid/Maisch, Wilfried (Hg.): *Amerika in der deutschen Literatur. Neue Welt - Nordamerika - USA.* Stuttgart: Reclam 1975.

Lärmann, Klaus: "Raumerfahrung und Erfahrungsraum. Einige Überlegungen zu Reiseberichten aus Deutschland vom Ende 18. Jahrhunderts". In: Piechotta, Hans Joachim (Hg.): *Reise und Utopie. Zur Literatur der Spätaufklärung.* Frankfurt am Main: Suhrkamp 1976.

Lefebvre, Henri: "Die Produktion des Raums". In: Dünne, Jörg/Günzel, Stephan (Hg.): *Raumtheorie. Grundlagentexte aus Philosophie und Kulturwissenschaften.* Frankfurt am Main: Suhrkamp 2006.

Lévi-Strauss, Claude: *Traurige Tropen.* Köln/Berlin: Kiepenheuer & Witsch 1970.

Link, Manfred: *Der Reisebericht als literarische Kunstform von Goethe bis Heine.* Köln: Universitätsverlag 1963.

Lukács, Georg: *Die Theorie des Romans. Ein geschichtsphilosophischer Versuch über die Formen der großen Epik.* München: Deutscher Taschenbuch Verlag 1994.

Malsch, Wilfried: *Neue Welt, Nordamerika und USA als Projektion und Problem.* In: Bauschinger, Sigrid/Maisch, Wilfried (Hg.): *Amerika in der deutschen Literatur. Neue Welt - Nordamerika - USA.* Stuttgart: Reclam 1975.

Maresch, Rudolf/Werber, Niels (Hg.): *Raum - Wissen - Macht.*

Frankfurt am Main: Suhrkamp 2002.

Markolin, Caroline: *Eine Geschichte von Erzählen. Peter Handkes poetische Verfahrensweisen am Beispiel der Erzählung Langsame Heimkehr.* Bern: Lang 1991.

Mayer, Sigrid: "Im 'Western' nichts Neues? Zu den Modellen in 'Der kurze Brief zum langen Abschied'". In: Jurgensen, Manfred (Hg.): *Handke. Ästhetik - Analysen - Anmerkungen.* Bern: Francke 1979.

Medeiros, Pilar de: *Rollenästhetik und Rollensoziologie. Zum Transfer rollensoziologischer Kategorien auf die neue deutsche Literaturwissenschaft.* Würzburg: Königshausen & Neumann 2008.

Melzer, Gerhard: "Dieselben Dinge täglich bringen langsam um. Die Reisemodelle in Peter Handkes Der kurze Brief zum langen Abschied und Gerhard Roths Winterreise". In: Bartsch, Kurt/Goltschnigg, Dietmar/ Melzer, Gerhard u. a. (Hg.): *Die andere Welt. Aspekte der österreichischen Literatur des 19. und 20. Jahrhunderts. Festschrift für Hellmuth Himmel zum 60. Geburtstag.* Bern/München: Francke 1979.

Merleau-Ponty, Maurice: "Phänomenologie der Wahrnehmung". In: Graumann, C. F. /Linschoten, J. (Hg.): *Phänomenologisch-psychologische Forschungen.* Berlin: de Gruyter 1966.

Meyer, Herman: "Raumdarstellung und Raumsymbolik in der Erzählkunst". In: Ritter, Alexander (Hg.): *Landschaft und Raum in der Erzählkunst.* Darmstadt: Wissenschaftliche Buchgellschaft 1975.

Meyer, Herman: "Raumgestaltung und Raumsymbolik in der Erzählkunst". In: ders. (Hg.): *Zarte Empirie. Studien zur Literaturgeschichte.* Stuttgart: Metzler 1963.

Mixner, Manfred: *Peter Handke.* Kronberg: Athenäum 1977.

Moretti, Franco: *Atlas des europäischen Romans. Wo die Literatur spielte*. Köln: DuMont Buchverlag 1999.

Müller, Günter: *Die Bedeutung der Zeit in der Erzählkunst*. Bonn: Universitätsverlag 1947.

Niccolini, Elisabetta: *Der Spaziergang des Schriftstellers Lenz von Georg Büchner*. *Der Spaziergang von Robert Walser*. *Gehen von Thomas Bernhard*. Stuttgart/Weimar: Metzler 2000.

Nünning, Ansgar: *Grundbegriffe der Kulturtheorien und Kulturwissenschaften*. Stuttgart/Weimar: Metzler 2005.

Özelt, Clemens: *Klangräume bei Peter Handke*. *Versuch einer polyperspektivischen Motivforschung*. Wien: Braumüller 2012.

Pfister, Gerhard: *Handkes Mitspieler*. *Die literarische Kritik zu Der kurze Brief zum langen Abschied*, *Langsame Heimkehr*, *Das Spiel vom Fragen*, *Versuch über die Müdigkeit*. Bern: Lang 2000.

Piatti, Barbara: *Die Geographie der Literatur*. *Schauplätze, Handlungsräume, Raumphantasien*. Göttingen: Wallstein 2008.

Plessen, Elisabeth: *Fakten und Erfindungen*. *Zeitgenössische Epik im Grenzgebiet von Fiction und nonfiction*. München: Hanser 1971.

Pompe, Anja: *Peter Handke*. *Pop als poetisches Prinzip*. Köln/Weimar/Wien: Böhlau 2009.

Pütz, Peter: "Wiegt oder gewichtet Handke das Gewicht der Welt?" In: *Text + Kritik 24/24a*. *Peter Handke*. München: edition text & kritik 1978.

Reich-Ranicki, Marcel: *Entgegnung*. *Zur deutschen Literatur der siebziger Jahre*. Stuttgart: Deutscher Bücherbund 1981.

Reich-Ranicki, Marcel: "Peter Handke und der liebe Gott". In: *Frankfurter Allgemeine Zeitung*. 1979-11-17.

Reidel-Schrewe, Ursula: *Die Raumstruktur des narrativen Textes*.

*Thomas Mann Der Zauberberg*. Würzburg: Königshausen &. Neumann 1992.

Reif, Wolfgang: "Exotismus im Reisebericht des frühen 20. Jahrhunderts". In: Brenner, Peter J. (Hg.): *Der Reisebericht. Die Entwicklung einer Gattung in der deutschen Literatur*. Frankfurt am Main: Suhrkamp 1989.

Renner, Rolf Günter: *Peter Handke*. Hamburg: Metzler 1985.

Ritter, Joachim: "Subjektivität und industrielle Gesellschaft. Zu Hegels Theorie der Subjektivität". In: ders. : *Subjektivität. 6 Aufsätze*. Frankfurt am Main: Suhrkamp 1974.

Roemer, Kenneth: "Defining America as Utopie". In: *America as Utopie*. New York 1981.

Schickel, Joachim: *Über Hans Magnus Enzenberger*. Frankfurt am Main: Suhrkamp 1970.

Schivelbusch, Wolfgang: *Geschichte der Eisenbahnreise. Zur Industrialisierung von Raum und Zeit im 19. Jahrhundert*. München/Wien: Hanser 1977.

Schlieper, Ulrike: *Die "andere Landschaft". Handkes Erzählen auf den Spuren Cézannes*. Münster/Hamburg: Lit 1994.

Schlögel, Karl: *Im Raume lesen wir die Zeit. Über Zivilisationsgeschichte und Geopolitik*. München/Wien: Hanser 2003.

Schlösser, Hermann: *Reiseformen des Geschriebenen. Selbsterfahrung und Weltdarstellung in Reisebüchern Wolfgang Koeppens, Rolf Dieter Brinkmanns und Hubert Fichtes*. Wien: Böhlau 1987.

Schnell, Ralf: *Geschichte der deutschsprachigen Literatur seit 1945*. Stuttgart: Metzler 1993.

Scholze-Stubenrecht, Werner (Hg.): *Duden. Das große Wörterbuch der deutschen Sprache*. Band 7. Mannheim: Dudenverlag 1999.

Sicks, Kai Marcel: "Gattungstheorie nach dem spatial Turn: Überlegungen am Fall der Reiseromans". In: Hallet, Wolfgang/Neumann, Birgit (Hg.): *Raum und Bewegung in der Literatur. Die Literaturwissenschaften und der Spatial Turn*. Bielefeld: transcript 2009.

Siebert, Tilman: *Langsame Heimkehr. Studien zur Kontinuität im Werk Peter Handke*. Göttingen: Cuvillier 1995.

Steinlein, Rüdiger: "Ferdinand Kürnbergers 'Der Amerikamüde'. Ein amerikanisches Kulturbild als Entwurf einer negativen Utopie". In: Bauschinger, Sigrid (Hg.): *Amerika in der deutschen Literatur. Neue Welt - Nordamerika - USA*. Stuttgart: Reclam 1975.

Stewart, William E.: *Die Reisebeschreibung und ihre Theorie im Deutschland des 18. Jahrhunderts*. Bonn: Bouvier 1978.

Thabet, Sahbi: *Das Reisemotiv im neueren deutschsprachigen Roman. Untersuchungen zu Wolfgang Koeppen, Alfred Andersch und Max Frisch*. Marburg: Tectum 2002.

Ungern-Sternberger, Armin von: *Erzählregionen. Überlegungen zu literarischen Räumen mit Blick auf die deutsche Literatur des Baltikums, das Baltikum und die deutsche Literatur*. Bielefeld: Aisthesis 2003.

Weigel, Sigrid: "Zum 'topographical turn'. Kartographie, Topographie und Raumkonzepte in den Kulturwissenschaften". In: *KulturPoetik* 2/2002. Heft 2.

Wolf, Jürgen: *Visualität, Form und Mythos in Peter Handkes Prosa*. Opladen: Westdeutscher Verlag 1991.

Zur Lippe, Rudolf: "Raum". In: Wulf, Christoph (Hg.): *Vom Menschen. Handbuch historische Athropologie*. Weinheim/Basel: Beltz 1997.

Zenk, Volber: *Innere Forschungsreisen. Literarischer Exotismus in Deutschland zu Beginn des 20. Jahrhunderts*. Oldenburg: Igel 2003.

Zürcher，Gustav："Leben mit Posie". In：*Text ＋ Kritik 24/24a. Peter Handke*. München：edition text & kritik 1976.

[美]爱德华·W. 苏贾：《后现代地理学：重申批判社会理论中的空间》，王文斌译，北京，商务印书馆，2004。

[美]索亚（Edward W. Soja）：《后大都市：城市和区域的批判性研究》，李钧等译，上海，上海教育出版社，2006。

[法]巴什拉：《空间的诗学》，张逸婧译，上海，上海译文出版社，2009。

[德]本雅明：《发达资本主义时代的抒情诗人》，王才勇译，南京，江苏人民出版社，2005。

[美]菲利普·韦格纳：《空间批评：批评的地理、空间、场所与文本性》，见阎嘉主编：《文学理论精粹读本》，北京，中国人民大学出版社，2006。

丰卫平：《论彼得·汉德克早期作品中的语言主题》，载《四川外语学院学报》，2001(2)。

冯亚琳：《"互文性"作为结构原则——彼得·汉德克的小说〈为了长久告别的短信〉与传统文本的互文关系研究》，载《四川外语学院学报》，2001(3)。

[德]格奥尔格·西美尔：《大都市和精神生活》，郭子林译，见孙逊、杨剑龙主编：《阅读城市：作为一种生活方式的都市生活》，上海，上海三联书店，2007。

[德]埃德蒙德·胡塞尔：《欧洲科学的危机和超验现象学》，张庆雄译，上海，上海译文出版社，1988。

[英]雷蒙德·威廉斯：《关键词：文化与社会的词汇》，刘建基译，北京，生活·读书·新知三联书店，2005。

李昌珂：《20世纪七十年代联邦德国新主体性文学管窥》，载《北京大学学报(哲学社会科学版)》，2005(3)。

［德］马丁·海德格尔：《存在与时间》，陈嘉映、王庆节译，北京，生活·读书·新知三联书店，2012。

［德］马丁·海德格尔：《筑·居·思》，见《演讲与论文集》，孙周兴译，北京，生活·读书·新知三联书店，2005。

［英］迈克·克朗：《文化地理学》，杨淑华、宋慧敏译，南京，南京大学出版社，2000。

［法］莫里斯·梅洛-庞蒂：《知觉现象学》，姜志辉译，北京，商务印书馆，2012。

［法］莫里斯·梅洛-庞蒂：《眼与心》，杨大春译，北京，商务印书馆，2007。

聂军：《彼得·汉德克的辩证之路》，载《外国文学评论》，2000(3)。

聂军：《人之初语言之本——论彼得·汉德克的剧作〈卡斯帕尔〉的表现艺术》，载《外语教学》，2002(6)。

汪民安：《身体、空间与后现代性》，南京，江苏人民出版社，2006。

谢纳：《空间生产与文化表征》，北京，中国人民大学出版社，2010。

张道武：《亚里士多德空间观念的研究》，载《科学技术与辩证法》，2002(4)。

**图书在版编目（CIP）数据**

在旅行中寻找生存的可能：论彼得·汉德克小说中的空间建构/张赟著. —北京：北京师范大学出版社，2021.6
（文化学 & 文学研究丛书）
ISBN 978-7-303-27029-3

Ⅰ. ①在… Ⅱ. ①张… Ⅲ. ①彼得·汉德克－小说研究 Ⅳ. ①I521.074

中国版本图书馆 CIP 数据核字（2021）第 116976 号

---

营　销　中　心　电　话　　010-58808006
北京师范大学出版社谭徐锋工作室微信公众号　　新史学 1902

---

ZAI LVXING ZHONG XUNZHAO SHENGCUN DE KENENG LUN
BIDE HANDEKE XIAOSHUO ZHONG DE KONGJIAN JIANGOU
出版发行：北京师范大学出版社　www.bnup.com
　　　　　北京市西城区新街口外大街 12-3 号
　　　　　邮政编码：100088
印　　刷：鸿博昊天科技有限公司
经　　销：全国新华书店
开　　本：880 mm ×1240 mm　1/32
印　　张：8
字　　数：155 千字
版　　次：2022 年 1 月第 1 版
印　　次：2022 年 1 月第 1 次印刷
定　　价：69.00 元

---

策划编辑：谭徐锋　　　　责任编辑：曹欣欣　　于东辉
美术编辑：王齐云　　　　装帧设计：宋　涛
责任校对：段立超　　　　责任印制：马　洁

---